船娘好威 4

文創風 486

翦曉 著

目錄

第八十八章

「大哥他到底發生了什麼事？為什麼會變成這樣？為什麼他……不認我們？」關麒困惑地看著她。

「他不想說的事，我哪知道？」允瓔警惕地看著他。

「妳說，不能告訴任何人喬大公子還活著，這話什麼意思？」關麒追問。

「字面上的意思。」允瓔睨了他一眼，警告道：「他心裡還有你這個兄弟，才會摘了手帕和你相見，所以，如果你心裡還有一絲一毫念著他，就請你閉嘴，不要洩漏有關他的半點消息，尤其是對喬承軒。」

「什麼意思？他難道會害他？」關麒吃驚地看著她，急道：「妳倒是說呀，到底怎麼回事？」

「那夜，他被喬家驅逐出門，你們在哪裡？他落難的時候，你們在哪裡？他被人陷害、被人追殺，你們又在哪裡？」允瓔被關麒一個接一個的問題勾起火氣。這些話她早就想問，可都看在事關烏承橋的安全問題而隱忍，沒想到這關麒居然如此沒有自知之明，當初既然選擇不要兄弟情誼，如今又何必來惺惺作態？

「這……」關麒愣愣看著她，說不出話來。

「如果那時候你們任何一個人，肯對他伸援手，他至於變成現在這樣嗎？」允瓔瞪著他質問道。

「我不知道……」面對允瓔的咄咄逼人，關麒喃喃說道。

「既然不知道，那就不要知道。」允瓔打斷他的話。「他好不容易熬過來，如果你有心，就幫他隱瞞身分，尤其是在喬承軒面前，更不能提半個字，要不然……」

「什麼意思？難道是喬二幹的？」關麒不相信地問。

「我沒有證據，不能胡亂說什麼，我只知道，那夜我和他剛拜堂成親，便被一條大船撞擊，那船上跳下十幾個蒙面人，害死了我爹娘，傷了我相公的腿，便連我……也險些溺亡，要不是苕溪灣的鄉親們，如今，也不會有邵英娘和烏承橋了。」

允瓔平復一下心情，透露了一點消息，這關麒似乎很相信喬承軒，她真怕他一時頭腦不清去和喬承軒說烏承橋的事。

「放心，我絕不會亂說。」關麒知道允瓔對他有戒心，忙表明誠意。「我不知道大哥為什麼不見我們，可現在聽來，似乎有所誤會，大哥出事的時候，我並不在泗縣，等我回來時候，大哥已經不知去向，很多人都說他出事……我卻不信，我接近喬二，也是想打聽大哥的消息。」

允瓔打量著他，不為所動。

「喬二也在找大哥，而且他似乎也注意到你們。」關麒繼續說道。「大嫂……不，表姑，大哥……唉，這下還真亂了……」關麒被這稱呼弄得有點暈乎，他無奈地拍拍額頭，繼續說著自己的見解。「不管怎麼說，喬二已經注意到你們，躲是躲不過去的，得想辦法。大哥不認我，也不告訴我發生了什麼事，這都無所謂，但我只希望，他能接受我的幫助。」
允瓔聽到這兒，有些意外，她沒想到關麒會說出這樣的話。
「希望妳能幫我轉告大哥，我，還是我。」關麒鄭重說道。
允瓔打量他一番，好一會兒才點頭。
「謝謝大嫂……呃，表姑。」
「你還是別喊表姑，聽著夠彆扭的。」允瓔只覺滿頭黑線。「我還不知道怎麼回事呢，就成了你表姑……真夠亂的，就像今天，我是找喬二公子訂船的，可誰想他不在，反遇到了老夫人，然後……然後她就熱情地把我帶到這兒。」
「妳別著急，這件事我去幫妳查一下，妳要真是我表姑，我和大哥……唉，我可真吃虧喔。」關麒笑道。「走吧，吃完飯，我送妳回去。」
「我出來一天，他肯定擔心，你先幫我傳個信兒回去吧。」允瓔嘆氣。既來之則安之，畢竟還得給縣太爺一點面子，一時半會兒的也走不了。
允瓔跟著關麒一起回到關老夫人的院子，關大人已經離開，只剩關老夫人在院子裡親自給花卉澆水。
看到允瓔和關麒回來，她雖然驚訝，卻也沒說什麼，而是高興地拉著允瓔閒聊。
關麒見狀，向允瓔使了個安撫的眼色，退了出去，他得去給烏承橋報信，好讓他安心。
中午，允瓔陪關老夫人一起用了飯，聊著記憶中邵家一家三口的過往，還好，允瓔模糊的記憶裡還能翻出些話題。

知曉邵家曾經的辛苦，關老夫人唏噓不已。

不過讓允瓔安心的是，關老夫人一直沒再問邵父、邵母過世的真相。一下午下來，兩人倒是相談甚歡，越聊越投機。

黃昏時分，關夫人親自帶著丫鬟來到院子裡請關老夫人和允瓔入席。

「不好意思，今早去了雷雲寺，這會兒才回來，怠慢貴客了。」關夫人看起來不過四十多歲，衣著簡樸大方，言談舉止間流露著濃濃的書卷氣。

「見過夫人。」允瓔行禮。「打擾了。」

關老夫人笑盈盈的，溫和地說道：「也不怪妳，今兒我是在街上把她拉回來的，不知者不罪。」

「婆婆，酒宴已經備下，這就入席吧。」關夫人過去扶起關老夫人，婆媳倆看起來關係極好。

「好好好，我看她呀，都等急了，恨不得立即回去呢。」關老夫人吐槽道，說完，看著允瓔交代道：「英娘啊，下次記得讓賢姪婿一起過來，在家好好住幾天，知道不？」

呃……允瓔有些為難，不過一下午的相處，她已經摸清這關老夫人的性子，認定的事說一不二，但一旦入了老人家的眼，便是掏心掏肺的對人好。

也難怪會對柳三小姐那樣親近，看來也是柳三小姐在關老夫人面前扮乖巧起了效果吧。

為防惹到關老夫人，允瓔點點頭，應下，至於什麼時候來？那可就說不準了，反正他們馬上要離開泗縣，前往喬家船塢，等到回來，估計也是過年了吧。

幾人說說笑笑間，到了花廳，丫鬟們已經把飯菜送上來，關大人和關麒也一起過來了。

允瓔此時才知，關大人就關麒一個兒子，祖母疼著、母親慣著，自個兒又會裝乖賣巧，以至於到現在也沒個正經營生，更別提功名了。

「誰說我沒有正經營生了，我剛剛在大……表姑的貨行參了一份，就等著表姑的貨行生意興旺，我也可過年分紅利。」關麒倒是適應能力極強，已經很自然地表姑長表姑短。

「你又來？當心被人抓住小辮子，影響到你爹。」關夫人嗔怪地指了指關麒。

「我是我，我爹是我爹，再說了，我一不是舉人，二不是秀才，做點小生意也不是自己參與進去，怕什麼？」關麒一臉無所謂。

「你呀，別處就少折騰了，你表姑這兒倒是可以放心。」關老夫人笑看著允瓔。「沒想到我們英娘還有這樣的本事，不錯、不錯。」

允瓔淺笑，謙遜了兩句，她倒是想起之前陶伯對關麒的介紹。陶伯曾說關麒是泗縣人氏，泗縣最大的典當行就是他家的，現在看來，陶伯不知從哪兒聽來的話，與事實出入很大呀。

關大人倒是和氣，向允瓔問起貨行的事，給了一句話，有什麼需要幫忙的、他能幫得上的，不用客氣。

允瓔一一應下，心裡卻沒把他的話當真。官字兩張口，他這一句說了跟沒說有什麼差別？需要幫忙又得他幫得上的……這其中，講究大著呢。

酒足飯飽，允瓔道了謝，便起身告辭，關麒主動出來相送。

關老夫人千叮嚀萬囑咐的讓允瓔常來常往，得了允瓔保證，才算放行。

從衙門出來，已經入夜，街頭有些昏暗，關麒的小廝在前面挑燈領路，允瓔在關麒的陪同下緩步而行。

「欸，問你件事。」允瓔還惦記著陶伯說的那些訊息，走了一段路，她輕聲開口。

「什麼事？」關麒看向她。

「我聽說，泗縣最大的典當行也是一位姓關的公子的，不會也是你吧？」允瓔好奇地問。

「那個……」關麒嘿嘿地笑。「妳聽說的那位關公子是我堂哥，不過，明面上是他主持事務，這出錢的人麼……嘿嘿。」

「你投那麼多錢，賺的又不能公開，你就不怕連累你爹？」允瓔無語。陶伯說的關公子不是他，卻也八九不離十了。

「不會，我沒有功名，只要不是我自己去做生意，就不會有事。」關麒笑了笑。「這個，我早就去查過了。」

「真夠精的。」允瓔佩服地嘀咕，什麼時候她也能和他一樣，有足夠的資本去投資，分人家的紅，自己還不用操心就好了。

很快，兩人就到了貨行門口，貨行前的兩個大燈籠還亮著，門也是關掩著，裡面的人正收拾著，準備打烊。

「多謝盛情款待。」允瓔停在門口，根本沒有請關麒進去的意思。

「沒啥。」關麒遺憾地看看小院的方向，倒是沒再胡來，他也知道，烏承橋需要時日好好想想，好在如今已經知道人還活著，且就在身邊，他也放了一半的心。

「請回吧。」允瓔微微一笑，點點頭，轉身進了貨行。

「小娘子回來了？」戚叔立即迎過來，同時也看到門口的關麒，不由多看了一眼。他不知道允瓔去了哪裡，只知道出去一天一直沒回來，此時乍然看到關麒，便小小地驚訝了一下。

「回來了。」允瓔點頭，順著戚叔的目光轉頭，朝關麒揮手。「快回去吧，我們要關門了。」

明顯地趕人。關麒也不在意，揮揮手，帶著小廝走了。

允瓔快步回小院，來到自己的房間，烏承橋坐在桌前專心寫著什麼。

「相公，我回來了。」允瓔反手關上門。今天一天的事情，她迫不及待地想告訴他，讓他來分析是不是正常。

在她的心裡，烏承橋的主意已在不知不覺間成了金玉良言，很多時候她都深信不疑。但這不代表她自己就沒主意，她只是想從他這兒獲得肯定，才能更好地去執行，而他，她相信他一定也是如此。

烏承橋聞聲抬頭，微笑看著她問道：「關麒送妳回來的？」

「是呢。」允瓔點頭，來到他身邊。

「他呢？」烏承橋看了看門外。

「被我趕跑了。」允璦笑道，帶著幾分抱怨的語氣說道：「關麒的奶奶真熱情，我險些就被她留在那兒回不來了。」

「她是把妳當家人才會如此。」烏承橋淺笑。

「不過，也幸虧遇到她，要不然我估計得和柳媚兒瞎扯半天。」允璦坐到烏承橋身邊，雙手托著下巴開始絮叨今天的事情。

烏承橋放下筆，帶著笑意專心地聽著。

「他還讓我轉告你，他，還是他。」說完事情，允璦把關麒的話複述一遍，說罷，看著烏承橋俊逸的臉。「相公，我覺得他說的，有一定道理，喬承軒已經盯上你了，要是他真能配合你，事半功倍呀。」

「嗯，我會考慮的。」烏承橋淺笑，伸手拍她的手。「累了吧？先去洗洗歇著，我把今天的帳理一理。」

「今天生意好不？」允璦站起來，側頭往帳本上瞟了一眼，被烏承橋順勢摟了過去。

「很不錯。」烏承橋點頭，感覺到她身上的寒意，不由皺眉。「身上這麼涼，快去歇著。」

「我們什麼時候走？」允璦點頭，卻沒有起身的打算，而是微微轉身摟住他的脖子，把頭倚在他肩頭。今天一天下來，竟比她搬一天的貨物還累，唉，以後可怎麼辦？衝著關大人和邵會長的身分，她就不能不給點面子。

「這兩天就走，天涼了，多備些保暖的衣服。」

允瓔點頭。「好，我明天就找陶伯問問能不能騰出一條船來？」

她的船被陳四撐走了，這會兒要出行，還真有點麻煩。

「嗯，不急。」烏承橋在她唇角親了親，柔聲說道：「快去睡。」

允瓔從他膝上下來，趁去廚房提熱水的空檔，找戚叔說了船的事，戚叔一口應下。

一夜安然。次日一早，戚叔便給了回話，如果一切順利，陳四後日便送貨回來。

允瓔倒不是非要自己的船，不過，陳四能回來，自然也是最好。她開始著手準備東西，這一去，雖然只是訂船，但烏承橋此去還有其他目的，也不知順不順利，她得多給他準備些東西。

允瓔去了以前訂過衣服的成衣鋪子，給烏承橋準備兩套衣物，買了披風，又去買了暖爐。

第三天，陳四夫妻倆果然如期送回柯至雲採購的特產，貨物入庫，允瓔安排貨行的事，便和烏承橋一起出發了。

喬家的船塢遍及江南運河，泗縣作為繁華的縣城之一，往來商船眾多，附近水上，自然也有船塢所在，而且，這船塢還是喬老爺當年白手起家的憑仗。

烏承橋雖然不關心生意，每天只知道混，但還是被喬老爺逼著巡視過幾次船塢，所以船塢在哪裡，他還是清楚的。

在烏承橋的指點下，花了一天的工夫，兩人來到泗縣最近的喬記船塢。

遠遠的，便看到一半浮於水上的建築，允瓔的船行到近前，就像進了高高的城門般，顯得渺小。

一眼看去，一排修好的和正在修的船隻，各式各樣，很是壯觀，不過，這會兒外面卻沒有一個人在，靜悄悄的。

烏承橋披著棉披風坐在輪椅上，披風的帽子擋去他的臉，也不怕別人一眼認出他來，只是，看著冷冷清清的船塢外面，他不由驚訝。「奇怪，這會兒正是上工的時候，怎麼沒人？」

「以前人很多的嗎？會不會這會兒正在休息？」允瓔問道。

「我來過幾次，這個時辰正是最忙的時候。」烏承橋皺著眉，指著正中間的水道。「我們從那兒進去，裡面有泊船的地方。

「好。」允瓔順著他的話，調整船頭，拐了進去。

慢慢的，他們聽到最裡面傳來爭執聲。

「不會正好趕上他們內鬨吧？」允瓔驚訝地說道。

「停在那邊吧，我在船上等妳。」烏承橋語氣平靜，指著不遠處的浮橋。「當心些。」

「你也是。」船很快靠近，允瓔拴好船，叮囑一句。下了船，順著橋，她循聲來到一間木屋前，裡面傳來激烈的爭吵聲。

砰的一聲巨響，一聲憤怒的聲音接著響起來。「滾！我就不信，船塢沒了你們就開不下去了！」

第八十九章

「我們走。」接著響起的聲音有些蒼老，卻極沈穩，語氣中沒有一絲火氣，反襯得剛剛那人太過氣急敗壞。

「走，反正我們這些老骨頭在這兒也沒什麼用了，還是找個地方好好過清靜日子去吧。」

「我倒是要看看，喬家最後會落得個什麼樣的下場，哼！」

幾人話音落下，木屋的門打開，允瓔看到五位花白頭髮的老者走出來，有神情木然的，有帶著哀傷的，也有氣憤不已的。幾人從屋裡魚貫而出，看到允瓔都愣了一下，不過，卻什麼也沒說，直接散去。

允瓔正想著要不要上前找他們，門內就跟出一個管事模樣的中年人，打量著她迎上來。

「這位小娘子是？」

「我是來訂船的，喬公子有事外出，少夫人說讓我來這兒直接找管事的。」允瓔收回目光，轉向中年人說明來意。「只是，我來得似乎不是時候。」

「沒有，沒有，小娘子來得正是時候。」中年人一聽，她是喬家少夫人讓她來的，立即收斂起不耐，陪著笑將允瓔迎進門，端茶倒水。「小娘子請，不知小娘子要什麼樣的船？」

允瓔不客氣地接過茶水，抿了一口，問道：「你們這兒最便宜又最結實、最合適載貨的是什麼船？」

「最便宜的自然是小船了，結實麼，喬家船塢出的船沒有不結實的，小娘子只管放心好了，這江南運河上，誰不知道我們喬家船塢的名頭？」中年人就著允瓔的話開始推銷喬家船塢，說得一臉自豪。「至於小娘子說的最合適載貨的，卻只有漕舫，價也不貴。」

「多少一條？」允瓔好奇地問。

「這個數。」中年人伸出大小拇指作了個手勢。

「六兩？」允瓔驚訝，原來這麼便宜呀。

「小娘子說笑了，怎麼可能六兩呢，工錢都不夠付的。」中年人失笑，目光在她身上掃過，倒是耐著性子解釋。「六十兩。」

「六十兩？你黑誰呢？」允瓔聞言，直接把茶杯重重往桌上一放，站了起來，冷笑地看著中年人。「喬公子跟我說的數，可沒這麼高，而且，他之前在我們貨行參份子的時候可說了，但凡我們要用船，定一切從優，沒想到……哼，我還是回去等他回來好好問個清楚再訂吧，告辭。」

「哎……小娘子，且慢。」中年人一驚，他萬沒想到這小娘子居然真的認識喬承軒，而且聽她的話音，她的貨行還是和公子合夥的？那這樣一來……他不由驚出一身冷汗，要是讓公子知道他虛報了價中飽私囊，那就慘了。「小娘子莫急，既然公子有份子參與的，自然是另說，另說。」

「咋個另說法？」允瓔半側著身，睨著他問。

「公子既然有份子的，這自然是按著自家供船的價算，三十兩便可，收個本錢回來就行了。」中年人陪著笑，手指也變成了三根。

一下子降一半？允瓔有些意外，她剛剛只不過是詐他，用的也是平日買衣服討價還價的伎倆，沒想到這麼管用。

「三十兩？」允瓔打量著他，還是一臉嫌棄。

「沒錯，三十兩，是我們供給自家船隊的價，不能再少了，小娘子要是不信，我可以給妳看帳本。」中年人急急說道。

允瓔不由皺眉，這喬承軒都是怎麼管的，手下居然出了這樣的人，一減價就是一半，這會兒居然還說拿帳本給她看，這帳本豈是隨便能讓人看的？

一時之間，允瓔心裡五味雜陳，替故去的喬老爺難過，替烏承橋的娘親難過，他們若是還在，知道自己一手創立的船塢變成這樣，費心請來的工匠還被人如此驅趕出去，會是什麼心情？

「帳本就不用了。」允瓔用很不屑的目光打量中年人，好一會兒，才倨傲地說道：「喬承軒的船塢，我還是相信的，三十兩就三十兩，先給我造個二十條漕舫看看，若是好，以後便長期合作吧。」

「好好好，小娘子放心，我們會盡全力。」中年人一喜，聽她直呼喬承軒的名字，更加殷勤起來。

「什麼叫會盡全力？是必須盡全力。」允瓔微怒。「一定要船塢裡最好的老工匠，一個月內，可能做好？」

「可以可以。」中年人稍稍一愣，馬上點頭。「這麼多船塢，就數這兒老匠人最多，手藝最好，小娘子放心，一個月之內，年前一定交船。」

「那好，辦個手續吧。」允瓔也懶得廢話，催著他辦手續。

「好，小娘子稍坐，我這就去取紙筆。」中年人點頭哈腰，生怕怠慢了允瓔，失了這筆生意。

「快去快回。」允瓔不耐地揮手。

中年人很快回來，當著允瓔的面揮墨而就，寫下了契約。

「小娘子，妳可帶了訂金？」

「先付三百兩，可好？」允瓔拿起他寫的看了一眼，倒是不偏不頗。

「可以。」中年人連連點頭。

交付了錢，雙方簽了字，允瓔收了一份放好，告辭出來，那中年人親自送出門，一副想送到埠頭的打算，這時，有小廝跑過來，在中年人耳邊說了幾句，中年人只好歉意地向允瓔抱拳告罪。

允瓔巴不得他別跟著自己，很乾脆地揮手，自己往來時的路走去。

很快，她就回到船上，烏承橋怕人看到，已經回了艙房。

「相公，給。」允瓔跳上船，把契約遞給烏承橋，一邊告訴他剛剛的事情。

「你是說，那幾位老匠人已經離開了？」烏承橋只是瞄了契約一眼，便追問老匠人們的下落。他們這次來，主要目的就是找他們，這會兒他們都散了，要往哪裡去找？

「我剛剛進去的時候，他們才出來的，你看到他們坐船離開沒有？」允瓔卻是不知，忙問道。

「沒有。」烏承橋很確定地搖頭。

「還有機會。」允瓔立即站起來，卻忘記自己此時是在艙中，頭一下子撞到艙頂，她忙又蹲下來，伸手捂住被撞的那一處。在船上住了這麼久，這才搬到岸上沒一個月，居然就不適應這船艙裡的生活了。

「當心。」烏承橋伸手摸摸她被撞的那處。「不用這樣著急，他們既然要離開，總得從這兒出去，我們等著就是。」

「這兒就一條路嗎？」允瓔問道，很快就把撞到頭的事給忘記了。

「還有別的路，不過，他們既然在這邊，應該不會捨近求遠吧。」烏承橋看著艙外說道，就在他想解釋這船塢方位的時候，外面又喧鬧起來。

「我去看看。」允瓔這次長了記性，彎腰出了船艙，來到船頭，她看到不遠處停著一條船，船上站的正是那幾位老匠人，看樣子他們要離開了，但是，浮臺上卻站了不少人，正阻止一名老匠人解船繩。

「讓開！」那老匠人憤怒地看著他們，疾聲說道。

「老莫，想走可以，但我們要檢查。」那十幾人想來是得了什麼話，讓老莫幾人氣得眼睛不是眼睛，鼻子不是鼻子。

「什麼意思？」老莫當然不會由著他們檢查，他鬆開船繩，退後一步，防備地看著他們。

「就是字面上的意思，剛剛管事的說，他房裡少了東西，正大搜查著呢，你們這個時候離開，未免太湊巧了吧？」中間那人陰陽怪氣地說道。

「你什麼意思？難道他房裡少了東西，就是我們拿了嗎？」老莫幾乎是吼出來的。

這時，船上幾人也冒出來，站在船邊怒目瞪著那幾個人。

「老莫，我可沒這麼說，只不過為了好交代，我覺得還是搜搜比較好，這樣，我們好交代，你們也能證明一下清白，是不？」那人很能說，面對老莫幾人的憤怒，他笑呵呵的根本不當一回事。

允瓔離他們並不遠，他們說話又極大聲，沒有任何掩飾，說的話一字不漏地進了她的耳朵，她不由皺眉，這擺明是栽贓陷害，可是，她要怎麼做才能幫上忙呢？

正想著，烏承橋出現在艙口，對允瓔說道：「瓔兒，準備開船，捎帶他們一程。」

「啥？」允瓔沒反應過來，回頭看了看他。

「那些人不會讓他們把船開走的。」烏承橋抬著下巴指了指那群人。「我們光明正大地捎帶人一程。」

「明白。」允瓔眼前一亮，他正想和那些老匠人談談呢，這會兒可不正是機會？

於是，她馬上解了船繩，撐著船往那邊緩緩靠近。

「老莫，我勸你們最好乖乖配合，這天色可不早了，你們再不走，可就走不了了。」那人繼續說道，一副為了他人好的樣子，末了還很遺憾地補了一句。「忘記告訴你，這船，你們不能開走，那不屬於你們。」

「什麼?!」船上幾人頓時狂躁起來，紛紛走到老莫身邊。

眼見衝突將起。

那些人也紛紛拉開陣式，成扇形把老莫幾人圍在邊緣，最中間那人抬頭看了看天，笑問道：「老莫，你是讓搜還是不讓搜？」

「哼。」老莫冷哼一聲，好一會兒，看著似乎是下了決心，慢騰騰地拿下自己的包裹，當著他們打開，雙手一抖，所有東西都散在地上。

除了一些換洗的衣服和乾糧，再沒有別的。

「看清楚了？」老莫的語氣帶著隱怒和忍耐，他瞪著面前這些人，蹲身拿起衣服，一件一件的抖。

這樣的行為雖然憤慨，但同時，也杜絕了給那些人下手栽贓的機會。

其他幾位老匠人看到老莫如此，也依樣畫葫蘆，把自己的包裹抖開，甚至，有兩個已經氣憤地伸手要解自己身上的衣服。

老莫伸手攔下他們，瞪著面前的人問道：「可以了嗎？」

「可以了。」那些人面面相覷，中間那人則摸了摸鼻子，點點頭，事情有些出乎意料，原本的想法已經不能實施，也就只能換個方法了。「你們可以走了，但是，船不能開走。」

「你！」幾個老匠人哪裡受過這樣的氣，頓時，衣服也不撿了，上前就要找面前的人理論，那些人哪裡由著他們抓，而且他們正愁找不著找碴的機會呢，當下，就順勢抓住幾人的衣襟。

情況一觸即發！

允瓔加快船速，到了邊上。

突然有船過來，那些人頓時警惕，紛紛側目注意。

「欸，你們管事的哪兒去了？」允瓔趾高氣揚地對著最中間那人問道。

「妳是誰？找我們管事的做什麼？」那人斜著眼看她。

允瓔不理會他的問題，逕自說道：「方才我和你們管事的簽訂船契，可是，他忘記告訴我什麼時候能看樣船了，你們去幫我問問，省得我跑來跑去的麻煩。」

她說的可是大實話，那契約上只說年關前交，可沒寫樣船什麼時候完成嘛，她問問不為過吧？

那人一聽，倒是收斂了一些，畢竟，來這兒買船能動到契約的也不是什麼小主顧，他猶豫了一下，看了看身邊的人，指了指。「看好了，我去去就回來。」

說罷，快步離開，想來是請示去了。

允瓔站在船頭，打量著那些人，好奇地問：「你們這是在做什麼？難不成你們船塢還有這捽角曬衣服的習慣？」

浮臺上的人面面相覷。他們誰也不知道允瓔的來歷，不敢得罪，也不知該不該理會。

老莫轉頭看了看允瓔，忽然平靜下來，手上一使力，把面前的人推開，彎腰撿起自己的東西，胡亂地包起來，揹在背上，才轉身對允瓔抱拳。「這位小娘子有禮。」

「大叔不用客氣。」允瓔笑了笑，點頭算是還禮。

「不知小娘子能否捎帶我們一程？只要到前面路口有渡船的地方就行。」老莫忙說道，此時此刻，也只有這個辦法了。

「這有什麼不行的，正好我也要出去，順路。」允瓔過來的目的就是這個，哪會說不行。

「多謝小娘子。」老莫大喜，朝允瓔抱拳，轉頭招呼幾個老兄弟們。「快，我們走，別跟這些小兔崽子們瞎磨蹭了。」

「好。」幾人顯然都以老莫為首，聽到這話，也沒心思和人爭什麼，紛紛把人推開，七手八腳地收拾東西。

之前那人離開時沒有交代，這會兒一干人等只能乾看著，攔也不是，不攔也不是。直到老莫幾人上了船，才有人反應過來，追過來喊道：「你們不能走！」

「為什麼？」接話的卻是允瓔。

「他們……」那人愣了一下，為什麼不能走？因為他們可能偷了管事的東西嗎？可是，剛剛他們都自己抖過包袱了，而且，剛剛也只是讓他們不能把船開走，現在人家不是開船，是搭……

「他們欠了錢了？還是你們管事的一會兒會來給他們送錢？」允瓔眨著眼問道。

「他們……」那人為難，頻頻回頭去看，突然，他大聲喊。「管事的快來，他們要跑了！」

允瓔不動聲色地調轉船頭，停在水中央，笑盈盈地看著他問道：「別急，慢慢走就行，當心摔著。」

之前和允瓔簽契約的那位管事急急過來，看到老莫幾人都在允瓔船上，更是驚訝。「小娘子，這是？」

「你來得正好，我剛剛忘記問了，樣船什麼時候能好，到時候我過來看看。」允瓔當沒發現，直接問道。

「十天吧。」管事的有些意外，這樣船他還是頭一次聽說，不過，礙於允瓔和喬承軒的關係，他只能耐著性子答道，接著指著老莫幾人。「小娘子認識他們？」

「不認識。」允瓔搖頭，笑道：「出門靠朋友，相遇即是有緣嘛，正好我也順路，就捎帶他們一程，小事一樁，管事的不用謝我。」

管事的頓時無語，他什麼時候要謝她了？

第九十章

面對允瓔無辜的笑容，管事的只能沈默，他總不能當著一個外人說喬家的事吧？

「既然要十日，那我十日之後再來，先告辭了。」允瓔可不管那麼多，夜長夢多，她還是趁他們沒反應過來，趕緊撤。

「小娘子走好。」管事的只好抱拳相送。

允瓔笑了笑，搖著船離開。出了船塢後，她也沒敢放鬆，直到行出有段距離，她才回頭看了一眼，見後面並沒有船跟過來，才鬆了口氣。

「多謝小娘子仗義相助。」老莫等人紛紛向允瓔道謝。

「幾位大叔不必多禮，外面風大，大家進艙坐吧，到了地方我再喊你們。」允瓔招呼道。

「不用麻煩，我們老皮老臉的，不怕冷，就在這兒待著挺好的。」老莫客氣地搖頭，笑著指了指船板。

這哪行，烏承橋還等著見他們呢。允瓔看了看前面的艙房，笑道：「大叔，艙中有人想見你們，這外面……不方便。」

「小娘子說的是……」老莫幾人頓時吃驚地看向允瓔，疑惑不已。

「莫叔。」這時，艙口傳來烏承橋的聲音。

「大……大、大公子！」這一下，老莫幾人可不只是吃驚了，一個個瞪大眼睛，不敢置信地看著船口，說話都結巴了。

「大公子，真的是你！」還是老莫身後一人反應快，激動地喊道。

「劉叔、蔡叔、周叔。」烏承橋的聲音也有些波動。「情非得已，只能如此與幾位相見……」

「大公子，你的腿……」老莫留意到烏承橋的腿，顫聲問道。

「說來話長，莫叔還是先進來吧。」烏承橋輕笑。

這下，老莫幾人也不推辭了，紛紛進了船艙。

允瓔鬆了一口氣，環顧四下，認真地行船。

兩個時辰後，船來到一個三岔渡口，允瓔尋了一個地方停下來，坐在船尾等他們出來。

沒一會兒，老莫幾人都出來了，個個眼睛紅紅的，老莫率先朝允瓔躬身。「小娘子……不，少夫人，大公子就拜託您多費心了。」

允瓔嚇了一跳，忙站起來。「都是我該做的，您別這樣。」

老莫幾人沒再說什麼，不過，卻齊齊向她躬身行禮之後，才下了船。

允瓔看著他們離開，才走到船艙口，只見烏承橋獨自坐在几邊，右手提著茶壺，卻沒有半滴茶水倒出來。

「相公，他們走了。」允瓔彎腰走了進去，坐在他身邊，伸手拿下他手裡的茶壺，有些擔心地打量著他。這是他第二次亮出喬家大公子的身分，只是他此時的表情……她有些看不透代表了什麼？

「嗯。」烏承橋放下懸著的手，點點頭。「我們回去吧。」

「馬上回去？」允瓔驚訝地問，這才出來半天呀。

「回去吧。」烏承橋點頭，臉色平靜。

可細心的允瓔還是看出了些許不同。他眼底也有些許微紅，顯然，和老莫幾人的談話觸及了他的心事。

「行。」允瓔點頭，沒有多問，此時的他，更需要安靜。

等他們再回到泗縣，已是深夜，允瓔見實在太晚，貨行必定打烊，現在回去敲門，怕是要驚醒眾人，乾脆和烏承橋兩人歇在船上。

關上艙，圍上厚厚的棉被，艙中倒也沒有她想像的那樣冷。

烏承橋一直未睡，便是這會兒，允瓔鑽進被窩，他也沒有睡意，只是伸手緊緊擁住她。

允瓔看到他這樣，終於忍不住開口問道：「他們沒答應？」

「不是。」烏承橋收緊手臂，似乎想從她身上吸取更多力量，過了好一會兒，他才低低回道：「他們早已將喬家當成了自家，如今離開也是不得已。」

「那他們答應幫你了？」允瓔微微掙扎，抬頭看他。

「嗯，他們應了，我沒想到他們會如此信我，當初我還低瞧他們……」烏承橋語氣中滿滿的愧疚感。

敢情他這大半天不說話，是因為想到自己以前的不可靠呀。

允瓔失笑，伸手捧著他的臉，打趣道：「聽說過一句話沒？浪子回頭金不換，只要以後好好對他們就好了嘛。」

「嗯。」烏承橋點頭。

「下一步要怎麼做？」允瓔問道。「還要去別的船塢嗎？」

「不用，莫叔他們已經去了，最初加入喬家船塢的匠人，他們比較熟。」烏承橋搖頭，抬手拉下她的手，拉高被子將她裹得嚴嚴實實，才繼續說道：「我想要做的，都告訴他們了，接下來的事，莫叔會安排好，我們只需等著接收船隻就行了。」

原來是這樣。允瓔恍然，打了個哈欠，今天來來回回的搖了這麼久的船，還真累了。枕著他的肩，沒一會兒，她便沈沈睡去。

而烏承橋，卻是一夜未眠。

今天和老莫幾人的相遇，大大觸動了他，他沒想到，自己從來沒有正眼瞧過的老莫幾人，居然對他有著那樣深的信任，不，那是他們對喬家的眷戀，就因為他曾是那個人在他們面前提過的繼承人，他們便聽進去了，無論曾經的他有多混，在見到他的那一刻，他們依然待他如那個人般尊重。

或許，這其中多多少少有他娘親的原因吧，畢竟這些老匠人們當初都是他的娘親去請來的。

夜色越深越濃，烏承橋的思緒卻越來越清醒，接下來的路要怎麼走，就在今晚，在和老莫幾人的談話中有了方向。

喬承軒、喬家……等著吧。

雖然睡得很晚，天際亮起魚肚白的時候，允瓔還是醒來了，看到身邊的人，她不由注目。「一直沒睡？」

「嗯。」烏承橋淺笑，眼底的那分鬱色已然褪去，顯然，一夜深思，找到方向的他已經坦然了。

「你呀，這麼糾結做什麼？」允瓔無奈地嘆氣，坐了起來。「先回去吧，到家好好歇歇。」

「好。」烏承橋跟著坐起來，拿過衣服先幫她披上，才拿了自己的慢悠悠地穿起來。

允瓔先出了船艙。冬月的清晨已然極冷冽，她縮了縮脖子，看看碼頭，楊春娘已經出攤子了，此時，吃麵的人也坐了好幾個。

「大妹子回來了？」

楊春娘一抬頭就看到允瓔，忙招呼一聲，和她一起出攤的另一個婦人忙跑過來，幫允瓔搬了輪椅下船。

「回來了。」

允瓔笑著招呼，轉身扶烏承橋。他這段時日一直在鍛鍊身體，倒是能站起來走幾步，可是，這會兒是在船上，他一個人肯定不行。

架著烏承橋的一條胳膊，小心翼翼地扶他下船，跳上幾級臺階，總算安然把他送到輪椅上，允瓔才鬆了口氣。

「累了？」烏承橋歉意地看著她。

「沒事，先回家吃飯了。」允瓔搖搖頭，對那婦人和楊春娘兩人招呼一聲，推著烏承橋的輪椅往回走，至於船，有她們兩個在，當然不用擔心了。

「瓔兒，晚些幫我去書坊送個信，通知單兄弟。」烏承橋轉頭看她，柔聲說道。

「書坊？」允瓔驚訝，沒想到那單子霈力量還挺大的呀。「看不出來，他還有這麼大的本事。」

「單家，原也是個大家族。」烏承橋知道她的意思，笑著解釋。

「好的。」允瓔點頭。碼頭到貨行這段距離不遠，可就是這麼一段距離，她也感覺到了寒冷，風吹得她直縮脖子，她有些懷念羽絨外套，不過，很快她的思緒又跳到了烏承橋身上，她這樣一直在走動都還覺得冷，他那腿……會不會更冷？

允瓔瞟了一眼，心裡開始在回憶護膝的做法。

就在她推著烏承橋進入貨行大門的那一瞬，街上拐出一頂轎子，慢慢轉了過來，往貨行這邊緩緩行來。

貨行剛開門，戚叔便忙得不可開交，留在大廳打掃的年輕人看到兩人，忙喊了一句。

「烏兄弟、小娘子回來了。」

戚叔和陳四立即從後面出來，迎了過來。

「你們回來得正好，昨兒晚上快打烊的時候，我們接了一位客人，原本說好是暫存的貨，可今早那客人卻說出了意外，想把貨賣給我們，我正不知道怎麼處理呢。」戚叔看到兩人，直奔主題。

「都是什麼貨？」允瓔驚訝地問。居然有這樣的事，難不成貨行好運要來了？天上開始掉餡餅了？

「全是瓜果蔬菜之類的，還有一半是爛葉子。」戚叔嘆氣。「瓜果蔬菜倒是還好，可那些爛葉子……那人出價也不低呢，全部東西，還算是給我們低價的，也要一百八十兩銀子。」

允瓔頓時對戚叔說的爛葉子來了興趣。

戚叔立即領著允瓔去庫房，在第一間屋子裡，一邊果然擱著無數的筐子，各種蔬菜瓜果，而另一邊，則是一個個草袋，整個屋子裡散發著一股腥味。

「就是這些。」戚叔皺眉拉過一袋已經開了袋口的，裡面的東西黑黑的。

「海帶?!」允瓔驚訝地拉出一些細看了起來。

這果然就是海帶！

她沒有看錯，泗縣不是沿海，而這個時代的海事只怕不是很發達，戚叔等人一時沒認出來也不奇怪。

「這是幹什麼用的？」原本就在庫房裡清理的幾人好奇地問道。

「這是一種菜。」允瓔笑道，轉身去看別的，除了一大半戚叔說的爛葉子之外，還有大量的冬筍、菘菜、黃瓜。「這麼多菜，那人是販菜的嗎？」

「應該是，他昨天過來時很晚了，說是喬家一管事的跟他訂的菜，當時說什麼菜都可以，結果這會兒一來，喬家那管事的卻把他趕出來，說他拿爛葉子糊弄人，連帶著別的東西也不要了。」戚叔本著對喬家的反感，唏噓不已。

「那他有沒有說這爛葉子是從哪裡來的？」允瓔更好奇這海帶的來源。依這個時代的技術，哪裡的人這樣厲害，居然能把深海裡的海帶都弄上來賣了？

「問了，他說，之前在海邊小鎮上遇到幾個番商發生了點麻煩事，他就幫了一把，然後那幾個番商就邀請他過去，招待他吃了一頓，他覺得好吃，就送過來給喬家，也算是圖個新鮮，沒想到到了這邊打開一看，居然是爛葉子，他直道被那幾個番商給騙了。」戚叔嘆氣。「這麼多菜，他在泗縣又沒有住處，要是自己留下賣，還不夠付庫房的錢，所以他就想著低價處理了，正巧，看到我們貨行的牌子了。」

「問問他，全部一百兩行不行？行就全接了，要是非要一百八，就請他把昨夜的租房錢給付了，還有夥計們辛辛苦苦搬來搬去的，總得意思意思一下不是。」允瓔笑道：「這些……可是好東西呢。」

「真的？」戚叔等人一愣，驚訝地問。

「真的。」允瓔笑道：「不過，戚叔，您可別因為同情他把話給露了喔，我料想著，他這批貨，刨去一路的開支，一百兩都有賺的，就是賺得少些罷了。這番商的東西，都沒人認識，也不會貴到哪兒去，等生意成了，倒是可以告訴他，那番商沒騙他，只不過是他不識貨罷了。」

「放心，我知道怎麼做了。」戚叔連連點頭，笑著離開，他沒有問允瓔是怎麼知道這些的，他甚至連懷疑都不曾有一下。

允瓔心頭暖暖，看著戚叔離開，轉頭看著在幫忙的幾人說道：「把這些分一下吧，哪些能存久些的放一起，哪些容易壞的先挑出來，拿到小院那邊處理一下。」

「好嘞。」幾人齊聲應道，動手重新整理。

陳四家的匆匆而來，對允瓔說道：「大妹子，喬家少夫人來了，要見妳呢。」

允瓔一愣，想起之前老莫等人喊她少夫人的事，一時怔忡，會錯了意，不過，那是不能說的事，為了謹慎，她小心詢問了一句。「喬家少夫人？」

「就是喬二公子的夫人唄。」陳四家的解釋了一下。「快去吧，這兒要做什麼我們來，別怠慢她，到時候喬家的人又要起是非了。」

「好。」允瓔點頭，指了指海帶。「陳嫂子，麻煩把這個拿出少許去洗洗，記得，不要用熱水，只能冷水或是溫水，把外面的洗乾淨了，就拿水泡著，一會兒我去處理。」

「這爛葉子也要洗？」陳四家的上前看了一眼，很是驚訝，不過還是點頭，揮了揮手。「去吧，我保證辦好。」

允瓔笑了笑，轉身往前面走。到了貨行會客的地方，果然就看到柳媚兒坐在那兒慢悠悠地喝茶，一臉好奇地四下打量。

「見過喬少夫人。」走上前，允瓔笑盈盈地打招呼，她雖然納悶柳媚兒的來意，但來者是客，在不知情的情況下，也只能客氣相待。

「邵姑娘。」柳媚兒聽到聲音，立即放下茶杯站起來，滿面柔和，和之前在石陵渡初見判若兩人，便是她身後的兩個丫鬟，也是見過的，此時見了允瓔也紛紛行禮。

「不知喬少夫人今兒過來，是要買東西嗎？或是賣什麼？」允瓔微微避開，試探著問。

第九十一章

「之前貨行開張，我因為家裡有事，也沒能過來看看，今兒閒著無事，就想著來瞧瞧。」柳媚兒嬌笑著，指了指貨行的門面。「沒想到，姊姊……不，按著輩分，我還得喚妳一聲姨呢，沒想到邵姨好目光，這換了幾個人都沒能開得下去的庫房，到了妳手裡竟煥然一新，我方才還在嘀咕是不是走錯了呢。」

一聲姨，聽得允瓔雞皮疙瘩都起來，打量著柳媚兒，心裡滿滿嫌棄，雖說她比柳媚兒大個兩歲吧，可也不至於……那麼老吧？

「喬少夫人，這姨字又是從何說起？」允瓔明知故問。

這樣的論資排輩，必定是與邵會長家有關嘍，只是沒想到，柳媚兒會……呃，她是柳媚兒的姨，也就是喬承軒的姨，而烏承橋和喬承軒是兄弟……允瓔想到這兒，有些忍俊不禁。

柳媚兒以為允瓔在笑她，忙拉著她的手笑著解釋道：「妳是邵會長的姪女，論輩分，我家相公還得喚邵會長一聲表叔公呢，這樣一算，妳不就是我們的姨了嗎？」

「聽著彆扭，我們還是平輩論交，喊我英娘就好。」允瓔實在聽不下去，不動聲色地抽出手，趕緊轉移話題。

「那妳也不用喬少夫人的喊，叫我媚兒就行。」柳媚兒掩嘴一笑，順勢說了下去。

「請。」允瓔笑了笑，不置可否。

「英娘，再過些日子就是我家婆母五十大壽，到時候還請英娘賞臉，來喝杯水酒。」柳媚兒一坐下，便取了一份紅紅的帖子遞給允瓔，說著便嘆了口氣，一臉推心置腹的樣子。「我初初進門沒多久，就遇到這樣的大喜事，我倒是有心給婆母她老人家好好慶祝，只是無奈人微力薄，我相公這幾天又忙於生意不在泗縣，這家裡一攤子事，這些日子著實累得慌。」

允瓔接過帖子看了看，沒說話。

「那天在鋪子裡偶遇英娘，我甚是高興，這一下，我在泗縣就不再是一個人，以後，我常來找英娘說話可好？」柳媚兒柔柔地說著，一雙水靈靈的眼睛巴巴地看著允瓔。

咋不說那天衝撞了喜轎甚是高興呢？

允瓔在心裡腹誹，面上卻保持微笑說道：「喬少夫人是貴客，能光顧我們小貨行，我們自然高興，只是就怕我到時候太忙，怠慢了喬少夫人，妳可別生氣喔。」

「不會不會，我怎麼會生英娘的氣呢？」柳媚兒連連擺手。

不生她的氣才奇怪。允瓔忍笑，早前還一副想吃了她的樣子呢，這會兒她成了邵會長和關老夫人的姪女，倒是連氣都沒了。

允瓔不說話，柳媚兒也覺得有些尷尬，這時，柳媚兒的丫鬟之一體貼地遞上話題。「小姐，姑爺的酒也是訂在這兒的，您不是說要看看嗎？」

「是了是了，妳看看我，這幾天忙的呀，記憶可差了。」柳媚兒連連點頭，看著允瓔笑道。

「喬公子訂的酒頗多，只怕要再過幾天才能送過去呢，不過少夫人放心，我們絕不會耽誤事情的，屆時一定準時送到。」酒早已備下，只是允瓔卻懶得應付柳媚兒，直接就拒了。

「英娘，我聽說一間麵館也是妳的？」柳媚兒也沒顯出不悅，溫婉地笑著。

「是，妳要嚐嚐嗎？」允瓔直接問道。嘮叨了半天，除了送帖子也沒個正經話題，真累。

「不用不用。」柳媚兒擺手。「壽宴上不是要長壽麵嘛，我聽說一間麵館的麵極好，就想著問問英娘，到時候能不能派人幫我做那天的長壽麵？」

允瓔聽到這兒，倒是聽出點意思了。

之前柯至雲拿酒給喬承軒品嚐，就是想打壽宴的主意，那主意已經成功了，那接下來，這柳媚兒送上門的生意，她豈能白白浪費？

「少夫人，這長壽麵固然是壽宴上一大重點，不過，還有一樣東西在那天也是非吃不可的呢。」允瓔想起前世韓國人生日要喝的海帶湯，乘機推薦。

喬家辦壽宴，今年又是柳媚兒進門主持的頭一年，也是喬承軒接任家主的第一年，更是喬二夫人揚眉吐氣的第一年，她就不信他們家不會風光大辦，那樣，到時候她把長壽麵和海帶湯一擺出去，這往後，她還怕剛收到的海帶會浪費嗎？

「妳說，是什麼？」柳媚兒興沖沖地問。

「海帶湯。」允瓔故作高深地說道。

海帶湯是韓國婦人生產後的調養品，亦因為母親生產時極為痛苦，子女生日時喝海帶湯，就是要記著母親的偉大，以此來代表對母親的敬意。

當然，允瓔介紹的時候自然不會說這些，無論是從紀念還是滋補的角度去說，都不太符合這個時代，所以，她想了想，編了個傳說——

傳說中，在天之涯海之角，有那樣一個族群，海帶是他們的聖物，他們相信海帶能為他們帶來好運、健康、福運，在他們的族群裡，只有生日那一天，人們才能喝海帶湯，以求福運……

允瓔一本正經地解釋著，心裡卻要笑翻了天，她真佩服自己，這樣蹩腳的故事，居然也能把柳媚兒哄得一愣一愣的。

「就是這樣，在他們那兒，這海帶湯就與我們的長壽麵一樣。」允瓔眨眨眼，暗暗調整呼吸忍笑。「這平常呀，無論富貴人家還是貧寒小戶，有錢的、沒錢的，慶生吃一碗長壽麵最簡單不過了，區別只是食材和花樣上，可海帶湯卻不同，至少在我們這邊是絕無僅有的。」

「說得這樣神奇，去哪裡才能找得到？」柳媚兒聽得倒是神往，但一想到這天之涯海之角的東西，她不由犯愁，喬家不缺錢，可是，有錢也得有地方去買呀。

「我既然說得出，自然是找得到嘍。」允瓔頗自豪地笑著。「只不過，價格麼……有點兒高。」

「價高不是問題，只是，那天能不能請英娘妳親自動手呢？我擔心廚子沒做過，會弄砸了。」柳媚兒笑道。她今天來就是為了從允瓔這兒下手，打開和邵家、關家交好的缺口，所以無論允瓔提什麼主意，她早就打定主意應下，可沒想到，允瓔提的卻是這個，她倒是有興趣試一試。

「成。」允瓔點頭，站了起來。「多謝喬少夫人對我們貨行的信任，那我去準備了，明兒我派人把報價送府上去，只是現在不好意思，我得失陪了，那兒還有一大堆事呢。」

「好，那我不打擾英娘了。」人家都下了逐客令，柳媚兒當然不好意思再坐著，便站起來，笑盈盈地告辭。

「不送。」允瓔微微曲膝。看著柳媚兒出了貨行的大門，隨即快步轉身回庫房，浪費大半天的工夫，總算爭取到些許補償。

庫房裡，東西都已經整理出來，需要及時處理的都被送到了小院。

允瓔立即回到小院，看到井臺邊擺滿東西，婦人們正圍著討論。

「怎麼了？」允瓔笑著過去。

「大妹子，花了這麼多錢買這些……這也吃不完呀。」陳四家的心疼地看著井臺邊的海帶、蔬果。

「戚叔都處理好了嗎？」允瓔一聽，就知道戚叔把事情辦好了，這效率還真快，她滿意地笑了笑。

「辦好了呢，付了一百二十兩銀子，只是我想不明白，這些東西需要付那麼多銀子嗎？感覺吃這個就跟吃銀子一樣。」陳四家的還在嘀咕。

「陳嫂子，放心，這一百二十兩，半個月後必定翻好幾倍。」允瓔輕笑，上前指揮道：

「多準備些陶缸，還有鹽、醬油，能醃的醃，能醬的醬，這些菜可以醃、可以用開水燙，做成酸菜，冬筍可以製成筍乾、烤筍，總之，這些東西絕不會浪費的。」

這一批貨，有些是乾貨，有些是臘過、醬過、燻過的東西，而這些新鮮的食材，應該都是那人深信了管事的話，在附近一股腦兒地採購來，卻沒想到被管事的拒了，倒是便宜了她。

允瓔一眼掃過，有了主意。

酸爽的酸菜麵、鹹菜麵，鹹脆的醬黃瓜、耐存的筍乾、鮮香的烤筍、甜甜的蜜餞……想想都要流口水！

相信往各個酒樓飯館一推薦，也會受歡迎，就算賣不出去也能自己存著當年貨了。

允瓔立即把幾樣想到的先跟陳四家的幾人細細說了，馬上，有人去採購東西，有人繼續清洗整理蔬果。

「瓔兒。」烏承橋見允瓔閒下來，才來到門口喊一聲。

「來了。」允瓔立即應道，跑進屋，她先關注了他一番，才問道：「怎麼了？」

「柳媚兒過來做什麼？」烏承橋已經知道柳媚兒來訪的事，一開口就問這個。

「她來送這個呢。」允瓔忙把懷裡的紅帖遞給他看。「臘八節，喬二夫人五十歲生辰，她來找我做長壽麵和海帶湯。」

「海帶湯？」烏承橋不解地看著她。「那是什麼？」

「今兒收的一樣乾菜，我糊弄她說那個和長壽麵一樣，也是幫人慶生用的，她就買了。」允瓔笑笑，看著他手中的紅帖，問道：「我去沒關係吧？」

「沒事，去吧。」烏承橋打開紅帖看了看，淡淡地點頭。

「我覺得，她這次來是衝著邵家和關家來的，這帖子怕就是個藉口。」允瓔撇撇嘴。「有點不想去，我想把這兩樣做法交給她們，讓她們去。」

「還是去吧，喬家這個時候還辦壽宴，必定不是一般的壽宴，妳去看看他們想做什麼也好。」烏承橋搖搖頭，勸她親自去。

「好。」允瓔點頭，見烏承橋情緒不高，不出好奇。「你又想起那些不開心的事了？」

「沒。」烏承橋把紅帖隨意扔在桌上，收回目光，柔柔看著她，淺淺一笑。「妳先去忙吧，早忙完了早些休息。」

允瓔見他不想說，也不勉強，朝他笑了笑，轉身出去。

她也是習慣了烏承橋常常發呆想心事，而且，她也知道他想說的時候，自然會跟她說，不想說的時候她也沒想勉強他，所以她出去得太快，以致忽略了烏承橋眼底流露的那絲哀傷……

允瓔要的東西，很快就買了回來，接下去的一下午，她再沒有空去關注別的，帶著陳四家的和幾位婦人洗洗刷刷，又是醬又是醃的，等全部處理完，已然入夜，前面貨行也打烊了。

「這些筍明兒再烤吧。」允瓔看著一缸缸一罈罈的醬菜、醃菜，頗為滿意，拿了紙筆在上面一一記錄下醃製時間，讓人密封了存到庫房裡。

整理完畢，眾人才開始入席吃飯，說著今天一天的收入和趣事。

「大妹子，妳怎麼會懂這麼多？」席間，陳四家的問道。

「這些醃菜、醬菜，都是跟我娘學的，至於其他麼，以前跟我爹娘擺渡的時候，四處走，聽說的。」允瓔淡定地給出理由。這理由已經用了不止一次，屢試不爽。

說罷，還看了烏承橋一眼。

只是，烏承橋卻一直低頭吃飯，也不知道是不是沒聽到他們談話。

允瓔奇怪地看著烏承橋，心裡直犯嘀咕，難道是因為柳媚兒今天的到來？

好歹，柳媚兒是他曾經未過門的妻子。

想到這兒，允瓔心頭一陣刺痛，突然，碗中的飯菜也失了味道。

他不是個能讓人隨意安排的人，當初，他為什麼會乖乖接受這門親事？

難道只是因為柳媚兒的爹嗎？

那一天，知道柳媚兒嫁給喬承軒，他似乎就……很難過很難過，而今天……

允瓔越想心裡的刺痛越擴大，竟成了一塊堵在心口的大石頭，悶得她喘不過氣來。

「跟著大妹子，一定不用愁吃愁穿了。」陳四家的還在和眾婦人討論。

「大家慢吃，我先回房了。」烏承橋放下碗筷，微笑著向眾人說道，推著輪椅先回了屋。

「戚叔，喬家二夫人五十歲壽宴快到了，他們要的酒怕是不夠，明兒讓陳四哥去一趟陶伯那兒，多運些回來，另外還得多捕些魚，今天他們訂了長壽麵。」允瓔看了看烏承橋，跟戚叔交代事情。

「好。」戚叔點頭記下，邊吃邊吩咐陳四等人。

允瓔先退了下去，到廚房提了熱水回房，烏承橋正坐在桌邊，拿著那紅帖出神。果然是因為……允瓔收回目光，心思急轉，微笑著上前。「相公，洗洗歇息吧。」

「妳先睡吧，我還有些東西沒整理。」烏承橋放下紅帖，倒是朝她溫柔一笑，可是，看在允瓔眼裡，卻似乎添了一分勉強。

「好。」允瓔點頭，提著熱水進了隔間，進去的瞬間，她便皺眉嘟起嘴，很不高興地想著——他果然在意那個柳媚兒！

接連兩天，允瓔不止一次瞥見烏承橋哀傷地坐著，心裡越發不是滋味，不過，他強裝沒事，她也閉口不問。

整日裡，允瓔把精力都放到處理食材上。

陳四夫妻倆得了任務，去了陶伯那兒運酒。阿明兩兄弟暫時沒事，就領了捕魚的任務，都是船家漢子，這些事對他們來說，比做木工活還要簡單。

很快的，魚也送來不少，允瓔開始試做長壽麵。長壽麵和普通麵條不一樣，自然不能用刀切了，只是，允瓔對長壽麵又不熟悉，只好花工夫練習。

至於海帶湯，這兩天已經試過了，燉排骨、調拌海帶絲之類的菜餚，已獲得眾人一致好評。

幾天的工夫，允瓔在一心一意研究長壽麵中度過。

第九十二章

這天一早，允瓔正在小院子裡晾衣服。

關麒出現在小院，他一看到她，樂顛顛地跑過來。「表姑。」

允瓔嚇了一大跳，手中的衣服險些掉到地上，還好她手快，及時接住，帶著不悅，她瞪了他一眼。「誰是你表姑！」

「妳呀。」關麒笑嘻嘻地過來，瞟了一眼那些屋子，湊到允瓔面前。「我爹派人查過了，妳爹確實就是我小舅爺，所以，妳不是我表姑是誰？」

「查過了？」允瓔挑眉，心裡一突，他們都查到什麼了？只是，看關麒喊得這樣自然，應該不是假的吧？不過，不論是真是假，跟她都沒有關係。「哦，知道了。」

說罷便繼續晾她的衣服。

「我今天特地來找妳的，接下來有什麼打算？」關麒站在她對面，好奇地問道。

「什麼打算？」允瓔壓根兒就沒想過，她奇怪地看了關麒一眼，問道：「你問的是哪方面的？」

「當然是回邵家的事啊。」關麒理所當然地說道。

「回邵家幹麼？」允瓔連連搖頭，她才不要回去呢。

「太奶奶年紀很大很大了，她要是知道這件事，肯定要押妳回去的，妳總不希望她老人家失望吧？還有，為了大哥，妳也得回去呀，只有在邵家，他才能更安全不是？」關麒急急說道。

允瓔晾完衣服，睨著他問道：「你是來當說客的嗎？」

「當然不是，我是為了你們好。」關麒連連搖頭。

允瓔想都不想地回絕。「自家住得好好的，幹麼要回邵家？就算我真的是邵會長的姪女，也沒有回邵會長家住的道理呀，更重要的是，我都嫁人了，帶著夫婿回伯伯家，豈不惹人笑話？還有，你確定邵家就一定比這兒安全？」

「這……」關麒語塞。

允瓔不待他開口，繼續說道：「我們回去了，再出來更麻煩，這兒的生意誰管？你和喬公子參的銀子還沒賺回來呢，難道你想讓這些銀子打水漂？你願意我還不願意呢，我們這麼多人，可比不得你們財大氣粗，我們還得靠貨行、靠船吃飯的。」

關麒無語地看著她。他什麼也沒說呀，她就一頓的話，還給他說話的機會不？

「你還有事？」允瓔這幾天心情鬱悶，這會兒又聽到邵家的事，連說話都帶著火氣。

「沒事了。」關麒下意識地搖頭，一臉古怪地看著允瓔問道：「妳怎麼了？大哥惹妳生氣了？」

「沒有。」允瓔否認。「既然沒事就回吧，我還有事要忙，不奉陪了。」

「欸欸，等會兒呀。」關麒見她說走就走，忙快步跟上。「後天我來接妳。」

「幹麼去？」允瓔皺眉。

「我祖母說，後天設個家宴，讓妳和……大哥一起去。」關麒目光一掃，尋找著烏承橋的蹤影，只是，院子裡除了忙碌的眾人，哪有烏承橋的影子？

「你覺得可能嗎？」允瓔嘆了口氣，這次，換她無語了。

「呃……我也覺得不可能。」關麒尷尬地笑了笑。「大哥就算不能去，妳卻是跑不了的，要不然太奶奶親自過來，大哥更是藏不住了。」

「知道了。」允瓔也知道避不開，她頂了邵英娘的軀殼，連帶的也繼承了邵英娘的一切，與其被老太太上門鬧得人盡皆知、騎虎難下，她不如配合點，去拉一拉邵家和關家的關係，借一借勢，現在，可不就是烏承橋最需要借勢的時候嗎？

「那我回去了，後天一早來接妳。」關麒摸摸鼻子。沒見著大哥，這新上任的表姑貌似不太好說話，他還是早點閃人吧。

「嗯。」允瓔點頭，總算是給面子的送了幾步。

目送關麒離開，允瓔把木桶送回屋裡，烏承橋又在那兒寫寫畫畫，全神貫注得似乎沒看到她般，她抬頭看看他，放輕腳步往門口走。

「瓔兒。」快要出門的時候，烏承橋卻突然出聲喚道。

允瓔平白無故地心頭一悸，忽地轉身，幾天的烏雲在這一刻似乎灑入了一絲陽光，隱隱有崩塌的趨勢。

「妳這幾天怎麼了？」烏承橋放下筆，目光一如既往的溫柔。

允瓔一滯，那絲陽光黯了下去，帶著一絲幽怨，她看看他，收斂起所有情緒，撇嘴道：「很好呀，沒怎麼。」

烏承橋也不是那沒眼力的人，一聽就知道有事。「瓔兒，是不是遇到難事了？剛剛我聽到關麒的聲音，他來說了什麼？」

允瓔一聽，更加鬱悶，淡淡應道：「喔，他來告訴我，關大人查了線索，說我爹確實是邵會長失散的四弟，還說，後天讓我們去邵府赴家宴。」

「我這樣子，便不去了吧，妳自己小心些。」烏承橋很自然地說道。

「嗯。」允瓔點頭，放棄等待他的解釋。「那我去忙了。」

「好。」烏承橋點頭，只是，他還沒說完，她已經轉身出門去了，他不由一愣，皺起了眉。許久不見她這樣，這到底又怎麼了？

允瓔來到院子裡，轉頭看了看自己的房門，嘟著嘴長長地嘆了口氣。

她從來沒像現在這樣遷就過一個男人，可偏偏是這麼個不解風情的……不對，他是那不解風情的人嗎？明明就是個風月高手，所以，她才鬱悶，很鬱悶！

允瓔站了一會兒，收拾心情進了廚房，開始新一天的研究練長壽麵。這長壽麵是拉得夠長了，卻不夠細、不夠均勻，這一點，柳柔兒做得比她好太多了。

看著柳柔兒，不免又想起柳媚兒，允瓔不由皺眉。

她記得之前柳柔兒對柳媚兒的排斥，加上她和柳媚兒的幾次接觸，總覺得她不是省油的燈，烏承橋到底看中人家哪一點呢？

好奇心伴著酸意在心頭泛開，允瓔側頭看了看柳柔兒，欲言又止，她想問問柳媚兒到底是什麼樣的人，可又覺得這樣打聽「情敵」，未免太跌價了。

「邵姊姊，妳怎麼了？」柳柔兒敏感地察覺到，轉頭笑問道。

「那個……」允瓔猶豫了一下。

「邵姊姊，妳是不是有什麼事要我去辦？」柳柔兒驚訝地看著她，說到這兒，她拍去手上的麵粉，等待允瓔的指示。

「不是……」允瓔忙搖頭，看了柳柔兒一眼後，猶豫地開口。「妳那堂姊……是個什麼樣的人？」

「啊？我堂姊？」允瓔從來沒和柳柔兒這樣閒聊過，這突然的一句，柳柔兒一時竟反應不過來，傻傻地問：「我哪個堂姊？」她堂姊真的很多哦，堂哥、堂弟、堂妹也不少。

「喬家二少夫人，柳媚兒。」允瓔無奈地解釋。她知道柳柔兒堂兄弟姊妹一定多，但她只認識柳媚兒一個好不？

「她呀——」柳柔兒恍然大悟，拖長聲音說道。「不怎麼樣，表裡不一，自大狂妄，自以為是，目中無人……」

柳柔兒一張口便是一通貶低，聽得允瓔一陣無語，顯然，柳柔兒對這位堂姊很反感，這一點，倒是在她初遇柳柔兒那天就能看得出來。

「她平常都是怎麼對妳的？」允瓔打斷柳柔兒的話。這是柳柔兒一個人的評論，她想聽的是柳媚兒平時的表現，只有平時表現才能看出一個人的性格和行事。

柳柔兒倒也沒有懷疑別的，兩人邊做著麵，邊說著柳媚兒的事。

柳媚兒並不是嫡女，只不過其母比較受寵，以致她身為庶女卻養成了比嫡女還要嬌橫的性子，平日在家時有規矩壓制，倒還好些，可自從到了柳柔兒家，那以自為官家小姐的架子就出來了，柳柔兒一家子沒少受她眼色的，柳柔兒的父母都沒能免俗，更別提柳柔兒幾人了。

稍不順心就摔東西，一不如意就斥責別人，弄得柳柔兒家烏煙瘴氣的，偏偏柳老九巴結兄長的權勢，對柳媚兒唯命是從。

「要說什麼嫡庶，我好歹也是嫡出的，可我爹……慫沒骨氣。」柳柔兒說罷，很不服氣地嘀咕了一句。

「她為什麼不待在繁華的京都，來這兒做什麼？」允瓔奇怪地問。

「還不是因為她犯了錯。」柳柔兒吐槽道。「我爹雖然沒說她犯了什麼錯，不過據我所知，她在家太囂張，姊妹們看不慣，然後就被設計了，原本她是要被罰去什麼庵禁足一個月的，可架不住她有個好娘，禁足變成了讓她回祖祠反省，就來了我家，到了這邊，誰還真敢讓她進祖祠啊？還有我那個爹……我有時候都要懷疑，她才是我爹的女兒。」

「她和喬家的親事……」允瓔頓了頓，看來，柳媚兒這兩次表現出來的溫婉客氣也是有目的，仔細想想，恐怕與那天關老夫人介紹她有關，難道喬承軒在巴結關家？可想想又不對呀，喬承軒和關麒關係不錯，想來早已和關大人搭上線，為什麼還要柳媚兒出面做公關？實在說不通……

柳柔兒卻接著她的話直接說下去。「都是我爹啦，要不是她來，這親事說不定就是我的，妳不知道，之前她有多得意，整天念叨著喬大公子怎麼俊、怎麼好，說什麼此生非君不嫁，酸得我們都要倒牙，可是呢，喬大公子出了事，還沒半年呢，她就嫁給喬二公子了，妳說她口是心非不？」

「是有點。」允瓔聽到那句非君不嫁，心頭一陣翻騰，那他呢？可是非卿不娶？

「喬大公子要是知道，一定傷心死了，那時候他對她可好了。」不知內情的柳柔兒繼續說道。「她常常拿喬大公子送的禮物來給我們炫耀，又是首飾又是各種新奇小玩意兒的，沒一樣是尋常貨色。唉，說起來，喬大公子真的好體貼、好大方呢……」

允瓔有些後悔挑起這個話題，這會兒好了，她聽不下去了，他體貼、他大方……果然都是針對某個人的。

「這些差不多了，妳收拾一下，我有事出去一下。」她打斷柳柔兒的話，這些什麼破事，她才不想聽呢。

從廚房出來，允瓔在自己房門前頓了頓，看了虛掩的房門一眼，轉身去了庫房。

自小到大，從來不會像現在這樣，被人三言兩語就挑起翻天的酸意，而此時，她還沒有做好揭開真相的準備，一旦真相太過血淋淋，她該怎麼面對他？

如以前的想法一樣，等他傷好就分道揚鑣嗎？

此時此刻，她一點把握都沒有了，從未心動的她已經一頭栽進去，認清心意之後，她當然不會輕易放棄。

不戰而敗可不是她的風格；而且，柳媚兒已經成了喬承軒之妻，難道她還比不上那柳媚兒？

想到這兒，允瓔心情稍緩，深吸一口氣，拋開那些雜念專注做事。

她性子就是這樣，一陣風一陣雨，自我調適能力超強，淡定下來後，她又是那個忙碌而有活力的允瓔。

吃過飯，在庫房忙了一下午，入了夜，總算把餘下的蔬果都處理好，才算歇下來，吃飯、洗漱、上床休息。

「瓔兒。」烏承橋幫她掖好被角，摟著她的腰。他還在疑惑，她似乎越來越不對勁了，到底是出了什麼事？

「嗯。」允瓔一看到他就想起柳柔兒說的話，想像著他對柳媚兒的體貼大方，心裡不禁悶了悶。

「妳怎麼了？哪兒不舒服嗎？」烏承橋半撐著身子低頭打量她，手撫上她的手臂，是這兩天練長壽麵累了？

「沒。」心裡不舒服，你知道不？允瓔腹誹，不過她倒是有了回應，轉身窩進他懷裡，聞著他帶著藥香的氣息，閉上眼睛說道：「有點累。」

「累了就歇兩天，這麼多人在，妳不用這樣勞累的。」烏承橋抱著她，柔聲說道。

「嗯。」允瓔應了一句，忍不住想像他對柳媚兒說話時的語氣，睜開眼睛看著他，脫口問道：「你以前……」

「我以前？」烏承橋挑眉問道：「妳想問什麼？」

「算了……」允瓔又覺得問不出來。

「在胡思亂想什麼？」烏承橋托著她的下巴，審視般地盯著她。「是在為邵家的事煩心嗎？」

「沒。」允瓔扒開他的手，重新窩回去。還是不說了，讓他知道自己在吃醋，他不得尾巴翹上天了？不行，她不能落於下風。

「那件事，其實也沒什麼可想的，是真也好假也罷，順其自然就是了，我們又不圖邵家、關家什麼，歸根結柢，還是妳在幫他們不是？」烏承橋柔聲安慰道。

「嗯。」允瓔點頭。對這點她也確實沒有什麼負擔，又不是她求著他們。

「邵家人多，那天家宴上，多聽少說便是，別怕。」烏承橋繼續安撫道。她從沒有涉足過那樣的場合，緊張也有可能，他從那樣的大家族裡出來，當然知道家宴時會是什麼樣子，只是他不能出面，也就只能給她加油打氣了。「關老夫人為人豪爽，她會幫妳的。」

「我知道。」允瓔又懶懶地點頭。

「要不，我陪妳去？」烏承橋低頭看著她問。

「不用啦，邵家人多，不安全。」允瓔搖頭。見他也是誠心在為她打算，心裡稍稍好受些，一側身，趴在他胸口，支著下巴問道：「相公，我問你一件事。」

「啥事？」烏承橋淺笑，她終於肯說了？

「如果有一天，我們成功了，收回了喬家，你會怎麼處置喬家人？」允瓔想了想，迂迴問道。

「嗯？」烏承橋訝然，細細打量她一番，見她確實沒有開玩笑的意思，才說道：「這得看他們的態度，我雖然不會做趕盡殺絕的事，但該狠的時候，我也不會手軟。」

「那如果柳媚兒求你放過他們呢？」允瓔脫口而出。

「柳媚兒？」烏承橋挑眉，不解地看著她問：「為何突然提到她？」

「我只是……問問。」允瓔有些不自在地扭扭身子。

烏承橋雙手箍緊她，湊近她的臉頰逼問。「說實話，在胡思亂想些什麼？」

「哪有。」允瓔嘟囔了一句，否認。

「那妳提她幹麼？」烏承橋不信。

「說了只是……」允瓔抬眸，見他一臉不信，心裡一堵，戳著他心口，瞪眼問道：「不要迴避問題，說。」

「她跟我又沒關係，我為什麼要因為她就改變主意？」烏承橋若有所思地看著允瓔，沒一會兒，他眼底掩飾不住的笑意，似乎，他家小媳婦吃醋了？

「那……要是我不希望你對他們做太狠的事呢？」允瓔被他的回答稍稍取悅，故意問道。

「聽妳的。」烏承橋低笑。「妳是當家主母，一切都由妳發落。」

「不安好心，讓我去做壞人呀？」允瓔捶了他一下，白了他一眼，窩回去準備睡覺。

「快睡吧，那些事還早呢，想它做什麼。」烏承橋笑聲不斷，摟著她重新掖好被子。

「告訴你，不許再理她了。」允瓔嘀咕一聲，很快就沈入睡夢中。

她沒有指明話中的「她」是誰，烏承橋卻聽明白了，側頭看著她安然的睡顏，啞然失笑。原來她這幾天的不對勁，就是因為柳媚兒？也怪他這幾天心情不好，冷落了她，才讓她胡思亂想了吧？

「傻瓔兒，她以前只不過是占了個名分而已，妳才是我的妻子，一輩子都是。」靜靜地看了許久，烏承橋在熟睡的允瓔耳邊悄聲細語。

只可惜，允瓔已然熟睡，沒聽到她想聽的這一句。

第九十三章

到邵家赴宴的這天清晨，關麒早早就帶著轎子來到貨行，同時還帶來關老夫人為允瓔準備的衣服。

看到關麒身後那捧著衣物和首飾的兩個丫鬟，允瓔不由多看了關麒幾眼。

看得關麒莫名其妙，低頭檢查自己好一會兒，確認沒什麼問題才抬頭，疑惑地看著允瓔問道：「表姑，我臉上有髒東西嗎？」

「沒有。」允瓔咧咧嘴，隨口應付了一句。「我只是好奇，你出門怎麼總喜歡帶著這兩個丫鬟，她們倆是你屋裡人？」

「表姑不要亂說。」誰知關麒卻是臉一紅，瞪著允瓔說道：「我家只有那幾個丫鬟，我常出門，祖母怕我粗心，才派她們倆在身邊的，我回到泗縣，她們就回我祖母那兒去了，今天來，可也是為了妳。」

說得那個委屈，看得允瓔不由莞爾，朝兩丫鬟招手。

兩個丫鬟捧著東西上前，眼中都流露著善意，卻沒有什麼巴結。

允瓔收回目光，接了兩人手中的東西，說道：「幾位在堂屋等等吧，我一會兒就好。」

「表姑，她們是來伺候妳的。」關麒一喜，進了小院，就有機會見到大哥了。

「不用，我不習慣。」允瓔搖頭拒絕。「你們進來坐吧。」

「好嘞。」關麒高興地跟在後面。

允瓔回到屋裡，烏承橋抬頭看了看她手中的東西，問道：「他們來了？」

「是呢，讓他在堂屋等著了。」允瓔把東西放到桌上。「關老夫人的心意，只是……」

她頗感慨地拿起其中一個盒子，打開一看，裡面滿滿的首飾，金的、銀的、玉的都有。

她不由一愣，剛剛不知道裡面是這樣貴重的東西呀。

「既是關老夫人的心意，就穿戴上吧。」烏承橋笑道。

「真麻煩。」允瓔大大地嘆了口氣，朝烏承橋癟嘴。「我去換衣服了，只今天一回，要是以後還這樣麻煩，我就不去了。」

「好。」烏承橋淺笑。他當然知道大家大戶的規矩，所以，要是能避，他也不希望允瓔去蹚那些渾水。

「你不去陪關麒坐坐？」允瓔拿起衣服，見他也沒出去的意思，不由好奇。

「快去換衣服吧，早去好早回。」烏承橋避而不答，只是笑了笑。

允瓔點頭，拿衣服進了隔間。

關老夫人準備的衣服，當然是上好的衣料，摸在手裡又柔軟又輕。

衣裳有些像漢服，白色錦帛銜接墨綠滾邊，一圈一圈的繞出層次感，邊緣還繡上精美的蘭花，只是袖口不似漢服那樣寬大，而是裁成窄袖，下面搭配一條迤地墨綠色長裙。

允瓔隨意地綰了髮，出了隔間，烏承橋抬頭，目光一亮，不過，他很快便轉了目光看向她的髮，朝她招手。「來。」

允瓔疑惑地看看自己，走了過去。「怎麼了？有什麼不對嗎？」

「妳的髮型不對。」烏承橋笑著，示意她蹲下，自己推著輪椅去櫃上取了梳子回來。

「怎麼不對？」允瓔一頭霧水。

「妳呀，都是成親的人了，平日在家倒也不用講究，可今日不一樣。」烏承橋笑著，一邊解了允瓔的髮，重新開始梳。「邵家家大，縱是家宴，赴宴的人也必不會少，我可不想我家媳婦被人惦記上。」

他前面說的，允瓔還極認真地聽著，沒想到最後卻冒出這樣一句，不由噴笑。「你大可放心，就我，哪會有人看得上。」

「妳家相公我不是人？」烏承橋拍了她一下，示意她取過桌上的首飾盒子，選了幾樣玉飾幫她釵上。

「對喔，我也正在奇怪，據說像我這樣的，在你以前，絕對是無鹽女之列，你怎麼就會同意和我成親呢？」允瓔側頭瞥了他一眼，開玩笑似的問。

「討打了是吧？」烏承橋頓時啞然，不過，在他心裡也在自問，他當時為什麼會同意？而現在，他絲毫不覺得她哪裡不好，甚至就在剛才，他還有一剎那的驚豔。

「好奇嘛。」允瓔見他不說，倒也不勉強，拿起鏡子自顧自地照看，還別說，烏承橋這手藝真不是蓋的，比她的要好多了。「看不出來，你還會梳女子的髮型呀。」

「不早了，莫讓老人家久等。」烏承橋有瞬間的尷尬，他的手藝……年少輕狂的事，在她面前還是不提吧，之前因為柳媚兒，她還不高興來著。

「那我去了。」允瓔滿意地放下鏡子，起身拿起桌上的首飾盒往外走去。

烏承橋點頭，推著輪椅跟在後面，到了門口，關麒已然聞聲走了過來。

看到烏承橋，關麒眼中流露歡喜，脫口喊道：「大……」

烏承橋神情淡淡地掃向他。

「……表姑……父。」關麒硬生生地轉移了話，一想到這稱呼，他便極不自在，別開了目光。

允瓔一聽不由樂了，這都什麼稱呼，不過，她還算顧及關麒的面子，沒有噴笑出來，轉身把手上的首飾盒子遞給他。

關麒遲疑一下，看了看烏承橋，接過盒子。

「照顧好你表姑。」烏承橋眼底浮現一抹笑意。

「放心，我一定將她完好無損地送回來。」關麒見烏承橋主動和他說話，頓時激動起來，拍著胸脯保證道。

烏承橋瞟了他一眼，伸手握住允瓔的手。「不要委屈了自己。」

允瓔會意，甜甜一笑。

她懂他的意思，就如那夜所說，他們也不圖邵家、關家什麼，沒必要去巴結他們，一切順其自然就行。

「戚叔已經備好禮物，記得去前面帶上。」烏承橋早把一切打理好。

允瓔暗道慚愧，她確實是順其自然了，自然到把禮物都給忘記，還好他想得周全。

到了外面，戚叔早把禮準備好了，他們貨行現在也沒有別的特產，只有允瓔蒸餾的酒，如今倒是泗縣風靡的暢銷品，按著烏承橋的吩咐，他準備了四種口味的酒，拿盒子裝了，瞧著倒也好看。

關麒看到這酒不由笑逐顏開，自發地上前拎了。

坐上轎子，晃晃悠悠了小半個時辰，才停下來。

「表姑，請。」關麒撩開轎簾。

冷靜……冷靜……這些人也沒見過邵英娘，她頂多就是麻煩些，沒什麼可怕的。允瓔在心裡安撫著自己的緊張，深吸了口氣，才微提著裙子下了轎。

一側身，便看到高高氣派的朱漆大門下站滿了黑壓壓的人，不過，邵會長等人卻沒見蹤影。

「這位，想必就是四叔家的英娘堂妹了？」那為首的看到兩人近前，快走兩步，朗笑著衝允瓔拱手一揖。

「這是邵琛大堂哥，這位是邵信二堂哥。」關麒得了烏承橋的那句話，自然做得盡心盡力，細心周全地介紹了門口這些邵家的堂兄弟姊妹們。

除了邵琛和邵信，邵會長還有兩個嫡女、三個庶子、兩個庶女，兒子都已成家立業，四個女兒也只剩下最小的一個待嫁，其餘都已有子有女，今天都是特地回來。

邵會長的兩個弟弟雖然已經不在，不過，兩家人也都到齊，二房子嗣單薄，只有兩個嫡出兒子，三房則是三個庶子、兩個嫡女。

允瓔一一行禮，一律報以微笑，反正關麒說該叫什麼那就叫什麼，但到最後，她也只記住了邵琛和邵信，這兩個邵會長的嫡長子和庶長子，都在書院裡當西席先生，言詞談吐也都一派儒師風範。

門口的短暫寒暄後，允瓔在眾人簇擁中往內院走去。

花草樹木，亭臺樓閣，九曲遊廊……

允瓔忽然想起了《紅樓夢》中，林黛玉初到賈府的那一段，那時的林黛玉想的是多聽少說不亂瞧，她這會兒是不是也要學一學？

就在允瓔天馬行空亂想一通的時候，只聽前面傳來丫鬟們此起彼伏的通報聲。「十五小姐到了。」

呃……允瓔瞬間無語，她還真有種「林姑娘到了」的感覺。

「英娘，我們可等了有些工夫了，妳總算到了。」關老夫人坐在一位白髮蒼蒼的老婦人身邊，笑呵呵地喊道，說罷轉頭對老婦人笑道：「娘，您瞧瞧，這就是四弟的女兒，英娘，她回來看您了。」

允瓔站在大廳門口，看著滿屋子人齊刷刷投來的目光，還有身後那十幾個人簇擁著，頓時頭皮發麻，她哪裡是林姑娘呀，分明就是送上門給人觀賞的猴兒嘛。

她飛快地掃了一眼，見邵會長也坐在左邊上首，笑看著她，他下首是衣著素雅的婦人，對面則是兩位婦人，除此，倒是沒有別的人了。

看來其他幾位都是邵英娘的伯母們了。允瓔暗暗吸了口氣，揚起一抹笑，坦然地走進去，她今天來，只不過是替邵英娘完成該完成的事，當年邵父離家，邵母至死未能得到婆家的承認，如今，算是圓滿了。

「我的孫女……」老婦人半躺在太師椅上，膝上還蓋著薄毯，不過，她看起來眼神耳力都挺好，聽完關老夫人的話，便顫著手朝允瓔伸出了手。

允瓔嚇了一跳，這麼大年紀了，可別激動出什麼事來，她下意識地往關老夫人看去。

關老夫人朝她笑了笑，提醒道：「英娘，還不見過奶奶。」

罷了，這麼大年紀的老人了，又是這軀殼的奶奶，磕頭就磕頭吧。

允瓔說服自己，跪了下去，老老實實地拜了三拜。「英娘給奶奶請安。」

「快起來，快起來。」邵太夫人熱淚盈眶，連連招呼允瓔過去。「讓奶奶好好看看妳。」

允瓔無奈，只好過去，一到邊上，便被邵太夫人一把抓住了手，力氣之大出乎意料。

「我的兒啊——我可憐的四兒啊——你怎麼就這麼走了，連娘最後一面都沒見到……」

老婦人一抓住允瓔之後，放聲大哭，哭起那離家二十幾年沒回來過的邵四冬來，令允瓔頓時僵住。

「娘，別這樣，您嚇到英娘了。」關老夫人忙撫著邵太夫人的背，其他幾人也圍過來，對邵太夫人又哄又勸。

允瓔被夾在中間，只好耐著性子等待。

所幸，在眾人七嘴八舌的勸說下，邵太夫人很快止了哭，拉著允瓔不住地問她爹的事。

允瓔能答則答，可到後來聽邵太夫人半字不提邵母，心裡便有些許反感。

「娘，您別光顧拉著英娘說話，她都站半天了，而且，她還得給幾位長輩見禮呢。」關老夫人看不過，忙在邊上打圓場。

「還沒見禮？那不行，快見禮快見禮。」邵太夫人一愣，連連催促著，完全忘記剛剛是誰拉著允瓔說個沒完的。

關老夫人忙又充當引見人，把邵會長和其他三人介紹給允瓔，果然，那三人都是邵家的兒媳婦。

允瓔一一見禮，給足了面子。

等她行完禮轉身，卻見邵太夫人坐在太師椅上已鼾聲如雷。

「最近……已是常事了。」關老夫人順著允瓔的目光看去，輕笑著解釋了一句。「妳的堂哥、堂姊們可都見過了？」

「見過了。」允瓔點頭，眾人見邵太夫人睡著，說話走路都變得極輕，這讓她有些不自在，難道接下去就這樣乾坐著等老太太醒來？

「大姊，娘一時半會兒也醒不過來，這會兒我們看著，妳們且陪英娘去住處看看，可合心意。」邵會長笑道。

「住處？」允瓔驚訝地看著邵會長。

「英娘，都回來了，就在家住下，陪陪奶奶。」邵會長和善地笑道。

「邵會長，那可不行，我那兒還有一大堆事呢。」允瓔微微皺眉，忙說道。「住下怕是不行。」

「妳才回來，要是就走，奶奶怕是又要傷心了。」邵會長勸道。「貨行的事，不是有人看著嗎？再說了，妳那貨行初開，也沒什麼事可忙吧？還是安心在家住著。」

「邵會長，我知道我們貨行小，與邵家相比，根本就不值一提，卻是我們安身立命的根本。」允瓔按捺心頭的不快，她打心眼裡不喜歡這個家庭，剛剛是邵太夫人說的話，現在邵會長說的，都讓她覺得不舒服。沒錯，她的貨行是小，可那是他們的希望所在，邵家再大，那也與她沒有半毛錢關係。「我把他們從苕溪灣帶出來，就得為他們負責，我豈能在這兒安住，把一堆事情都扔給他們呢？」

「妳要是不放心，我可以代妳尋一位管事去貨行看著。」邵會長提議道。

允瓔的笑臉頓時淡下來，直直地看著邵會長說道：「不勞邵會長費心，我們貨行太小，供不起太大的神。」

這話便說得有些直白無禮了。

邵會長不由凝了目光，微皺著眉看著允瓔。

「大弟，今兒英娘剛到家，說這些做什麼？」關老夫人打起圓場，笑著伸手拉住允瓔。「妳大伯也是心疼妳的辛苦，妳一個女人家，撐著那些生意多辛苦，不如就讓妳大伯幫忙物色一位管事的，妳也能輕鬆些，這做生意又不是事事要親力親為的。」

「多謝關老夫人和邵會長的美意，只是，貨行是我和柯公子、唐公子的心血，他們能把貨行交給我打理，也是對我的信任，我豈能辜負兩位公子的美意，自己躲懶反把貨行託於他人呢？」允瓔想起烏承橋說的那句「不要委屈自己」的話，深深感嘆他的先見之明，當下站起來。「今兒我來，也是因為邵會長和關老夫人對老母親的拳拳心意，如今太夫人也見了，我也該告辭了，多謝各位盛情招待。」

「英娘，吃了飯再走吧。」關老夫人一驚，她沒想到允瓔說走就走，忙攔下她。

邵會長的夫人一聽，皺了眉，嫌棄地看著允瓔斥道：「妳這孩子，怎麼這樣不知好歹，我們老爺為了妳，那麼多事都擱下了，妳竟說出這樣的話。」

「抱歉，耽擱您的大事了。」允瓔淡淡一笑，朝邵會長曲膝行禮。「告辭。」

「妳可想好了，邵家的大門也不是說進就能進，出了這個門，再想進來便難了！」邵大夫人冷臉撂狠話。

「大夫人，我想不想進這邵家的大門，我想邵會長最清楚吧。」允瓔卻不為所動。

「傻孩子，莫要說這些傻話。」關老夫人不悅地看了看邵大夫人，圈住允瓔，暗中捏了捏，笑道：「聽姑姑的，等吃過了飯，跟姑姑一起走。」

允瓔看看她。對關老夫人，她倒是頗有好感，她猶豫了一下，便聽到外面有人哼了一聲。

「邵家的飯豈是什麼人都能吃得的？」

「小妹，不可胡說！」邵琛及時斥了一句。

但，允瓔已經清清楚楚聽到了，她不怒反笑，朝關老夫人和邵會長又行了一禮。「多謝夫人和邵會長的熱情招待，至於這邵家的飯，不吃也罷。」

「呵，還挺有骨氣，有本事以後也別吃。」外面的聲音響起，不過這次卻是輕了許多。

「我邵英娘從不曾吃邵家一口飯，未喝邵家一口水，這十八年也沒見餓死。」允瓔不屑地一笑，無視臉色鐵青的邵會長，直接轉身出去。

媽的，如果她在大門口沒聽錯，邵琛最小的妹妹可是邵會長庶出的女兒，還待字閨中，卻敢在這種場合出言譏諷，這一屋子的人卻沒一個開口阻止，他邵會長敢說沒這心思？

「十五堂妹，小妹說話沒個把門的，還請堂妹見諒，吃了飯再走吧。」邵琛倒是溫文爾雅，見允瓔出來，忙上前安撫。

「多謝大公子。」允瓔目光一掃，看到人群裡站著的鵝黃色身影，個子小小，瘦不拉嘰的姑娘，此時正噘了嘴，倨傲地抱著雙臂、揚著下巴，她不由淡淡一笑。「這飯麼，還是吃自己雙手賺來的比較妥當，告辭。」

說罷，在眾人的目光下，傲然往外走。

「等等，我送妳回去。」關麒嘆了口氣，把手裡抱著的幾個盒子一股腦兒地塞到邵琛手裡，快步追上允瓔。

第九十四章

在關麒的相護下，允瓔回到貨行。

一路上，關麒頻頻嘆氣，卻無言以對。

「等我一下。」允瓔來到門口時看了看關麒，淡淡地說了一句就進了貨行。

關麒一愣，有些不解其意，跟了進來。

允瓔直接來到庫房，取了兩瓶果酒提出來遞給關麒。「讓老夫人費心了，我也不知這身裝扮需要多少銀子，這兩瓶酒權當作我的心意吧，希望老夫人莫嫌棄。」

「表姑。」關麒皺了皺眉，正要推辭。

「別叫我表姑。」允瓔打斷他的話，看了看他，算是放緩了臉色。「你還是喊我嫂子吧。」

「大嫂，這個真不需要，衣服是我祖母送妳的，又不值幾個錢。」關麒嘆了口氣，明白她的意思，從善如流地改口。

「我只是想向老夫人表示謝意。」允瓔瞪他，她可不想欠他們任何人情。「我瞧你之前還算爽直，怎麼這會兒這麼婆婆媽媽了？」

「那好吧。」關麒聞言，笑嘻嘻地接過。「不過這會兒都中午了，我現在回邵家，也吃不下飯，不如……大嫂賞口飯吃吧。」

允瓔看著他這樣子，不由好笑，想見烏承橋就直說唄，還說什麼蹭飯。「那就進來吧，不過，先說好，我家的飯可沒邵家的好吃。」

「不會不會，一碗麵就好了。」關麒見允瓔沒趕他，抱著酒瓶子高興地跟在後面進了小院。

「這麼早就回來了？」烏承橋正在院子裡練走路，看到兩人，不由抬頭看了看天色，很是意外。

「邵家的飯沒我們自家的好吃。」允瓔笑了笑，沒提事情經過。

「大……表……」關麒見院裡還有別人，一時不知如何稱呼烏承橋，只好咧嘴笑了笑。

「出了點小意外。」

「什麼大表？」允瓔吐槽。「大哥就大哥，還來個大表，這是哪一國的稱呼？」

「嘿嘿，大哥！」關麒順勢爽快地喊了一聲，看來以後能光明正大喊大哥了，這個意外收穫讓他欣喜不已，至於邵家的一切，壓根兒就不是件事了。

「出了什麼意外？」烏承橋點頭，沒有答應也沒有反對，只關心關麒說的小意外。

「沒事呢，只不過邵家的飯不太好吃，所以我就回來了。」允瓔輕描談寫，一語帶過。

「我去廚房看看，關公子要吃麵？」

「有什麼吃什麼，我不挑的。」關麒忙說道。

他說不挑，還真的不挑，允瓔很快就見識到了，不論是肉食還是野菜，關麒都吃得津津有味，連吃了幾碗飯才停筷。

吃過飯，他又厚著臉皮跟個牛皮糖似的跟著烏承橋進了屋。

允瓔見狀，連連搖頭。她知道關麒對烏承橋的心意，所以也沒有回房，給他們留了說話的機會，轉身去了庫房。

「小娘子，來得正好。」戚叔一看到她，高興地走過來。「今天上午我們又收了一批貨，妳去瞧瞧能不能用上。」

「什麼貨？」允瓔也有些期待，自從那次海帶事件，戚叔現在每收一筆貨就會來找允瓔去瞧瞧，想著再尋些新的路子出來。

「這一批都是些乾貨。」戚叔帶著允瓔重新回到庫房，打開門。「還是原來那個人，他說這次他只賺個路費，希望能和我們長期合作。」

「就是賣海帶的那個人？」允瓔問道，一邊開始查看貨物，這一批果然都是乾貨，還都是干貝之類的海鮮乾貨，她不由一喜，好久沒吃這些了，這下又有口福了。

「是的。」戚叔點頭。「這些貨要怎麼處理？」

「每樣取出一些，做成菜送到那四間酒樓裡找掌櫃的談談。」允瓔笑道。「他們與我們簽的雖然是果酒的契約，但我們有好東西，想來他們也不會拒絕，要是他們覺得好，想試一試，這價麼……呵呵，您懂的。」

戚叔當然懂，這段日子做下來，他感觸最深，當下點頭表示明白。

「另外，去找找城裡的那些閒漢，散布一下消息，就說我們貨行不僅收貨賣貨，還接那些尋找貨物的活兒，比如哪家需要不一樣的食材，我們可以代為跑遠路採購，總之，給我們貨行多宣傳宣傳。」允瓔邊想邊說道。「我們前面的櫃檯，還可以做個展示臺，把我們現有的貨挑些樣品出來擺出去，供人挑選。」

「成。」戚叔點頭，又問起細節。

允瓔乾脆邊和戚叔解釋，邊動手一起準備，一忙便是一下午。

再回到小院，關麒不知何時已經離開，只有烏承橋一個人沈著臉坐在屋中。

「相公，怎麼了？」允瓔一進門就看到了，不由奇怪，難不成是和關麒鬧彆扭了？

「今天邵家人為難妳了？」烏承橋抬頭，靜靜地問。

「也不算為難吧。」允瓔不想讓他擔心，笑著安撫。「他們只是想讓我留在邵家，我不想留而已。」

「不必理會他們。」烏承橋嘆了口氣，握住允瓔的手。「我們又不靠他們吃飯。」

「那是，他們家的飯哪有我們自家的好吃。」他這樣子，必定是聽到關麒說了什麼。允瓔失笑，說罷，她又有些擔心。「你說，邵會長會不會惱羞成怒，對我們貨行下手呀？」

「應該不會，他是商會會長，若這點度量都沒有，如何坐得穩這會長之位。」烏承橋搖搖頭。

「大人物的心思，誰曉得。」允瓔嘀咕道。

「兵來將擋而已。」烏承橋的笑中帶著一絲冷意，轉瞬便又斂了下去。

邵家認親的事，就這樣草草了結，允瓔也不去想會有什麼後果，只安心地如往常一樣為自己的貨行謀劃。

次日，她把那些乾貨做好，讓戚叔送去酒樓，又派人去喬家送了封信詢問具體事宜，中午時就得了柳媚兒的準信，喬家廣開三天流水席，但，允瓔要負責的只是當天的百桌貴賓席。

允瓔查了單子，準備齊全，晚上吃飯的時候通知道：「明天妳們幾個跟我一起去吧。」她指的是柳柔兒和楊春娘幾人，這麼多桌，她一個人當然吃不消。

「那明天不用出攤嗎？」楊春娘問道。

「少出兩個吧。」允瓔笑道。「喬家廣開流水宴，雖然我們不用都負責，但貴賓席就有百桌，我一個人忙不過來呢。」

「行。」楊春娘連連點頭，這一比，當然是喬家的這份銀子穩妥。

「能做多少就做多少，別的莫理她就是了。」烏承橋皺眉，對允瓔這次去喬家還要做事很不贊同。

「有錢不賺是傻瓜。」允瓔朝他眨眼。她去也是奔銀子去的，轉頭朝楊春娘等人吩咐道：「晚上準備一些，把肉末紅菇熬上，另外準備一鍋干貝湯，熬得濃一些，明天帶過去再調。」

幾人也不耽擱，明天出攤用的材料要準備、帶去喬家的材料也要準備，事情還多著。

允瓔不敢大意，親自準備喬家用的，等到上了灶熬下，由人看著火，她才回了屋。

而此時已經深夜。

烏承橋已經歇下，允瓔輕手輕腳地洗漱，輕手輕腳地爬到床裡面，剛剛躺下，就被溫暖包圍住。

她輕笑。「怎麼還沒睡？」

「等妳。」烏承橋低低說道。

「有話說？」允瓔想轉身，卻被緊緊箍住，只好由著他從後面摟著她。

「嗯。」烏承橋頓了頓，才輕聲說道：「明兒去喬家，幫我取幾樣東西回來。」

「啥？」允瓔驚訝地微微側頭，但，他一直貼在她頸後，無法看到他的表情。

「……我娘的牌位。」烏承橋輕嘆，聲音有些啞。「還有一個箱子。」

「好。」允瓔沒有猶豫，一口應下，他想拿回屬於自己的東西，她必定全力以赴。

烏承橋緊了緊手臂，細細說起喬家院子的路線，還有東西可能在的地方。

次日，允瓔拿著紅帖，帶上柳柔兒和楊春娘幾人一起來到喬家。

看著堪比邵家的氣派大院，允瓔心裡不由一嘆，這原本是他的家，如今，他卻有家難回……

壽宴設在黃昏，這會兒已經收拾得差不多了，此時，喬家的大門大開著，幾個管事的帶著人正裡裡外外地佈置，做最後的修整，也迎接早到的賓客。馬車被引往側門，客人從大門進去，倒是井然有序。

允瓔推著車子來到這兒，很快就引起他們的注意，其中一個管事揮揮手，立即有小廝上前詢問。「你們是送什麼的？」

「這位小哥，我們是一間麵館的，應你們少大人之邀，前來準備長壽麵。」允瓔解釋道，不過，她沒來得及拿出紅帖，那小廝就打斷她的動作。

「送東西的？那請往那邊角門進。」小廝說著就引幾人往那邊走。

允瓔想了想，放棄拿出紅帖的想法，反正拿出來也是做麵，不拿也是做麵，何必這樣麻煩，而且她有點不想看到柳媚兒，不如就這樣做完事情走人算了。

於是，她收回了打算，快步跟在幾人後面進了角門。

就在這時，兩輛馬車停在大門口，喬承軒從馬車上走下來，和管事的說了一句，門口眾人紛紛走到馬車邊，從車裡搬下許多東西，而喬承軒則大步進了大門。

允瓔幾人很快就被帶到一個院子，此時，院子裡有二十幾個僕婦在清洗食材。

「王管事，做長壽麵的人來了。」小廝朝屋裡喊了一句，對允瓔幾人指了指，便快步走了。

「在哪兒？」屋裡出來一個胖胖的中年人，顯然就是王管事了，他看到允瓔幾個突然多出來的人，走過來。「妳們就是？」

「是的。」允瓔點頭。

「這些是什麼？」王管事來到板車前，動手掀開允瓔幾人帶來的鍋蓋，看了看裡面還冒著些許熱氣的高湯，皺了皺眉。

「這是我們一間麵館秘製的湯料。」允瓔眼睛也不眨一下地說道。

柳柔兒和楊春娘幾人互相看了一眼，都笑而不語，秘製的湯料，也只有她們知道。

王管事疑惑地低頭聞了聞，重新蓋上蓋子，抬頭打量允瓔一番，揮揮手。「跟我來吧。」

「好。」允瓔笑著點頭，跟著王管事進了廚房，柳柔兒和楊春娘幾個在後面搬東西。

廚房極大，青磚鋪地，沿牆的地方砌了一排灶，中間擺了十幾張案板，還有木架隔開，瞧這面積，比她那小院還要大。

王管事把幾人領到角落，指著最邊上空著的兩個灶臺說道：「就在這兒吧，兩個灶可夠？」

允瓔環顧一圈，見其他灶都已經占滿，此時都已忙碌起來，能分配到兩個灶也算不錯了，便點頭。「行，謝謝王管事。」

「需要什麼食材去那邊取。」王管事背著手，踱步離開了。

「去看看有沒有排骨，一會兒做海帶湯要用的，另外弄些蔥薑蒜、青菜。」允瓔看了看角落的案板，挽起袖子開始繫圍裙。這會兒倒是還早，揉麵什麼的慢慢來就是了。

「好。」柳柔兒和楊春娘散開，餘下幾人幫著允瓔擦桌子、生火。

摻了魚蓉的麵已經備好，帶顏色的麵則一會兒再做，允瓔一一清點食材，蘿蔔汁和青菜汁已經在家備好，一會兒拿出來用就行了，麵粉卻沒有準備，反正喬家這麼大，還能缺了麵粉不成？

可是沒一會兒，柳柔兒和楊春娘便憤憤不平地回來了。「那邊的人說食材要我們自己帶，他們的都有了安排，分一點出來他們就不夠了。」

「還有這樣的？」允瓔一愣，她還真不知道這事。

她轉頭看看那邊，正巧看到幾個人往這邊張望，面帶譏笑，她皺了皺眉，直接放棄去與那些人理論，反正時間還早，自己去買就行了，想到這兒，她直接摘下腰間的錢袋交給楊春娘。

「自己去買吧，這裡有一百八十兩，先把麵粉給備全了，其他的看著來。」

楊春娘帶著兩個人推著板車離開，允瓔這邊帶著柳柔兒生火燒水，可沒一會兒，允瓔又發現了問題，給賓客用的碗不會也要她自備吧？

「妳們先準備著，我去找王管事問問。」允瓔決定先去問個究竟。

王管事此時已經不在廚房，允瓔出了廚房，張望了一下，也沒見人影，她不由皺眉，這一會兒的工夫，跑哪兒去了？

「請問，王管事去哪兒了？」允瓔轉了一圈，隨意地拉了一位洗菜的僕婦問道。

「可能在外面吧，剛剛還在這兒的。」那僕婦打量允瓔一眼，倒是回了一句。

「謝謝。」允瓔道了謝，出了月牙門。

昨夜，烏承橋和她描述了大半夜，把喬家各個院子的布局說了個遍，按著她現在的位置，他要的東西，一個在左後方的廢園子裡，一個則是右前方的觀松園，那是他住的院子，可現在不知道還在不在？

允瓔細想了想，決定趁著這個機會，先去那沒人的廢園子取回他娘親的牌位，另一個等晚上開宴，眾人都在席上的時候再去比較好。

想到就做。允瓔打量四周，這兒是大廚房，在她面前的通道遊廊出去就是宴客大廳，而往後，需要經過小花園，再過二道門，拐過兩個小院就是後花園，從後花園穿過，就是廢園子。那園子是他娘在喬承軒母子進府後，最後兩年心灰意冷下讓人蓋的小樓，從此就把那兒當成自己清修的地方，可是縱然如此，他娘還是沒能逃過一劫，在那兒含恨病亡，後來，那女人當了家，那兒就被封了……

烏承橋只有在夜深人靜時，偷偷去那兒坐一坐。

允瓔想到這兒，心就揪痛不已。

四下無人，允瓔轉身就往後走去，很順利地找到那個小花園，穿過花園，進了右邊的月牙門，來到二道門前，只是，這兒有婆子守著，不是誰都能隨隨便便過去的，幸好烏承橋告訴她另一個秘密通道。

允瓔探了探頭，見外面無人，快步閃進去，兩道門之間有條窄窄的小巷子，一頭直通院牆，盡頭處修著樓梯，可直達護院的高牆上。烏承橋常來常往，又是自家，對這些瞭若指掌，他便時常從那牆頭翻到二道門的屋頂上，再順著裡面的樹就能爬下。

允瓔小心翼翼地來到烏承橋說的那一處，可伸頭一看，那二道門的屋頂足有一人多高，她想下去，還真不是容易的事。

「呼……他一定是按著自己的腿去丈量的吧？居然跟我說很容易。」允瓔暗暗嘀咕了一句，左右瞧了瞧，撩起長裙塞到腰間，搓了搓雙手，扒著牆頭滑下去，但，她這一跳，還是不可避免地弄出聲響。

「什麼聲音？」下面傳來聲音。

允瓔嚇了一跳，想也不想，閃身進了空間，躲在空間裡側耳聽外面的動靜。

「聽岔了吧，哪來的聲音，大白天見鬼了？」下面的腳步聲傳來，一會兒又漸漸遠去。

「快走吧，今天這麼多客人，要是出了差錯，惹大人不高興就完了。」

「明明就聽到……」

第九十五章

外面恢復了安靜，允瓔才從空間出來，趴著觀察好一會兒，才鬆了口氣，尋找烏承橋說的那棵樹。所幸這樹倒是挺不錯，樹枝已伸到屋頂邊緣，小心些就能過去。

一切如想像的那樣順利，允瓔平安地落到地上，觀察四下無人，忙把衣裙放下，拍了拍胸口，也不敢在原地多待，貓著腰飛快地往後面的月牙門跑去。

月牙門後就是後花園。

允瓔加快腳步，迅速跳了進去，可進去的那一瞬，她猛然看到院子裡有人，幾乎是下意識的，她往邊上一滾，再次進了空間。

躺在空間的地板上，一顆心怦怦直跳，允瓔雙手按在心口，直接癱躺著不起來了。

「咦？剛剛誰在哪兒？」外面響起一個女人的聲音，近在咫尺。

「沒人呀。」喬承軒的聲音接著響起。「娘，您看錯了吧。」

居然是喬承軒和他娘！

允瓔頓時坐起來，下意識地貼到壁上，根本就忘記自己在空間裡，不用貼著也能聽得清楚。

「怎麼會呢，剛剛我明明看到有人從這裡閃過去了。」喬二夫人疑惑地說道。「難道是我眼花了？」

「娘，外面就是空院子，也沒個遮掩，要是有人，也跑不了那麼快呀。」喬承軒倒是沒那麼重的疑心。「時辰不早，外面客人快到了，我們還是回院子吧。」

「好。」喬二夫人嘆了口氣。「這兩天我總是眼皮子直跳……」

「娘，今兒是您的好日子，莫說這些話，就是眼皮子跳，那也是跳喜跳財。」喬承軒打斷喬二夫人的話，溫柔地勸道。

今天這樣的日子，外面賓客盈門，他們怎麼在這兒？

允瓔在空間裡聽到喬承軒母子的對話，直皺眉頭，不過，這不是她關心的重點，重點是必須快些找到牌位，然後趕緊回到廚房去。

靜心側聽，確定外面沒人之後，允瓔才重新出來。因為她之前是滾著進去的，這會兒出來還是不可避免地倒在地上，身上壓到邊上的草地，染了些許草汁，她顧不得這個，起身後隨意地拍了拍，四下看了看，快步往後花園深處走去。

廢樓倒是很好尋找，很快就來到一道院門前，一進去，滿目淒涼，院子裡已經雜草叢生，小樓上下布滿了蛛網塵土。

一門之隔，外面花團錦簇，裡面卻滿目瘡痍。

允瓔嘆了口氣，沒有冒然行動，她先繞著小樓四下查看起來。

烏承橋提醒過她，那兒多年不曾打掃，要是冒然進去，必定會留下腳印，徒惹人疑心，便是他，這些年也都是從小樓後的軟梯攀爬而上，那軟梯就藏在屋後草叢裡。

轉了一圈，果然就在屋後雜草叢裡發現軟梯，只是，這軟梯久藏在陰暗潮濕之地，早就發霉腐爛了大半。

「這東西……能爬得上去嗎？」允瓔發愁地抬頭看了看，伸手扯了扯軟梯，果然如她所想，軟梯已經爛了。

不行，她還是想想別的辦法，要是實在不行，再用這個。允瓔想到這兒，把軟梯放回去，轉而回到正門，居然還真的被她看出了不同。

原本滿是灰塵的地上居然有一行剛剛被人踩過的痕跡。

允瓔皺了皺眉，提起裙襬小心翼翼地邁進去。

地上的灰塵看起來有拖行過的痕跡，看起來倒像是被裙襬拖過似的，順著那痕跡，一直過去，居然通向了樓上。

天助我也……允瓔暗笑，提著裙襬小心地踩著那痕跡一步一步上樓。

二樓上，滿目灰塵中，有一條明顯拖過的小道，倒是方便她行事。

允瓔確認無人，才放心地踏到二樓，環顧四周。

左邊的地方擺著一張床，連幔帳都不曾拆去，裡面擺著梳妝檯和櫃子，床前還堆了一堆亂七八糟的東西。

往外，則是間佛堂，只是佛像已然撤去，改擺了一張長案，上面擺放著一個牌位，牌位前供著素果，點著香燭，長案前擺著兩個蒲團。

喬承軒母子真的來過了。

允瓔錯愕不已，忙快步過去，卻只見那牌位上刻的竟是「亡夫喬益文之靈位」，而長案上只有這一個牌位，再沒有別的。

毫無疑問，這喬益文應該就是故去的喬老爺，可是，這兒不是喬夫人住的地方嗎？怎麼會只有喬老爺的牌位在？

允瓔緊皺著眉，四下尋找。

樓上門窗四閉，幔帳低垂，又有那麼多蛛網灰塵，加上多年不曾住人，有些已然殘破，這會兒雖然是大白天，可整間屋子還是有種陰森森的感覺，不過，還好有那對白燭燃著，視線倒是不影響。

允瓔細細看了一周，突然，她的目光落在床前那堆雜物上，那邊緣處倒著的，正是一個牌位！

心裡騰地升起一股怒意，允瓔顧不得別的，快步過去拿起來，只見那上面寫著「先母喬孟氏之靈位」，邊上還有一列小字——不孝子喬承塢。

這是烏承橋的字跡。

允瓔直接用衣袖擦了擦上面的灰塵，嘆氣道：「婆婆，我來接您回家了。」

牌位到手，允瓔又好奇起地上這一堆的東西，能與這牌位一起被扔在這兒的，必定是喬二夫人所厭棄的，而這個家裡，估計也只有喬夫人和烏承橋才會被這樣對待吧。

允瓔蹲下去，淘寶似的開始翻，最上面的都是衣服，拿起來看了看，居然還真被她猜對，都是男子的衣物，她伸手量了量，尺寸和烏承橋的身量吻合。

既然是烏承橋的東西，那當然要收走，要不然還不知道被怎麼對待。

允瓔二話不說，全收進空間，收完衣物，底下赫然出現烏承橋描繪的那個小箱子，她直接便拖出來，這會兒也顧不得痕跡不痕跡了，反正他們也查不到她頭上來。

箱子打開，她不由愣了一下，她原以為烏承橋那樣惦記的，必是什麼極重要的，可裡面放的卻是撥浪鼓、嬰兒襁褓、平安符之類的瑣碎東西，不過細翻了翻，她立即恍然，因為底下有一封信，字跡娟秀，寫著「吾兒承塢親啟」，想來必是烏承橋的娘留給他的了。

允瓔收起東西，沒有打開那封信。

收了這些，再餘下的則是一些或破或舊的書籍，她翻了翻，上面的字跡歪歪斜斜，看起來像是小孩子的塗鴉，她雖然不知道是誰的東西，但既然和他的東西一起被扔在這兒，必是與他有關，乾脆一股腦兒地收了，回去讓他慢慢整埋算了。

於是，她很乾脆地把地上的東西全部掃進空間裡。

烏承橋要的東西順利拿到，她也該撤退了，要不然那邊找不到她的人，就該起疑了。

允瓔快步下樓，走了一半，卻忽然聽到外面有人說話。「真是的，為什麼一定要今天來燒這些東西？」

「今天是二夫人的壽辰，也是那一位的忌日，這些東西放在這兒，夫人當然不放心啦，還是燒了好，燒去霉氣嘛。」

「噓！妳們倆不要亂說，當心被人聽見，到夫人那兒告一句，我們三個就慘了。」

「這兒怎麼可能有人，要有，也只有鬼。」

「哎喲，妳要死了，說什麼……那個。」

允瓔聽到腳步聲到了門口，她忙退回來，快步來到窗前，打開窗戶，凳子踩了上去，但，為了安全起見，她直接把凳子也給弄進空間。

窗外就是小樓後面，可是窗外沒有落腳的地方，而裡面那幾個丫鬟上樓的聲音已經清晰傳來。

允瓔心裡一急，看到邊上的爬牆虎藤，那些藤根本禁不住她整個人的體重，但是能緩一緩她跳下去的衝擊，或許她能幸運的落地而不受傷。

「嘶——妳倆慢點，我害怕。」有個丫鬟怯怯的聲音傳來，顯然已經離樓上不遠了。

事態緊急，她的空間已經試過了，哪裡進去哪裡出來，剛剛在後花園門口她就摔了一跤，這會兒要是在窗臺上進空間，誰知道她們一關窗，她出來的時候是摔屋裡面還是摔外面？還是被夾在窗戶縫裡？

這三種，無論哪一種都不是最妥當的，還不如現在拚一把。

允瓔想到這兒，伸手拉住一邊的爬牆虎藤，然後小心翼翼關上門，拉著藤跳下去。

那藤果然承受不住她的重量，但也如她所料，整片下來之後，她落下的勁勢緩了很多。屁股著了地，倒也沒有想像的痛，允瓔顧不得收拾，跳出草叢直接往另一邊跑去。

「什麼聲音？」裡面傳來幾個丫鬟驚慌的聲音。

允瓔沒有管她們，以她剛剛聽到的幾句話分析，她們三個一時半會兒的沒那個膽子出來，等她們出來，她怕是已經跑出院子了。

就如她所料，她都快跑出後花園了，那小院裡才衝出那三個丫鬟，邊跑邊大喊。

「鬼……鬼……鬼啊！」

去，妳們才是鬼呢。允瓔找了個隱密的地方躲起來，等到那幾個丫鬟出去，她才跟在後面疾步往來時的路線走。

也不知是臨時爆發的潛力還是來時有了經驗，出去得極順利，沒多久，允瓔便回到外面的小花園。

此時，喬家後院已經亂了起來，她隱在暗處，也看到不少管事婆子帶著人手急急跑去後面，不消多時，後面的混亂便被平息下來。

喬家不愧是大家，對手下的管教有素，才這麼一會兒就……允瓔有些惋惜地搖搖頭，看來看不到好戲了。

允瓔見這會兒小花園沒人，忙抓緊機會出去，但走了幾步，她便停住了。

這一番又是跳窗又是爬牆的，已經不能只用狼狽來形容她此時的模樣，她空間裡倒是也有衣服，但是，她出來尋王管事，回去的時候卻無故換了一套衣服，那算什麼事啊？

怎麼辦怎麼辦？

就在允瓔著急四顧時，她看到小花園中間的小池塘，不由雙眼一亮……

兩刻鐘後，允瓔坐在客房的花廳裡，面前除了柳媚兒，還有喬承軒和喬二夫人。

年歲五十的喬二夫人，看起來也不過四十出頭，妝容精緻，衣著簡潔而不失貴氣，若不是那雙略帶狐媚的眼，給人的感覺還真的挺端莊雍榮的。

允瓔已經換了柳媚兒讓人取來的新衣，但縱是如此，整個人還是冰冰涼涼，隱隱有打噴嚏的跡象，她有些後悔，早知道就不跳那小池塘了。

「邵姑娘，妳怎麼會落水？」喬承軒見丫鬟送上薑湯，親自接了送到允瓔面前。「我之前還在問門房可見邵姑娘過來？門房翻半天也未見邵姑娘的帖子，方才還問媚兒是否忘記給妳送帖了呢？妳怎麼就……」

「我是和我幾位嫂子一起來的，長壽麵所需的湯料得費些工夫，所以我在家熬了送過來的，門房怕是沒注意吧。」允瓔微接過薑湯，朝喬二夫人和柳媚兒歉意一笑。「只是我一時疏忽，未能詢問少夫人細節，今兒來了才知做麵的食材需要自備，便讓幾個嫂子去集上置辦去了，我呢……是出來尋王管事的，結果貴府太大，走哪處都是一模一樣，糊裡糊塗的就轉到那兒去了，也怪我一時大意，鞋子踩了泥……就……這樣子了。」

喬二夫人一聽，立即看著柳媚兒問道：「媚兒，這做長壽麵的食材為何要自帶？我們廚下不是準備很多嗎？」

「婆婆，確實是購買齊全了的，但……」柳媚兒看了看允瓔，歉意的說道：「英娘，實在不好意思，是我大意了，這次的席面，我們府裡的廚子忙不過來，我就請了酒樓的人，這菜單都是他們列的，興許……興許是因為我單單把長壽麵給提了出來，他們……」

言下之意，就是酒樓的人作祟，還不是他喬府的事嘍。

允瓔心裡腹誹著，面上卻給足了面子。「沒關係，只不過是食材罷了，幾位嫂子已經去置辦，絕不會誤了二夫人的好事。」

「邵姑娘，對不住，原本斷沒有請妳來作客還讓妳動手的道理，只是一間麵館名氣實在太大，我娘也有所耳聞，委屈妳了。」喬承軒站在允瓔面前一揖到地。

允瓔嚇了一跳，放下空碗就避到一邊。「喬公子這是做什麼？我今兒來，又不是白來的，且不說今兒是二夫人生辰，便是我們沒有這交情，我也不會推拒少夫人送上門的銀子不是？」

「真是辛苦邵姑娘了。」喬二夫人打量著允瓔，微笑著頷首。

「不辛苦。」允瓔笑了笑，也懶得陪幾人虛偽下去，朝喬二夫人微微曲膝。「在此，先祝二夫人福如東海，壽比南山。」

「多謝邵姑娘。」喬二夫人一動不動地受了，眼神示意一邊的丫鬟，那丫鬟便取了個紅包出來送到允瓔面前。

「二夫人今兒大喜，這是派給大夥兒的利市。」丫鬟笑盈盈地說道，目光不著痕跡地打量著允瓔。

喬承軒見狀，看著那丫鬟皺了皺眉，欲言又止。

允瓔倒是無所謂，微笑著接了紅包，謝了喬二夫人。管他什麼時候呢，有銀子不賺是傻子，更何況賺的是喬二夫人的銀子，再多她都不會嫌多。

允瓔狀似突然想起般，轉向柳媚兒問道：「是了，少夫人，方才我未找到王管事，請問，這盛長壽麵的器皿，可要我們自己準備？」

「哪有這道理，要是這些也讓妳們自帶，這傳出去，豈不讓人笑話我喬家？」喬承軒語帶不悅地對柳媚兒說道：「媚兒，邵姑娘可是我的貴客，今兒請她下廚已是大不該了，趕緊吩咐廚房，調派人手過去幫忙一應事務，莫怠慢了邵姑娘。」

「是。」柳媚兒柔順地應下。

「今兒二夫人壽宴，少夫人還得照應全場呢，廚房那兒，派個人幫我把器皿準備好就行。」允瓔可不敢讓柳媚兒去廚房，那兒還有個柳柔兒呢。

「還是我去吧。」喬承軒想了想，改了主意。

「這……」允瓔奇怪地看了看他，這麼點小事，他至於嗎？

「軒兒，派個人過去幫幫邵姑娘就行了，你外面還得招待貴客呢。」喬二夫人也意外地看了看喬承軒，又看了看允瓔，若有所思。

「喬公子，不必了，時辰不早，我也不打擾幾位了，我先去準備。」允瓔見三人神情各異，也不想再在這兒摻和。

「詠清，照顧好邵姑娘。」柳媚兒順勢吩咐身邊的丫鬟。

「是。」其中一個丫鬟立即出來，向允瓔曲了曲膝。

允瓔倒是沒意見，這丫鬟剛剛給她送過衣服，態度還算好。

第九十六章

允瓔率先出了門，還沒走幾步，就聽到喬二夫人納悶地問道：「軒兒，這邵姑娘什麼來頭？你幹麼這樣看重她？」

「娘，她是邵會長的姪女、縣太爺的表妹，也是五湖四海貨行的東家之一，如今貨行便是由她掌管。」喬承軒解釋的聲音傳來。

「呀，那你們剛剛怎地也不提醒我一下，我剛才還受了她的禮。」喬二夫人低聲驚呼。

「娘，邵姑娘不是那等小心眼的人。」喬承軒忙安撫道。「我還是跟去看看，那些酒樓的人怕是不認得她，可別又委屈了人家。」

「快去，快去。」喬二夫人這下不阻止了，連連說道。

允瓔聽了個大概，身邊有詠清跟著，她也不能駐足，至於喬承軒來沒來，她就不知道了。

在詠清的帶領下，很快就回到廚房外，正要進去，身後傳來喬承軒的聲音。「邵姑娘。」

允瓔停下腳步，看了看身邊的詠清，轉身看著喬承軒。

這一會兒工夫，喬承軒已經換了另一身衣衫，藏青色繡錦袍更襯出他的白淨，此時緩緩而來，倒也是個風度翩翩的俊朗公子哥兒。

「喬公子有事？」允瓔問道。

「詠清，這兒不用妳照應了，妳且回去，協助少夫人好好查一查後園的事。」喬承軒一過來就打發了詠清。

「是。」詠清倒也沒異議，快步離開。

「今天委屈姑娘了。」喬承軒笑得溫柔。「我讓人準備了客房，稍後若是累了，可去那邊休息，一會兒我會吩咐王管事。」

「不用了。」允瓔忙搖頭拒絕，他這是什麼意思？

「冬日水涼，妳這一掉，當心受寒，一會兒到客房歇歇，我請了大夫過來，開些藥吧。」喬承軒卻堅持。「要不然，烏兄弟該怪罪我了。」

「真不用了。」允瓔搖頭。

「稍後邵會長和關老夫人來了，怕是要怨我招待不周。」喬承軒搬出邵會長和關老夫人，不容允瓔再說，他進了廚房的院子。「王管事。」

「二爺。」王管事一驚，連忙跑過來，院子裡的眾人也是齊齊放下手裡的事，朝喬承軒行禮。「二爺。」

「王管事，這位邵姑娘是我的貴客，今天屈尊為夫人洗手做湯羹，已是天大的面子，你們可不能怠慢了她，她需要的東西，必須全力配合，若有人敢對邵姑娘不敬，有半個字傳到我耳裡，必嚴懲不貸！」

「是，是。」王管事連連點頭，偷偷看了允瓔一眼，頓時變了臉色。

「喂，你是來搗亂的吧？」允瓔哭笑不得，走上前對喬承軒說道：「你這樣一說，他們在邊上束手束腳的，反而礙我的事。」

「不會不會，我們絕不會礙姑娘的事。」王管事連連說道，轉身揮揮手。「快，把那邊的廚房騰出來，把姑娘的東西都搬過去，一應東西都備全了。」

眾人應聲忙起來，瞬間，院子裡騰空了一半。

允瓔無奈地嘆氣。「喬公子，你還是去前面招待貴客吧，這兒……」

「稍後關老夫人到了，我派人告訴妳。」喬承軒拱手。

「喔。」允瓔興趣缺缺，隨口應道。

喬承軒這才離開。

而這邊，王管事帶著人很快收拾了一間單獨的廚房出來，洗菜燒火的，也不用允瓔等人動手。

允瓔等人也樂得輕鬆，專心準備起長壽麵和海帶湯來。

「邵姑娘，小的有眼不識金鑲玉，得罪之處，還請姑娘恕罪。」王管事安排好事情，快步進來，湊到允瓔邊上賠著笑臉。

「王管事別放在心上，我一向自在慣了，你們這會兒拘束，還不如之前呢。」允瓔微微一愣，笑著搖頭。「王管事只管去忙吧，我們人手夠了。」

「姑娘辛苦。」王管事鬆了口氣，朝幾個幫忙的僕婦說道：「妳們幾個好好當差。」

幾人又是一番應答，聽得允瓔無語地搖頭，也不去管她們，自顧自地忙。

誰料想，她剛到灶邊，聽到喬承軒聲音而躲起來的柳柔兒又湊了過來。「咦？邵姊姊，妳來的時候好像不是這身衣服呀。」

「嗯，剛剛迷路了，不小心掉進池塘裡。」允瓔簡單地解釋。

「掉池塘？邵姊姊，是不是有人……」柳柔兒家雖然比不上喬家大，但家裡的複雜程度卻一點也不亞於那些大戶人家，一聽允瓔的話，柳柔兒的臉色便沈下來，不由自主地往不好的方面想。

「沒有，是我自己不小心。」允瓔淺笑，一語帶過。「快做事吧，早做完了早回去。」

「喔。」柳柔兒卻是不信，不過，也沒說什麼，只是若有所思地皺著眉。

壽宴設在黃昏，但早到的賓客也不少，中午的飯菜當然也不能馬虎，大廚房那邊忙得火熱，王管事更是腳不沾地的進進出出，相較之下，允瓔這邊倒是輕省許多，幾人慢條斯理地做著麵，準備著食材。

中午的飯，王管事讓丫鬟送了一桌酒菜過來，幾人便在這邊小廚房吃了。

到了下午，才是真正的忙碌，允瓔開始清點麵條的數量。

關麒卻笑嘻嘻地來到廚房，一進來，便引起王管事和丫鬟們的注目。

「嫂子。」關麒是泗縣的衙內，本身也是一表人才，加上今天特意打扮過，一出場，自然是眾丫鬟們的焦點。

「君子遠庖廚，你到這兒做什麼？」允瓔有些無奈。

「我祖母也來了，她知道妳在這兒，想見妳，我呀，可是搶了喬二少的活兒，才來這兒找妳的。」關麒無視眾人的目光，笑道。「嫂子這會兒可有空？」

「東西是準備得差不多，可也說不上閒，你幫我向關老夫人道個歉，改日，我再登門向她老人家請罪。」允瓔大概能猜到關老夫人想說什麼，所以，她想也不想就拒絕了。

「別呀，我祖母一路上都在念叨妳呢，她擔心妳心裡不舒服，所以才……」關麒透露著其中意思，果然如允瓔所想。

「還是改天吧，我這兒還有事要忙，而且我也不太舒服，想早些忙完回家去。」允瓔抽了抽鼻子，這大冬天的被冷水一激，她還真有些感冒的前兆了。

「不舒服？剛剛我看喬二少請了陶大夫，要不，讓他給妳看看？」關麒立即說道，大刺刺地站在允瓔身邊，一點兒也不顧忌別的。

柳柔兒在邊上聽到，插了一句。「邵姊姊剛剛掉池塘了。」

她說得再簡單不過，可是就這樣一句，也足夠關麒想像，他第一個就想到喬家有人對允瓔不利，當下皺著眉問：「誰動的手？」

這也難怪關麒會想歪，他知道允瓔的身分，更知道喬家的恩恩怨怨，喬承軒對允瓔的關注，已足夠讓他心懷警惕。

「你們想多了。」允瓔哭笑不得，她能說那是她自己跳進去的嗎？「我只是迷了路，湊巧到了那兒，鞋子踩到泥弄髒了，才會想著去擦，誰知道就滑下去了，也多虧了附近有人，要不然這大冷天的……說起來也是我的錯，喬二夫人大壽的日子，鬧出這事。」

「那就更得讓大夫看看了。」關麒不由分說，伸手想拉允瓔。

允瓔手中的勺子不客氣地敲過去。「關大公子，你趕緊去外面待著，少在這兒礙我事。」

「誰礙妳事了，妳做妳的。」關麒立即反應過來，手一拐，順了桌上一根洗好的黃瓜，毫無形象地嚼起來。「妳不熟喬家的路，我留在這兒，一會兒還能幫妳跑個腿，還能幫妳帶帶路，省得妳又掉池塘裡，或是惹來不必要的麻煩，大哥可是說了讓我照顧妳的。」

「能有什麼麻煩？」允瓔撇嘴，側頭看看關麒。

「妳不知道？喬大夫人的牌位丟了，除了這些，還有喬大夫人和大公子的一些遺物也沒了，這會兒後園子裡正熱鬧著呢。」關麒壓低聲音。「妳說怪不怪？要說是進了小賊，這小賊也未免太奇怪了吧，別處院子好歹有些金銀細軟，這小賊怎麼就偏偏拿了牌位和那些不值錢的東西了呢？」

「確實挺怪，要牌位做什麼？」允瓔看了看關麒，心裡更是有數，如果關麒不是來探她的話，就是來提醒她的。

「有人在猜可能是喬大公子偷偷回來了。」關麒咬著黃瓜，嘆氣說道。「我也覺得有可能，今天是二夫人的壽宴，賓客盈門，門戶難免會有鬆懈之處，或許還真是他回來帶走了大夫人的牌位。」

「真奇怪，喬大公子回家，還要偷偷摸摸的？」允瓔好笑地睨了他一眼，手上動作不斷。

「妳不知道？喬大公子被喬家驅逐出去了，他怎麼還能光明正大地回來？」關麒神神秘秘地說道：「他想在大夫人的忌日帶走大夫人的牌位也不是不可能的。」

忌日！

允瓔驚訝地抬眸看著關麒。

今天居然是喬大夫人的忌日！

他怎麼沒告訴她呢？

「我說關大公子，你什麼時候也學得這樣八婆了？來人家家裡作客，還道人是非，喬公子真是交友不慎哪。」不過她再驚訝，也不能多問什麼，便笑著打趣起關麒。這兒可是喬府，說多了也不怕丫鬟聽到學舌？「趕緊的，這兒可不是你們公子哥兒待的地方。」

「先讓我吃碗麵都不行？」關麒把吃剩的黃瓜往一邊的桶裡一扔，埋怨地嘀咕一句，理了理身上的衣衫，嘆著氣往外走。「說話要算數，要不然我祖母可要去妳家裡逮人了。」

「知道了。」允瓔笑著應道。

「走了。」關麒大搖大擺地走了。

「邵姊姊，他是誰呀？」柳柔兒好奇地問。

「縣太爺家的公子。」允瓔淡淡應了一句。「別閒聊了，趕緊做事。」

忙碌中，天色很快暗了下來。

「王管事，這海帶湯一會兒要和長壽麵一起上，這一道，可是你們少夫人親自定的，寓意和長壽麵一個意思，你們上菜的人看著編吉祥話就行。」允瓔備妥了兩樣食材，便找了王管事告辭，一邊又從懷裡取出柳媚兒給的紅帖，遞給王管事。「這個，麻煩你轉交給你們家公子，我今兒怕是受了涼，一會兒這邊做完我就直接回去了。」
「邵姑娘，您不上席，怕是不妥吧？」王管事看到紅帖，連尊稱都用上了，心裡著實驚了一把，忙挽留道。「邵姑娘還是吃了宴席再走吧。」
要知道，這次二夫人辦宴，像這一款紅帖也不過準備十份，其餘的帖子卻與這一款不同，沒想到這不起眼的小娘子居然有紅帖！
「不了，這麼多人，萬一我忍不住打個噴嚏，豈不丟人？」允瓔搖頭，接著又從錢袋子裡取出一張單子。「這是清單，二夫人壽辰，我也不曾備什麼禮物，這張便收個七成本錢吧，其餘的當是我送給二夫人的賀禮。」
允瓔把東西交給王管事，便自顧自忙去了。
練了多日的拉麵手藝，這會兒拉出來的麵已經極細，放入熱水翻滾片刻，便能裝碗；楊春娘幾人在煮麵上，已頗有經驗，便由她們幾個煮麵，允瓔負責調湯，柳柔兒負責燙青菜、分放其餘食材。
王管事派來的幾個僕婦也都是做事的好手，沒一會兒，長長的案桌上便收拾出來，擺上了滿滿的碗。
一大碗海帶排骨湯、一大碗紅紅翠翠的長壽麵，香氣誘人，色澤也極是好看。
等到最後兩碗也端出去，允瓔才鬆了口氣，轉身對柳柔兒幾人說道：「我先回去了，有些不舒服，這兒交給妳們收拾了。」
她倒是不擔心喬家的人為難楊春娘她們，只是柳柔兒……

允瓔看看她，問道：「妳要和我一起回去嗎？」

柳柔兒想了想，搖搖頭。「我和幾位嫂子一起走。」

允瓔堅持要走，王管事想了想，主動送她出來，為允瓔安排了一頂轎子送她回去。

回到家，允瓔和戚叔打了個招呼，讓他安排人給柳柔兒幾人留門，自己急急跑回屋裡。

「出什麼事了？」烏承橋如往常一樣，坐在桌邊寫字，聞聲抬頭，目光不由一凝，他留意到她的衣服不同了，又跑得這樣急……不由皺眉。

「沒事。」允瓔深吸一口氣，低頭看看自己，糟，她跑得太急，忘記把東西先取出來了，忙說道：「等我一下，忘記拿東西進來了。」說罷，轉身就跑出去。

貨行這邊戚叔正帶著人打烊，允瓔匆匆出去，找了個無人的地方閃身進了空間，把空間裡那堆東西用一件衣服包起來，才閃身出來，提在手上，又匆匆回到小院，便看到烏承橋推著輪椅擔心地停在門口。

「相公。」允瓔匆匆上前，推著他回屋，順勢便關上門，把東西放到桌上。「東西帶回來了。」

「不忙這些。」烏承橋皺著眉，拉過她，盯著她問道：「他們為難妳了？」

「沒啊。」允瓔奇怪地搖搖頭。「幹麼這麼問？」

「妳出門時穿的可不是這一身。」烏承橋親自幫她綰的髮，哪裡會記不得她穿什麼，瞧瞧她這會兒，衣服換了，髮型也不一樣了，還說沒發生什麼事？

「哦，你說這個呀。」允瓔眼神躲閃，轉身打開包裹，拿出裡面的東西。「這些東西都被扔在那小樓上，我猜可能是你的，都拿回來了，你看看。」

烏承橋卻不理會，上前拉住她，認真地看著她問：「妳先告訴我，出了什麼事？喬承軒為難妳了？」

「沒啊，他客氣著呢，包括那個二夫人，也是客客氣氣的，估計都是顧忌著邵家和關家。」允瓔避開話題。

「瓔兒。」烏承橋卻沒打算放過她，依然盯著她，眉頭卻是皺起來。「說實話。」

「真沒……」允瓔還要迴避，可看到他的臉沈下來，只好摸摸鼻子，老實地坐下來，囁嚅說道：「你得先答應我不能生氣。」

「嗯。」烏承橋點點頭，眉頭卻鎖得更緊，怕他生氣？看來還不是一般的事情嘍？

「那個……」允瓔無奈，他的態度再明白不過，她不說出個子丑寅卯，肯定過不了關，只好說道：「我去拿這些的時候，發現喬承軒母子剛剛離開，小樓裡只有喬老爺的牌位在，香燭供品也是剛剛擺上去的，我找這些費了點工夫，不巧遇到被派到那兒的三個丫鬟，聽她們的口氣，好像是來處理……這些東西的。」

烏承橋只是瞄了桌上的東西一眼，繼續盯著她。「然後呢？」

「然後……然後我就從窗戶避了出來，只是不小心……衣服弄髒了，我就……就……」允瓔心虛，訕笑著說道：「反正東西安全帶回來了嘛，這會兒喬家後園子裡正熱鬧著呢，關麒告訴我，有人懷疑是你幹的，所以我們還得小心著些，不能讓這些東西露餡兒了。」

「妳還沒說就怎麼樣了呢？」烏承橋搖搖頭，揪著允瓔略過的那段不放，他略略往前挪了挪，傾身盯著她。「妳不會跳進水裡了吧？」

「你怎麼知……」允瓔脫口，話出口才知不對，立即打住，卻也知已經露餡兒了，便賠著笑臉，蹲到他面前。「你怎麼知道的？關麒來過了嗎？」

烏承橋眼睛一眨不眨地看著她，好一會兒，突然伸手扣住她的後腦勺，另一隻手已攬上她的腰，將她帶入懷中，緊緊箍在懷裡。

第九十七章

「對不起啦，我不是有意瞞著你的，我是怕你擔心。」允瓔怔了怔，柔聲安撫道。「我這不是沒事嘛，那小花園的水又不深，而且，我可是行船人家的姑娘，再深點也奈何不了……」

「以後不可以再這樣。」烏承橋突然打斷她的話，低低說道。「這些，取不回來也沒什麼要緊，我可以自己再刻……以後不能這樣，知道嗎？」

「不會啦，水那麼冷，沒事誰要下去。」允瓔聽出他語氣中的悶悶不樂，微微掙開，她抬頭看著他。「倒是你，為什麼不告訴我今天……不然，我就不會去喬府了。」

烏承橋不語，抬頭看向桌上的東西。

「你吃過晚飯了沒？」允瓔順著他的目光看了看，有意給他留個空間，便站起來。「我還沒吃飯呢，好餓，你要不要一起？」

「我吃過了，妳快去。」烏承橋搖頭，忙鬆了手。

「那我先扶你過去。」允瓔推著他回到桌邊，扶他坐到凳子上，把東西都拿到他面前，也不多廢話，帶上門去了廚房。

「還沒吃飯？」廚房裡還有兩位婦人在收拾，看到允瓔後很驚訝地問，今天不是喬家辦宴嗎？

「沒呢。」允瓔無奈地搖頭，上前揭開鍋蓋看了看。「還有什麼吃的沒？」

「米飯沒了，饅頭倒是還有，我再給妳炒兩個小菜吧。」婦人動作很快，說話的瞬間，便開始著手準備。

「謝謝嬸子。」允瓔也不客氣，拿了一個饅頭啃著，一邊在廚房裡逛起來。「嬸子，這供品需要準備些什麼？」

「供品？妳要拜佛還是？」婦人邊做事邊問，語帶驚訝。「拜佛有拜佛的講究，這還得看供的是什麼菩薩，都不一樣呢。」

「不是拜佛。」允瓔搖頭。「今天……是我婆婆的忌日，我想……」

「原來是這樣。」婦人恍然。「這倒是沒什麼講究，那邊廚櫃裡還有半塊豆腐、乾果蜜餞，妳隨意湊個五、六樣就好了。」

「好。」允瓔一邊啃著饅頭，一邊搜尋著婦人說的東西，一樣樣的擺到桌上。

「裡面還有一包白燭，不過，沒有香。」婦人湊過來，幫她取出白燭。

「沒事，就這些吧。」允瓔接過。沒有香也沒辦法，烏承橋的身分還不能曝光，這會兒也只是暗地裡祭拜一下，拜完之後，估計那塊牌位還得收起來。「嬸子，這事妳們可別對旁人說，我相公他有苦衷，他連我都瞞著呢，我還是從別人那兒知曉今天是什麼日子的。」

「好，我們不會說的。」兩位婦人也不是多話的人，聽到允瓔這樣吩咐，忙點頭。

「我先把東西送過去。」允瓔啃完饅頭，端著托盤先回房。

屋裡，烏承橋坐在那兒，衣服被他撥到了一邊，箱子打開著，裡面的東西一樣一樣的擺在面前，手上還捧著牌位。

他此時給她的感覺，就像沈寂的一潭湖水，沒有悲傷，沒有憤怒，一點情緒都沒有。這樣的他，讓允瓔很心驚，心裡突然不安起來，皺眉想了想，端著東西進門。「家裡沒準備香，就用這些將就一下吧。」

烏承橋抬眸，目光深邃無波，他看了看允瓔，把手中的牌位輕輕擱在桌上，輕聲開口。「妳知道了？」

允瓔點頭，把托盤上的東西一樣一樣擺在牌位前，又點上蠟燭立在兩邊，語氣輕柔。「嗯，關麒告訴我的。」

「那天，我娘的病才稍稍好些，那個人帶著他們母子過來，告訴我娘說那日是那女人的生辰，希望一家人能好好吃個飯。」烏承橋點頭，低低說起當年的事。

「他也不想想，我娘為什麼會病，還病得那麼重，吃過飯，他們一家人就走了，我娘身邊只有我，她和我說了很多話，半夜才去歇下。可是第二天我去看她的時候，她身上穿著當初嫁給那個人時的嫁衣，妝容精緻，就那樣躺在那兒，面帶微笑，跟睡著了一樣……入殮的婆子說，她是半夜去的……」

允瓔靜靜聽著，默默看著那牌位，眼前似乎浮現了他描述的那一幕，一個身著嫁衣的少婦帶著微笑躺著……

喬二夫人如今看來也不過四十出頭，那麼當年的喬大夫人在時，一定比二夫人還要年輕，原本，那是人生最精彩的一段，可喬大夫人卻寧願獨自對著青燈守著佛堂，到末了，卻在另一個女人的生辰日穿著嫁衣離開人世。

愛之深，恨之切……想來當年的喬大夫人必是深愛著喬老爺的吧？

允瓔低語。「願得一心人，白首不相離……或許在她心裡，與其日日看著深愛的夫君與別的女子繾綣，倒不如解脫。」

「所以，就可以丟下我一人……」烏承橋語氣越發的淡。

「誰說你只有一個人的？」允瓔側頭。這樣的烏承橋讓她太不安，看了看他，她伸手按上他的肩，語帶不滿地說道：「那我呢？你把我放哪兒了？」

「我是說以前。」烏承橋聞言，總算有了些反應，按住她放他肩上的手，溫柔地看著她。「一生一世一雙人，在我同意和妳成親的那一刻起，我就從沒想過要離開妳。」

這一句，算是表白吧？

允瓔心裡一甜，正要說些回應的話表表心意，這肚子便咕嚕地叫了幾聲。

烏承橋目光落在她肚子上，總算露出笑容。「去端過來吧，一起吃。」

次日，喬承軒便帶著大夫和禮物上門來了。

「邵姑娘，實在不好意思，昨天賓客多，怠慢了。」在貨行前廳坐定，喬承軒便把禮物往允瓔面前推了推，對著一起來的大夫拱手。「陶大夫，有勞。」

原來這就是陶大夫。允瓔一抬頭，愣住了，這一位……之前給烏承橋看過腿呀。

「請。」陶大夫點頭，在另一邊坐下，拿出號脈枕。

允瓔也不客氣，送上門的服務，她幹麼要客氣？再說她也是有些怕了，之前那次感冒，差點就要了她半條命，她可不想再來第二次。

陶大夫把完脈，笑著點頭。「姑娘的底子還是不錯的，並無大礙，只是稍稍有些血熱氣虛之症，另外怕是沾水較多，微有些寒氣入侵，服幾帖藥，祛祛寒就好了。」

「多謝大夫。」允瓔笑著收回手，拉下衣袖，對這陶大夫的話卻不以為意。

陶大夫上下打量允瓔一眼，認出了她，笑問道：「不知道之前與姑娘一起的那位小兄弟如今怎麼樣了？」

「陶大夫妙手回春，我家相公服了陶大夫開的藥，倒是好多了。」允瓔心裡一咯噔，表情倒是看不出什麼，帶些笑意地向陶大夫道謝。

「邵姑娘，說起來我也來了好幾趟，卻一直沒能得見烏兄弟，今兒陶大夫正好在這兒，不如請陶大夫給烏兄弟也看看吧。」喬承軒在邊上建議道。

「這樣多麻煩。」允瓔猶豫著。

「烏兄弟腿不方便，這會兒陶大夫在這兒，總比妳送他去醫館看要方便得多吧。」喬承軒笑道：「我們陶大夫可不是輕易能出診的喔。」

「哪裡哪裡。」陶大夫從醫箱裡拿出紙筆，先給允瓔開了張方子。

「那就有勞陶大夫了。」允瓔見喬承軒笑呵呵地在一邊看著，一時沒了主意，只好先應著，去問問烏承橋有沒有什麼辦法。「喬公子、陶大夫，兩位稍坐，我家相公昨夜盤算帳目，很晚才睡，這會兒怕是還沒起呢，我去喊他起來。」

「好。」陶大夫點頭。

喬承軒只是悠閒地喝著茶，也沒有異議。

允瓔笑了笑，轉身進了小院，到了門口才飛快閃身進去，反手關上門，衝到烏承橋身邊。「相公，不好了。」

烏承橋錯愕地抬頭，看著允瓔，手中的筆也停在半空，先是打量她一番，見她好好的，才笑問道：「天塌下來了？」

「你還笑，喬承軒帶著陶大夫就在外面，他們要見你。」允瓔瞪了他一眼，伸手抽了他手上的筆，急急說道：「那陶大夫就是我們以前去看過的那個，不知怎的就被喬承軒給請來，剛剛是他認出我來了，先問了你，然後那喬承軒就順勢說要見你，之前回絕了幾次，今天怕是避不過去了。」

「不妨事，請他們進來吧。」烏承橋看看手上的墨汁，無奈地拿起帕子擦手，非常鎮定地說了一句。

「什麼？」允瓔差點噎到，把筆擱到桌上，伸手摸摸烏承橋的額頭，又摸摸自己的，皺眉道：「沒我燙呀，怎麼還說胡話……你是不是沒聽懂我剛剛說的話？喬承軒他要見你，可不是陶大夫一個人哪。」

「我聽到了。」烏承橋啞然失笑，伸手彈了她的額一下。「沒事，我們開著貨行，我總不能不出去見人吧？而且我也不能讓妳一個人這麼辛苦。」

「可你怎麼應付他？他肯定是懷疑你了才來的。」允瓔連連搖頭。別人可能會認錯，可是外面那可是喬承軒，一家兄弟，怎麼可能會認不出來？「你不能冒險，上次是天黑，他看不清，這會兒可是大白天。」

「不相信妳家相公我？」烏承橋還有心情開玩笑。

「當然不是。」允瓔搖頭，見烏承橋這樣鎮定，她湊到他面前，狐疑地打量著他。「你真有辦法？」

「嗯。」烏承橋點頭，伸出大拇指撫平她深鎖的眉間。「去吧，久了他們才會真的懷疑。」

「你真的確定能說服喬承軒？」允瓔見他如此，也平靜下來。

「安心，妳只管去帶他們進來，今日天氣不錯，請他們在桂樹下坐坐吧。」烏承橋勾起一抹笑。「其他的，交給我。」

「那你當心些。」允瓔點頭。他這麼有把握，一定是有所恃吧，沒法子，她只好一步三回頭的出去。

貨行大廳裡，陶大夫和喬承軒正在看一瓶酒，談得高興，看到允瓔出現，喬承軒瞟了一眼過來。

「兩位久等了，裡面請。」帶著笑意，允瓔站在一邊伸手延請。既然烏承橋有妙計，她當然要全力支持到底，可不能讓他們瞧出什麼端倪。

「好。」喬承軒把酒放回櫃檯上，親自幫陶大夫提了醫箱。

允瓔面上笑盈盈的，暗暗打量了一下兩人的神情。

只是，無論是喬承軒還是陶大夫，都看不出什麼。

「兩位，屋裡陰暗，不如這兒陽光正好，又亮又暖和，就在這兒坐吧。」允瓔直接把人領到桂花樹下，阿明兄弟兩人沒有木匠活的時候便接了近途的活兒去送貨，這邊樹下，便成了烏承橋閒坐鍛鍊的地方，收拾得倒也乾淨。

「好。」陶大夫笑著點頭。

允瓔轉身，正要去喊烏承橋，一抬頭便看到他坐著輪椅自己推出來，不由愣住了。

乍一看，那是烏承橋無疑，可是允瓔和他朝夕相處了這麼久，一眼便瞧出不同，依然是那個髮式，也依然是那身衣服，身形也一樣無異，可那張臉……

眼睛似乎細了些，原本的桃花眼如今成了單鳳眼，鼻梁似乎更高了些，鼻翼也比原來的略小了些，還有那唇也變得更薄……

喬承軒和陶大夫之前見到烏承橋，一個是黃昏時分，一個是在光線不怎麼好的屋裡，再加上之前烏承橋的頭髮擋去大半張臉，對他瞧得也不是很清楚，這樣一改變，倒是恰到好處。

「相公，這位就是喬公子，這位是之前幫你看過腿的陶大夫。」允瓔心裡驚訝不已，卻沒有任何耽擱，笑著上前，細細打量了烏承橋一番，才幫他推下坡，推到喬承軒和陶大夫的面前。

喬承軒眼睛一眨不眨地盯著烏承橋看，眼中明顯的驚訝，倒是陶大夫，半點驚訝都沒有，起身朝烏承橋拱手。

「英娘，上茶。」烏承橋的聲音居然也有了變化，清醇不復，變得低沈而有磁性。

「好。」允瓔微笑著點頭。她決定，回頭一定要向他學學是怎麼弄的。

到廚房泡了茶，又取了幾樣瓜果，等允瓔端著重新回到院中的時候，陶大夫已經為烏承橋把過脈，這會兒正在幫他看腿上的傷，喬承軒安靜地陪著，目光始終沒有離開烏承橋。

喬承軒似乎很疑惑，似信非信，目光中充滿明顯的探究。

這樣下去可不行。允瓔也不知道烏承橋是怎麼弄的，萬一被喬承軒真盯出個什麼來，便太被動了，當下朝喬承軒笑道：「喬公子，之前曾聽你說我家相公像一個人，不知道你說的是哪一位？真的那麼像嗎？」

「像。」喬承軒看著烏承橋，點點頭。「不過，細看卻還是有不同的。」

「不知道喬公子說的哪一位？改天若是有機會，也讓我們看看到底有多像。」允瓔笑道。

「他是我兄長，只是……很遺憾的是，半年之前離家後，再無半點消息。」喬承軒嘆氣道。「我四處打聽兄長的下落，那日看到烏兄弟，還以為找到兄長了，沒想到……還是空歡喜一場。」

要不是允瓔早知道這些事的內幕，還真會被喬承軒的這一番表演矇騙。

「你說的是喬大公子？」允瓔驚訝地問。「不會吧。」

「確實是真的。」喬承軒終於從烏承橋身上轉開目光，端起茶喝了起來。

允瓔卻不敢放鬆，繼續裝。「那可不是什麼好事。」

「為什麼？」喬承軒一愣，看著允瓔問。

「喬大公子風流倜儻，無美不歡，一擲千金……呵呵，貌似沒一樣是我們這樣的人家能像得起的。」允瓔瞥了烏承橋一眼，光明正大地吐槽他。「我倒是寧願我家相公一直這樣平平淡淡下去，我也能少操些心。」

「男人麼，有些應酬是不可避免的。」喬承軒笑，轉向烏承橋說道：「烏兄弟，看到你便讓我想起我兄長，這也算是我們的緣分，改日有空一起喝幾杯吧。」

「喬公子，你可不能帶壞我相公，那什麼美人如雲的地方，絕不能去，要不然被我知道的話，我可不認你這朋友。」允瓔霸道地警告道。

第九十八章

兩人這邊鬥嘴鬥得歡，那邊，烏承橋已經站起來，正慢慢地試著走，陶大夫在一邊說著要注意的事項。

喬承軒又盯著烏承橋的背影看，眉心不自覺地皺起來。

允瓔知道他的猜疑不可能這樣簡單消除，看了看他，想了個話題。「喬公子，說正經的，之前我到處找你，結果你不在泗縣，倒是遇到了少夫人。」

「尋我？可有什麼需要幫忙的？」喬承軒收回目光。

「貨行現在接了不少生意，以眼下的船，怕是難以應付，所以我想添些船隻。」允瓔解釋道。「少夫人已指點我去船塢下訂，過兩天就要出樣船了，只是我擔心……喬公子能否跟你的匠人們打個招呼，讓他們多多費心些，儘量早些交船。」

「這不算什麼，小事，我一會兒派人去說一聲。」喬承軒恍然，點點頭，很乾脆地答應。「妳在哪家船塢下的訂？」

「就是很近的那家。」允瓔指了指方向，帶著些許不好意思。「還有喔，我跟那兒的管事說，喬公子之前答應了優惠，然後他就給了個內部價，小小地沾了一下光，你不會介意吧？」

「沒事，怎麼說這兒生意好也有我的好處。」喬承軒笑著擺手。「可惜我明兒就要進京，無法陪妳一起去了，我會派人知會他們的，妳只管放心去看船，有任何疑問都可以找他們。」

「多謝。」允瓔笑嘻嘻地作揖。

「是朋友就別說這些客氣的話。」喬承軒含笑搖頭，放下茶杯。「那好酒多給我留些就是了，這個年我怕是回不來了，到時候我讓媚兒來取。」

「成。」允瓔爽快地應下。她跟他過不去，也不會跟銀子過不去嘛。

烏承橋已經回到輪椅上，臉上隱見汗意，坐下後，他含笑朝陶大夫拱手道謝。「多謝陶大夫。」

「不必，記得多按揉一下，多走走，不要讓膝蓋負重，想來再過一、兩個月，便能行動自如了。」陶大夫細心叮囑，把平日鍛鍊需要注意的各項事宜都交代一遍。

喬承軒見陶大夫檢查結束，居然主動起身告辭。「好了，我還得去準備行裝，先告辭了，等我回來，給你們帶京城的特產。」

「喬兄客氣了。」烏承橋微笑著，推著輪椅和允瓔在後面送兩人出去。

門外停著喬家的馬車，看著兩人上了馬車，拐進了街口，允瓔才長長地鬆了口氣，迫不急待地推著烏承橋回到屋裡，也不關門，就湊到他臉上左打量右琢磨。

「你這是怎麼弄的？」允瓔好奇地問。她怎麼看也看不出他臉上有化妝敷粉的痕跡，一切自然得如同天生一般。

「把門關上。」烏承橋捉住她在他臉上亂摸的手，笑著看了看門。

允瓔乖乖地反身關門，等她轉身回來，烏承橋已經拿出他那個箱子，正把箱子裡反過來，在箱底摸著，沒一會兒，只聽箱子啪的一聲，底下竟彈開一層，露出暗格來。

「你讓我去取箱子，就是因為這個嗎？」允瓔驚訝地問，她以為他是為了箱子裡的那些小玩意兒呢。

「也不全是。」烏承橋搖搖頭。「這裡面的東西都是我小時候用過的，所有都是我娘親手所做，而這個，也是我娘留給我的。」

允瓔湊過去看了看，裡面空空如也，不由狐疑地看著他，等著他揭謎底。

烏承橋見她一眨不眨地盯著他看，唇角弧度越發的大。「看好了，不要眨眼。」

「好。」允瓔趴在桌上，湊在他面前全神貫注地盯著。

烏承橋抬起手，手掌平展從額頭慢慢往下抹去，手放下，他的臉也恢復了正常。

「呀！」允瓔看著這神奇的一幕，伸手扒拉他的手掌，只見他手上躺著一張薄膜般的東西，她伸手捏了起來，提到面前左瞧右瞧。「這是什麼？」

「我三歲的時候，我娘帶我去廟裡拜佛，路上遇到一位昏迷的女子，我娘心善，便把她也一起帶到廣慈庵。」烏承橋也由著允瓔琢磨那片薄膜，一邊說起當年的事。「那女子當時懷有身孕，無處可去，我娘便拜託廣慈庵的淨蓮師太安置她，每隔一段時日，我們去燒香拜佛的時候，都會帶東西去看她。她是位很溫柔的女子，與我娘脾性相投，一來二去就成了好友，在廣慈庵的佛前，兩人還義結金蘭，成了異姓姊妹。」

「然後呢？不會又是什麼狗血的娃娃親吧？」允瓔聽到這兒，眉頭一跳。「雙男盟兄弟，雙女誓金蘭，一男一女成連理？」

烏承橋看著她，無奈地一笑。「確實如此。」

「那她生的是男是女？」允瓔皺了皺眉，追問道。這個可是很重要、很重要的。

「女的。」烏承橋老實回答。

「那後來怎麼就成了柳媚兒了？」允瓔不高興。想她前世今生都是白紙一張，他卻千帆過盡……居然有兩度訂親的經歷了。

「我六歲時，阿芙被人販子拐走，染姨四處尋找，結果未曾尋回，她卻染了重病，等她回到泗縣見到我娘的時候，已是病入膏肓，我娘為她尋盡名醫，最終也沒能救下染姨。」烏承橋嘆氣，面露哀傷。「臨終之時，我和我娘都在，染姨將阿芙之事託與我娘，並留下這個作為報答，她知道我娘的苦，想讓我娘用這個掙脫喬家牢籠，可我娘一直不願離開。」

允瓔安靜了下來，把東西平鋪在桌上。那位女子必是位奇女子，卻也沒能逃脫那悲劇下場，而他的娘也沒能……

「後來娘走了以後，這東西便到了我手裡。」烏承橋繼續說道。「我始終記得染姨的話，一定要尋回阿芙，可是線索全無，我那時還小，尋人談何容易。直到十三歲那年，我在仙芙樓的門前，遇到一個和染姨長得一模一樣的小姑娘。」

「仙芙樓？」允瓔睜大眼睛，不知不覺，脫口問了出來。「不會就是仙芙兒吧？」

「沒錯，就是仙芙兒。」烏承橋嘆氣。「我想給她贖身，她卻是不願，居然說她從小在仙芙樓長大，仙芙樓才是她的家，柳嬤嬤才是她的娘，而且她想成為泗縣紅樓姑娘中的頭牌……我沒辦法強迫她離開，只好盡我所能幫她。那時她還不是什麼頭牌，青嬤嬤找到她，開出豐厚的條件，拉她入清渠樓，她同意了，我們幾個……朋友費心費力，助她成功脫離仙芙樓，讓她成了清渠樓的東家之一，助她名動泗縣……」

「那，如今你回來了，不去見她嗎？」允瓔說這話的時候，心裡直冒酸水，他娘和他姨雙重託孤，又有那樣一段可憐身世在，還有那樣一段情誼，他捨得？

「見她做什麼？」烏承橋卻笑了，伸手拉住允瓔，微微側頭凝望著她的眼睛。「妳呀，吃的哪門子醋？我助她得到她想要的，與她的一切，在離開泗縣時都已經了結，我已不欠她什麼，也對得起故去的染姨了，就算如今再回來，也沒有去見她的必要。」

「要是以後街上遇到，她認出你呢？」允瓔嘟嘴，睨著他問。

「那也不過是過去的故人，點頭之交也就是了。」烏承橋淺笑，捏了捏允瓔的鼻子。

「我可不想我媳婦天天拿醋泡我。」

「去，誰拿醋泡你了……哎呀，醋，我的醋！」允瓔嬌嗔地白他一眼，拍開他的手，剛說一半，忽然記起她的果醋來，頓時跳起來。「我差點忘記了。」喊罷，直接開門跑了。

烏承橋的手還沒收回，就看到她急惶惶地離開，看著大敞的門，不由無奈地搖頭，笑著收拾桌上的東西，至於那薄膜，他還是隨身帶著好了，以防萬一。

允瓔急匆匆跑到庫房的樣子，還真讓人嚇了一跳，在庫房裡忙的幾人紛紛停下看向她。

允瓔顧不得解釋，直接來到之前存放果醋的一間庫房，把罈子抱出來。

「小嫂子，我來。」邊上有人看到，忙過來幫忙。

「謝謝，擺到院子裡去吧。」允瓔也不客氣，把罈子給他，自己撣著身上的塵土跟在後面。

罈子放在桂花樹下，允瓔過去開了封蓋，一股子酸味便冒了出來。

允瓔欣喜地看著那罈口，湊了過去。

「做的什麼？這樣酸？」烏承橋從屋裡出來，邊往那邊移動邊打趣著湊過去。「妳還真打算拿醋泡我？」

「誰要拿醋泡你啦。」允瓔白了他一眼，招招手。「來看看這個。」

這可是廢物利用做成的醋呀……她似乎又看到白花花的銀子，笑容在陽光下顯得越發燦爛。

第一次做的醋，有些太酸，不過允瓔卻信心十足，這一罈酸了，是因為她忘了時間，下次她一定跟那些酒一樣，把事情交託下去。

至於這麼酸的醋，當然也不是不能用。

允瓔讓人去取了些雞蛋，裹過了酒，放進罈子裡，倒上了新做的醋。

這一套怎麼做、怎麼吃、怎麼賣，自然也要交託給戚叔安排下去。

處理完這些瑣碎的事，幾天後，允瓔和烏承橋也啟程出發前往船塢驗收樣船。

喬承軒已經出發去了京城，但船塢裡卻已經安排好一切，允瓔兩人到的時候，那位和允瓔簽契約的管事已經帶著人等在碼頭。

烏承橋自從見過喬承軒，便做好了不再躲在後面的準備，所以這次也做了準備，光明正大地出現在眾人面前。

看到他的一瞬，管事明顯愣了一下。「大公子？」

「管事的，你認錯人了。」允瓔笑道。「前幾天你家公子似乎也認錯了，不過我家相公可不是你們的大公子。」

「像，真像。」管事的打量著烏承橋，連連點頭說道。

「我不過是尋常船家漢子，可不敢和大公子相比。」烏承橋微笑著開口。

「細一看，還真不是，眉眼不像，聲音更不像。」管事的聽到烏承橋的聲音，才解了疑惑，讓到一邊請兩人上岸。

「管事的，那樣船在哪兒？還是直接過去看吧，我家相公腿上有傷，不太方便。」允瓔站在船頭，搖搖頭，她已經看到那邊懸著的船，離這兒並不遠。

「也行。」管事的想了想，招手喊來一個夥計，一起上了允瓔的船，讓那夥計去搖船。

樣船自然也是漕船，倒也沒什麼可看的，允瓔和烏承橋這趟來，也不過是做做樣子。

管事的指著漕船，給兩人細細介紹，允瓔對此不懂，只能在一邊安靜聽著，倒是烏承橋很像那麼一回事地問了許多問題。

這讓允瓔頻頻側目，忍著疑問，熬到看完樣船離開後，她才問道：「你懂船？」

「我來之前，請教了幾位老爺子。」烏承橋聞言直笑，坐在船板上回頭看著她。「家有一老如有一寶，我們家可不止一寶，平時閒了，還真學了不少東西。」

「原來是這樣，我還當你暗地裡學的呢。」允瓔失笑。她的船被陳四撐去運酒，還沒回來，所以這會兒撐的是阿明的小船，一邊搖一邊問：「我們下一步要做什麼？」

「回家，等消息，備年貨。」烏承橋笑著回道，計劃要一步一步來，目前的生意還需要鞏固，各路消息需要等待，他並不急著推進下一步，不過卻有一件很要緊很要緊的事情要做。

「好。」允瓔直笑，他不說，她還真忘記了，年關將近，自家的年貨還沒備呢。

回到貨行，允瓔便開始準備年貨清單，而烏承橋則去了貨行前廳。他在喬承軒那兒過了第一關，接下來也不必躲躲閃閃，生意還需要管起來，那件重要的事也得和戚叔好好商量一下……

允瓔在屋裡寫寫畫畫，列了許多她覺得必要的東西，但她到底不是邵英娘，而邵英娘也不曾好好地準備過年，一時，她有些犯難。

「今兒都十一了，明兒我們去街上買些糯米，讓孩子們上山去尋些箬葉回來，多包些粽子給小娃們解解饞吧。」屋外，幾位老太太邊編著草簾邊商量道。

「好，別的不說，這送灶王爺、接財神爺的東西也得備備。」

允瓔聽到外面的討論，想到烏承橋說的家有一老如有一寶，靈光一閃，拿著筆墨到了外面，笑道：「阿婆，我正寫著年貨清單呢，也不知道寫的缺不缺東西，妳們幫我把把關唄。」

「我們也在說過年的事呢。」幾位老太太高興地回頭應道，其中一人還顫巍巍地站起來，把自己坐的小矮凳讓給允瓔。

了。」

允瓔怎麼可能會接，她看看周邊，直接坐到廊前的石頭上。「阿婆您坐，我坐這兒就行了。」

「地上髒。」那位老太太忙說道。

「沒事。」允瓔搖頭，把研好的墨放到一邊，拿出她寫的單子，一一請教起來。

「二十三糖瓜兒黏（注），二十四掃房日，二十五糊窗戶，二十六燉大肉，二十七殺公雞，二十八白麵發，二十九蒸饅頭，三十晚上熬一宿，大年初一扭一扭。」一名老太太順口唸了起來。「小時候學的，只是這些年也沒能用上，今年可都得試一試。」

「哎，試試可以，也不用大操大辦，我們熱鬧熱鬧就行了。」也有老太太本著勤儉出發，替允瓔考慮。

「沒辦法，我們儘量準備充足一些。」允瓔笑道。「我過幾天去請裁衣師傅，給大夥兒都做一身新衣。」

首先，衣服是必須的，無論老幼都要準備過節的衣服，這點允瓔攬了下來，這麼多人要做，總不能讓他們自己一家家的掏錢，太麻煩，所以她決定今年頭一年，送他們每人一套新衣服作為禮物。

這是頭一條，她列在第一行。

「麥芽糖，送灶王爺用的，讓祂上天說好話，保佑我們貨行來年生意越來越好。」

「再打些年糕吧。」

注：此指臘月二十三祭灶神，使用麥芽糖做的祭灶糖。

過年打年糕是風俗之一，允瓔前世的記憶裡便有，但她沒想到這兒居然也是，這讓她勾起了對故鄉的記憶，一時心潮起伏。

米要準備，還得提前浸泡好，用蒸桶蒸熟了，再用石臼敲打，最後揉成圓條……回憶著細節，允瓔把需要的東西一一記錄。

說完了年糕，老太太們還提起這送灶王、接財神之類的祭祀供品，至於過年要吃的，她們卻齊齊回答簡單就行。

允瓔當然不可能真的一切從簡，這是他們的第一個年，就算沒有錦衣玉食，她也想儘量辦得好一些。

很快，夕陽西斜，外出的人們漸漸回來，聽到允瓔和老太太們說得歡，也湊過來七嘴八舌地討論。

「這魚呀蝦的，我們自己就能去網。」

「箬葉附近山上就有，之前我們看到過。」

眾人說著說著，自動分派起任務來，一湊之下居然也有好些食材。

允瓔微笑聽著，把他們說的全都記錄下來，在邊上做了記號，不知不覺間，便寫滿了幾張紙，衣食住行樣樣都全了。

第九十九章

到了晚上吃晚飯的時候，烏承橋和戚叔幾人回來，允瓔還在堂屋整理單子，看到那上面滿滿的字，烏承橋湊過來看了看。

「相公，你瞧瞧，還缺什麼？」允瓔順勢便遞過去，徵求意見。

烏承橋接過，細細瞧了瞧，心裡有了數，上面的東西基本全了，不過……

「挺好。」他淺笑著把單子還給允瓔。

「就這樣？」允瓔在一邊期待了半天，就等來這兩個字，不由一愣，不滿地瞪他。「沒別的了？」

「挺好的。」烏承橋勾起唇角，目光款款。這上面，當然不夠，只不過，那不夠的一部分，他自會安排，到時候必定給她個驚喜。

「好吧。」允瓔瞪著他好一會兒，才嘁嘁嘴，收起了單子。

「這上面東西不少，得早些準備了，尤其是衣服，做得慢，明天妳就去看看吧，順便去一趟書坊，捎封信。」烏承橋的目光依然繞著她，不過，看她不滿，總算說了他的意見。

「好。」允瓔點頭，她懂他說的捎信是怎麼回事。

「開飯嘍。」柳柔兒端著個大托盤走出來，高興地喊了一句。

如今的她，已經完全融入眾人中，從起初帶著些許嬌氣的大小姐，到現在撐起廚房和一間麵館所有點心的「廚娘」，變化極大，便是那頓位，也減了許多。

「快過年了，妳有什麼打算？」允瓔收好清單，一抬頭就看到柳柔兒，便問了一句。

「我啊？」柳柔兒放下菜，帶著些許傷感。「我不想回去，反正……回去也沒意思。」

「也在這兒？」允瓔挑眉。「怎麼說也是家，如今那件事也過去了，妳回去他們也不會為難妳的。」

「柯老爺的事過去了，說不定還有趙老爺、錢老爺、孫老爺、李老爺……以他那性子……」柳柔兒搖頭。「我不要回去，我喜歡這兒。」

「隨妳吧。」允瓔看了看柳柔兒，點點頭，她只是隨便問問而已。

「邵姊姊，那個……雲哥哥會不會回這兒過年？」柳柔兒突然有些羞澀地問。

「我不知道哦。」允瓔直接搖頭。

「喔。」柳柔兒有些失望，不過，她很快又綻開了笑容。「我去廚房打飯。」說罷，轉身就跑進去。

隔天一大早，允瓔便帶著烏承橋所謂的信去了書坊。

按著他說的地址，七拐八彎的，總算尋到了地方。

這家書坊並不在繁華地段，而在略微偏僻些的小巷子裡，不過人氣卻不薄，她進門的時候，書坊裡還坐了不少客人，倒有些像閱覽室。

允瓔緩步進去，目光邊掃了那些書架一眼，琳琅滿目的書籍整齊地擺放在書架上，還沒看清，便有一名書生起身迎過來。「小娘子有禮。」

「你好。」允瓔下意識地站住，打量書生一眼，他和單子霈差不多年紀，長得眉清目秀，身著一襲儒袍，顯得乾乾淨淨。「請問于佶于先生在嗎？」

「小生就是于佶。」書生文謅謅的，含笑作揖。「請問小娘子是哪位？」

「我姓邵。」允瓔環顧一屋子的人，有幾個正在打量她，便不多說，拿出烏承橋寫的信雙手奉上。「有人讓我捎帶的信，麻煩于先生。」

于佶接過，看到信封一角的印記，點點頭，收了起來。「小娘子稍候，公子要的書籍已經到了，還請小娘子幫忙捎回去吧。」

「好。」允瓔一愣，烏承橋何時訂書了？不過，細想想也可能是單子霈要傳遞的消息，便點頭應下。

于佶朝她微微頷首，轉身到了櫃檯後一排書架上尋了起來。

允瓔不免失笑，這搞得跟間諜似的。

沒一會兒，于佶便拿著一本厚厚的線裝書回來了，雙手遞給允瓔。「有勞小娘子。」

「告辭。」允瓔接了，微笑著行禮，轉身離開。

書坊裡坐的全是男子，有幾個的目光一直停留在她身上，讓她很不自在。

出了門，在無人的地方，允瓔把書放進空間，才大步往成衣鋪走去。

那家成衣鋪之前曾與她合作過，無論是態度還是手藝都是極好的，價格又不高，倒是挺合適。

前。

允瓔目標明確，也不去別的地方轉悠，這一路直接穿過熱鬧的大街，很快就來到成衣鋪前。

只見，成衣鋪門口停著兩頂轎子，把門口堵得死死的，兩邊還站著兩個凶神惡煞的壯漢，就像是看家護院的保鏢。

奇怪，成衣鋪還雇人看門？允瓔停在一邊，打量著轎子和那兩個壯漢。她只是來訂衣服的，可不想惹麻煩，所以，轉而進了隔壁的燈籠鋪子。

過新年了，燈籠總也得換換。

允瓔在燈籠鋪裡挑挑揀揀，買了幾盞漂亮的氣死風燈（注），準備過年的時候把貨行和小院門都掛上，喜慶喜慶。

「一共二兩銀子。」賣燈籠的老漢慈眉善目的。「小娘子，這麼多燈籠，妳一個人也不好拿，不如報個地址，我一會兒讓人給妳送過去。」

「碼頭那邊的五湖四海貨行。」允瓔笑著點頭。「多謝大叔。」

「原來是五湖四海貨行的。」五湖四海貨行最近很紅，老漢當然聽說過。

「大叔，隔壁的成衣鋪今天怎麼回事？來了什麼重要客人嗎？」允瓔付了銀子，打聽起成衣鋪的事。「我想去裁幾身衣服，可門口被堵了，都進不去呢。」

「小娘子還是改天再來吧，今天……不方便。」豈料，老漢卻壓低聲音說道。

「不方便？」允瓔驚訝地轉頭看看外面，一臉為難。「可我今天是抽空出來的呀，年關將近，都沒空出門了呢。」

「他家婆娘好賭，瞞著掌櫃的欠下了賭債。」老漢聞言，指了指隔壁小聲說道。「也不知怎的，清渠樓的人給付了帳，這不，現在來向掌櫃的要錢，掌櫃的付不出來，他們就提了要求，想帶走他家唯一的女兒，這會兒正鬧著呢。」

「付不出來？很多錢嗎？」允瓔吃驚地問，居然還有這樣的事？

「實情我們也不知，這是人家家裡的事。」老漢搖搖頭，嘆氣。「小娘子也別打聽了，那些人可不是善茬，妳又是一個人，早些回去吧。」

「多謝大叔提醒。」允瓔道了謝，慢慢出來，站在門口側頭瞧了瞧。

青嬤嬤居然還逼良為娼？官府便不管了嗎？那關大人也不似個糊塗官呀。

「走吧。」這時，隔壁傳來青嬤嬤的聲音和另一個女子哭哭啼啼的聲音。

允瓔不由注目。

果然，青嬤嬤傲然地走在前面，和她一起的還有一位年輕女子，那女子身段曼妙，姿容傾城，顧盼間風情流轉，讓人不自覺地去瞧去看。

難道是她？難怪青嬤嬤肯下心思，這女子若是到了清渠樓，必是搖錢樹呀。

不過，允瓔很快就發現她想錯了。

「直接帶走就是，何來這樣麻煩？」那女子出了門停下腳步，倨傲地看著身後，對青嬤嬤說道，語氣中滿滿的不耐。

「仙芙兒，這規矩也不能不守。」青嬤嬤笑道，看著成衣鋪的門。「掌櫃的，你放心，

注：氣死風燈，以紅色桐油紙糊成的圓形紅燈，也有人為求吉利，稱之「乞賜封燈」。

你家女兒到了我那兒，我一定好好栽培，絕不會虧待了她的。」

仙芙兒！允瓔聽到這個名字，目光瞬間凝住。

原來真是位美人兒，眉如遠山含黛，膚若桃花含笑，髮如浮雲，眼眸宛若星辰，怪不得讓無美不歡的喬大公子那樣……允瓔心裡滋生絲絲酸意，可同時又不得不感嘆，果然是差距啊！在這位仙芙兒面前，也難怪會有人說她是無鹽女。

「青嬤嬤，妳說好的，小娥只去住三天，三天後我籌了銀子就去接她回來。」成衣鋪掌櫃的語氣滿滿的哀求。

掌櫃的身邊還跟著一個小女孩，看起來也不過五、六歲，但長得極俊俏，長大後必是一位美人胚子，此時，正眼淚汪汪地看著掌櫃的，卻沒哭出來，也沒有鬧騰，一看就是個懂事的孩子。

允瓔不由皺了皺眉。

「喲，掌櫃的說得真好聽，你當我們清渠樓是善人堂嗎？我們也是要吃飯的，那麼多的銀子給你家婆娘墊了出去，本也是好意，可你也不能把我們的好意當成你們的福氣呀！」仙芙兒冷笑著，雙手環抱胸前，聲音倒是如出谷黃鶯，可那話卻聽得允瓔很不舒服。

仙芙兒竟是這樣冷血冷情的人？

「青嬤嬤，我們家小娥還小，求求妳，就再寬限我們幾天吧！」掌櫃的差點哭出來，對著青嬤嬤又是點頭又是哈腰。

「陳掌櫃，你什麼意思？這契約都簽了，門都沒出，你就反悔了？」青嬤嬤皺著眉，手上還拿著一張紙抖著。

允瓔見狀，快步上前，一伸手就抽了那張紙過來。

「誰！」青嬤嬤猛地轉身，面帶怒容便要開罵。

「青嬤嬤好威風。」允瓔笑盈盈地說道，目光掃過契約內容，心裡有數了，這契約上可只說陳掌櫃家的欠下賭債，青嬤嬤好意墊付，現無力償還，只好以人抵債，卻沒有寫以哪個人抵，允瓔看罷，把契約遞還回去，目光掃向鋪子裡始終沒有出來的那個婦人身上。

那婦人縮在一邊，雖然頭髮凌亂，臉上也有掌印，但依然難掩風情，顯然，也是個有幾分姿色的。

「喲，原來是小娘子妳呀，可嚇了我一大跳。」青嬤嬤看清是允瓔，臉上表情瞬間變換成笑臉，接了契約，飛快地摺好藏入懷裡。

「青嬤嬤在做什麼？逼良為娼？」允瓔挑眉，用開玩笑的語氣直揭老底。「妳膽子可真大，也不怕被人告上衙門，這大牢可不是青嬤嬤妳這樣的美人兒能待的地方呀。」

「小娘子說笑了，我哪能做那等惡事呀？我只是來要賭債的。」青嬤嬤微笑著說道。「陳掌櫃家的在賭坊欠了許多債，我那日不巧經過，見她可憐就給墊了，這不，都這麼久了，我們這麼多姑娘也要吃飯不是？」

「青嬤嬤說得是。」允瓔認真地點點頭。「欠債還錢，天經地義，倒是我誤會青嬤嬤了。」

「小娘子果然是通情達理之人。」青嬤嬤恭維著。她是什麼人，這泗縣的動靜，她豈能不知？眼前這小娘子和邵、關兩家是什麼關係，她可是一清二楚的。因此，聽到允瓔這樣說，心裡暗暗鬆了一口氣。

「小娘子，請小娘子幫幫小女。」陳掌櫃看到允瓔也是眼睛一亮。他和一間麵館合作過，而且最近整個泗縣都在流傳，這位小娘子是縣太爺的表妹，這會兒青嬤嬤明顯顧忌她，要是她能幫忙，他的女兒就有救了。

「陳掌櫃的，欠債還錢，那可是天經地義的。」允瓔還是那句話，目光掃過屋裡的婦人，又落在小女孩身上。

「小娘子，我會還，只要三天，三天就行，要是……」陳掌櫃頓時著急了，連連哀求著，突然他想到一件事。「小娘子，你們貨行不是什麼都收嗎？求妳收下我這鋪子吧，只要……只要三百兩就行，只要三百兩，我就能還清青嬤嬤的錢，小女就不用跟她們去了。」

「三百兩？」允瓔吃驚地看著陳掌櫃。她倒不是驚訝他想出這主意，只是吃驚這賭債的金額，聽陳掌櫃的意思，這還是不夠的部分，而一個成衣鋪絕不可能一文錢都沒有，她不由好奇，轉頭看著青嬤嬤。「這麼多？她欠了多少？」

「一千五百兩。」青嬤嬤倒是實話實說。「這麼多銀子，墊一時還行，可這會兒快過年了，我們姑娘們也是要裁新衣過新年的呀。」

「那正好呀，讓陳掌櫃給姑娘做衣服抵抵不就完了嘛？」允瓔順著她的話就接道。

「呿，這手藝做出來的衣裳能穿嗎？」仙芙兒不屑地說了一句。

「仙芙兒，這位小娘子是五湖四海貨行的東家娘子，邵會長的姪女，關大人的表妹。」

青嬤嬤忙給她們介紹。「小娘子，這是我們樓的仙芙兒。」

「久聞大名。」允瓔倒是保持風度，笑著頷首。

仙芙兒卻是打量允瓔一眼，淡淡地點頭。「嬤嬤，我乏了，快回去吧。」

倨傲，目中無人。

允瓔淡淡一笑，對這仙芙兒實在沒什麼好感，也懶得跟她多說。

「小娘子，不早了，我們得回去補眠了，改日再聊。」青嬤嬤點頭，笑著向允瓔告辭。

「小娘子，求求妳，救救小女吧！」陳掌櫃一聽大急，竟不顧面子，當場跪了下來。

允瓔忙避到一邊。「陳掌櫃，你這是做什麼？我可受不起，而且我接了你這鋪子也沒用呀，我又不會製衣的手藝。」

「小娘子，貴行不是說什麼都收，什麼都可以代為轉賣的嗎？求求妳，救救小女吧！」陳掌櫃竟下了決心咬定允瓔，又轉過來朝她連連磕頭，惹得無數行人圍觀。

允瓔再次避開，無奈地看著青嬤嬤。「青嬤嬤，妳瞧瞧，我只不過是過來與妳打個招呼，如今竟要落下個見死不救的名頭了。」

「小娘子不必在意，只管回去就是。」青嬤嬤笑道。

「那怎麼行，我倒也罷了，可是我們貨行的名聲可馬虎不得，我們貨行也確實說過什麼都收的話，如今要拒了，還真的會毀了我們的信譽，唉，我今兒和青嬤嬤打招呼，可打出麻煩來嘍。」允瓔站在青嬤嬤身邊長吁短嘆。

「小娘子，妳不會想管這閒事吧？」青嬤嬤警惕地問。

「我也不想管，因為我接了成衣鋪也沒用呀。」允瓔攤著雙手，一臉為難地看著青嬤嬤。

仙芙兒聽到這兒，緩步走了過來，冷冷看著允瓔說道：「我們清渠樓的事，與妳何干？」

「妳說得對，清渠樓的事與我無關。」允瓔把目光從仙芙兒的腳慢慢移到臉上，似笑非笑地應道。「但……」

「小娘子，有話好說。」青嬤嬤一瞧不對勁，忙把仙芙兒護下，笑盈盈地說道：「以我們的交情，凡事好商量。」

「那倒是，我們的交情，自然比某些人好商量。」允瓔瞥了仙芙兒一眼，轉向青嬤嬤。「青嬤嬤，你們清渠樓的事與我無關，我也不想管，但我們貨行的名聲，我卻不能不理，所以這事……青嬤嬤可否靜下心，聽我分析分析？」

「小娘子客氣了，妳說。」青嬤嬤環顧一周，眼見圍觀的人越來越多，心裡有些著急。這事鬧大了，對她清渠樓可半點好處也沒有呀，要是讓其他三樓知道，也聞風來搗亂，她更是落了下乘，不如就賣個面子給這小娘子，日後也好相與。

「陳掌櫃，你還是起來說話吧，你這樣我壓力大呀。」允瓔實在看不慣一個大男人對自己又求又拜的，嘆著氣勸了一句。

陳掌櫃抬頭看看她，見她眉頭深鎖，想了想，緩緩起身，拱手說道：「還請小娘子援手，日後，陳某定做牛做馬相報。」

「言重了。」允瓔搖搖頭，看了看屋中婦人，有了主意，她打了個響指，笑盈盈地到青嬤嬤身邊。「青嬤嬤，我有個主意，妳聽聽如何？」

「小娘子，有話直說，我說了，我們的交情，凡事好商量。」青嬤嬤明裡暗裡地遞出橄欖枝。

第一百章

「那好，我不客氣了。」允瓔笑道。「這欠債還錢，天經地義，只是我想問，這債是誰欠的？」

「陳掌櫃的繼室，陳常氏。」青嬤嬤一抬頭，看到了人群中站著的關麒，不由目光微閃，倒是老實回答。

「繼室？」允瓔恍然，看向陳掌櫃。

「是，我夫人三年前因病過世，我平日忙於生意，小女無人照顧，便託人說媒，續娶了一房，沒想到……」陳掌櫃一臉悔不當初。

「青嬤嬤。」允瓔又轉向青嬤嬤，笑道：「既然是人家繼室的事，為什麼又要帶走人家的女兒呢？我瞧著這小姑娘才幾歲，應該不懂怎麼賭，更不可能欠妳那麼多錢吧？」

「母債女還，也是常事。」青嬤嬤無奈地應，她已經知道允瓔打的什麼主意了。

「可她不是人家女兒呀。」允瓔眨眨眼。「要不，妳等人家生出女兒來再來？」

「小娘子說笑了。」青嬤嬤失笑，挑明說道：「她能不能生出女兒還是個問題，而且，我也不是那等非要人家女兒的惡人，我們講的，還是你情我願。」

「說得也是。」允瓔點頭。「依我看呀，這小姑娘太小了，妳帶回去，還得給她穿的，給她吃的，還得栽培她成年，等她到仙芙兒出道那年紀，這其中的花費且不說會不會比這債要多，最要緊的是，妳要費多少年的心血呀？而且呀，就好比這桃子，妳千辛萬苦的天天澆水施肥，好不容易等到桃兒成熟了，卻突然被誰誰誰給偷偷摘走了，妳說，多不划算的生意呀，青嬤嬤是精明人，這種費力費心血又不能保證收益的事，一定不會做吧？與其如此日日擔心，還不如選個現成的帶回去，讓她端茶倒水掃地看院，慢慢還上債務還好些，妳說是不是？」

青嬤嬤聽到這兒，目光頓時凝住，神情裡帶著一絲警惕，這小娘子說這話，似乎是含沙射影呀。

青嬤嬤還沒開口，一邊的仙芙兒卻是怒了。「妳說事便說事，扯我做什麼？」

「咦？仙芙兒姑娘為何發怒？」允瓔心裡暗笑，臉上卻滿滿的驚訝。「妳可是泗縣紅樓姑娘們的魁首，我以妳為例，也很正常嘛，敢問姑娘，難道那些紅樓姑娘們不曾以妳為目標，千方百計地想要超越妳嗎？還是說，仙芙兒姑娘便曾做過我說的那被人偷摘了桃兒的事？」

「妳！我們無怨無仇，妳為何這樣針對我？」仙芙兒緊鎖著眉，咄咄逼人地問。

「仙芙兒姑娘，妳想多了，我只是舉例而已，可別自己對號入座。」允瓔淡笑，說罷，也不理她，轉而對陳掌櫃說道：「陳掌櫃，這樣的婆娘好賭敗家，你不會捨不得吧？」

「我……」陳掌櫃猶豫地回頭看了看屋裡的婦人，又低頭看了看身邊的女兒。

無疑，允瓔的話給他指了一條明路。

「青嬤嬤，請稍等。」陳掌櫃有了決定，女人沒了，他可以再娶，更何況，這樣屢教不改的女人，也不值得他珍惜，要為了她，毀了鋪子，毀了女兒，那才是他一輩子的錯。

允瓔微笑，看了看青嬤嬤。

青嬤嬤心裡已經有了決定，此時聞言，也裝作猶豫地點頭。

陳掌櫃把小女孩安撫到一邊，獨自進了鋪了，經過婦人身邊時，他頓了頓，看了看她，才繼續往櫃檯邊走。

「老爺，我不敢了，再也不敢了，你不能讓她們帶我走！」那婦人一瞧不對勁，嚎叫著撲上去，抱住陳掌櫃的大腿，又哭又喊。「老爺，一日夫妻百日恩哪！」

「妳給我滾！」陳掌櫃抬起一腳踹過去，吼道：「妳也知道一日夫妻百日恩？妳要是早知道，還能這樣敗我的家、毀我的女兒嗎？我告訴妳，從這一刻起，妳我恩斷義絕！」

「老爺！」婦人被踹倒在地，又爬了起來，想撲上去。

陳掌櫃已經快步到了櫃檯裡面，取了紙筆寫起來，沒一會兒便拿著那張紙出來，一把拉起婦人的衣襟，拖了出來，把她摔到青嬤嬤面前，連手中的那張紙摔到她頭上，轉向青嬤嬤說道：「青嬤嬤，之前給妳的銀票，我也不收回了，就當是……夫妻一場，希望嬤嬤能善待她。」

「行吧。」青嬤嬤打量地上那女人一眼，點點頭。「帶走。」

兩個壯漢立即上前，拉起了婦人。

「嬤嬤。」仙芙兒皺著眉，看了看允瓔。

「不早了，我們先回去吧，這事就這樣。」青嬤嬤淡淡地看看她，打斷她的話。

「表姑。」關麒這時才笑嘻嘻地踱過來，朝允瓔擠了擠眼。

「你怎麼在這兒？」允瓔驚訝地回頭，打量著關麒。

「閒著無聊，想找表姑父喝酒去。」關麒笑道，目光掃過青嬤嬤和仙芙兒。「青嬤嬤、仙芙兒，今兒真夠巧的。」

「正好，我買了燈籠，一個人帶不動，你幫我拿回去吧。」允瓔毫不客氣地指使他。「陳掌櫃，我今天本來是想找你裁衣，我看這會兒也不方便，等明兒你要是閒了，帶兩位師傅去我們貨行一趟吧，給大家每人裁一套新衣，好過年。」

「好好，我明兒就過去。」陳掌櫃感激地點頭。

「回去了。」允瓔朝青嬤嬤笑了笑，轉身去了燈籠鋪，取了之前買的燈籠回來，遞給關麒，見關麒盯著仙芙兒看，不由笑道：「小麒子，別看了，美人蛇蠍，當心中毒。」

「呃……」關麒收回目光，古怪地看了看，接過了燈籠，又看了看仙芙兒，識相地閉上嘴。

「我說真的呢，美人蛇蠍，越美的人越毒，你瞧瞧陳掌櫃就是個例子，所以呢，小麒子，聽表姑一句話，娶妻當娶賢，離這些漂亮美人兒遠一些。」允瓔若有若無地瞟著仙芙兒。

「表姑，妳也不醜，妳這不是連自己也給拐進去了？」關麒頓時噴笑出來。

「哪會，你瞧瞧我和仙芙兒站一處，只不過是無鹽女罷了。」允瓔傲然地看著仙芙兒，清脆地說道：「不過，我這樣的也挺好，擱哪兒都安全。」

「妳！」仙芙兒聽到這兒，俏臉含霜，就想轉身和允瓔理論，被青嬤嬤及時攔住，塞進了轎子裡。

好戲散場，圍觀眾人紛紛離去，允瓔見沒什麼事，朝關麒示意一下，也轉身往碼頭走。

關麒快步跟上，和允瓔並肩走著，笑問道：「怎麼回事？我怎麼覺得妳有些針對仙芙兒呢？」

「你說對了，我就是針對她來著。」允瓔冷哼。「怎麼？你想護著她？」說著，目光也掃了過去。

「沒有沒有，我才沒想護著她呢，要護也是護表姑大嫂妳。」關麒忙陪著笑臉，說完，打量允瓔一番，小心翼翼地問道：「妳是知道了什麼吧？」

「該知道的、不該知道的，都知道了。」允瓔長長吐了一口氣，加快腳步。「今天耽擱不少工夫，還有好多事要做呢。」

關麒被落在後面，乾脆停下腳步，看著允瓔的背影好一會兒，嘆了口氣，看了看手中的燈籠，快步跟上。

回到貨行，正遇上陳四運了果酒回來，庫房正熱鬧著，陳四夫妻倆在櫃檯前的大木牌前，和戚叔商量著下一個任務。

關麒把手中的燈籠交給允瓔，先進去找烏承橋了。

「陳嫂子，還有半個多月就過年了，記得別跑遠了。」允瓔笑著說了一句。

「接下來的活兒都算過了，最晚年三十都能回來。」戚叔解釋道。

「我知道妳要給大夥兒發新衣裳了，所以呀，會趕回來的。」陳四家的笑道。

陳四家的和允瓔寒暄片刻，那邊陳四已經接好任務，招呼陳四家的啟程了。年關在即，任務繁重，無論是發任務的戚叔還是接任務的船家們，都希望能多多完成，然後過個安穩的好年。

允瓔見前廳無事，就去了廚房。

廚房裡，柳柔兒帶著人正在做拉麵，前面的案板上已經堆集不少拉好的細麵條，同時還瀰漫著濃濃的酒香味。

「怎麼做這樣多？」允瓔有些奇怪。自喬家壽宴之後，她便徹底將這些事交給了柳柔兒，連麵攤生意也讓楊春娘幾人管了起來，所以她還不知道這兩天的情況。

「還不是因為那日姊姊做的壽麵，這兩天呀，不少人家來買麵呢，幾位嫂子接了不少，這不，還差十來幾組呢。」柳柔兒抬起手肘蹭了蹭自己的臉，笑著解釋，手中的拉麵已經細如髮絲。

她對做這些，似乎有著不一般的天賦，每每看過允瓔做上幾遍就能掌握要領，在這一點上，允瓔自愧弗如。

「要我幫忙嗎？」允瓔撥了撥做好的麵條，滿意地點頭。

「不用不用。」柳柔兒連連搖頭。「快好了。」

允瓔聞言，也不動手，轉身去隔間看老王頭蒸酒。

如今，老王頭已接下這蒸酒、泡酒的活兒，每天研究各種藥酒，忙得不亦樂乎。

「王叔。」屋裡煙霧繚繞，連說話都裹著滿滿的酒香味，允瓔揮揮手，看到老王頭正坐在灶後，一邊添柴，一邊小心翼翼地裝著酒。「辛苦了。」

「不辛苦不辛苦。」老王頭咧咧嘴。「我老了，還能幫上忙，心裡舒坦。」

「您要是覺得酒氣太濃，就找個幫手輪流著來。」允瓔好意提醒。

「別看我老了，這滿院子的人，估計沒有喝得過我的。」老王頭頗為自豪地說道。

「王叔喜歡喝酒？」允瓔驚訝，認識他們這麼久，也沒見他們怎麼喝酒呀，不過她倒是想起之前老王頭送來藥酒的事。

「偶爾喝兩杯。」老王頭笑著點頭，收起裝好的酒，拿了木塞，慢慢地加蠟封口。

「那以後這酒蒸出來後，都讓王叔您來幫忙嚐嚐。」允瓔指了指酒。「我們這些酒還需要調配，到時候這口味如何還得王叔多多把關。」

「成。」老王頭一點兒也不矯情，很爽快地點頭應下。

「柳姨姨，烏嬸嬸在不在這兒？」正說著，廚房傳來小孩子的聲音。

「在裡面呢。」柳柔兒帶著笑意地回道，顯然被小孩子一句姨姨給取悅了。

烏家嬸嬸？允瓔卻在愣神，他們這兒有這樣的人嗎？

緊接著，戚叔家的小孫子出現在門口，看著她喊道：「烏嬸嬸，叔讓妳過去說話呢。」

「我？」允瓔頓時訝然，指著自己的鼻子問道。她還是頭一次聽到有人這樣喊她，平日裡，她也鮮少和這些小孩子們說話。

「這滿院子的人，除了妳家姓烏，還有誰？」老王頭在一邊笑道。「快去吧，怕是烏兄弟有要緊事和妳商量。」

老王頭樂呵呵地看著允瓔。烏承橋和戚叔商量的事，他可也是知情者之一喔。

允瓔點頭，謝過了小孩子，快步回屋。

關麒不知何時已經走了，只有烏承橋一個人坐在桌邊，也沒寫什麼，只是皺眉看著自己寫的東西。

「相公。」允瓔順手掩上門，腳步輕快地走到他身邊。像今天這樣找人喊她回來，也是頭一次，她有些奇怪，偏頭打量他的神情。「怎麼了？又皺著眉頭。」

說罷，伸手去按他深鎖的眉間。

「妳今天遇到仙芙兒了？」烏承橋握住她的手，倒是舒開了眉，只是語氣卻帶著幾分憂鬱。

「關麒告訴你的吧？」允瓔恍然。那個關麒居然是個長舌男，為了討好烏承橋，半句話也藏不住。

「好好的，妳去招惹她做什麼？」烏承橋嘆氣，將她拉到膝上，語帶些許責怪。「青嬤嬤和仙芙兒都不是省油的燈，妳何苦去招惹她們？」

「什麼叫我去招惹她們……喂！」允瓔說到一半突然停下，雙手捧著他的臉，瞪眼問道：「說實話，你是不是心疼你那仙芙兒了？」

「又瞎說，我是心疼妳，怕妳吃虧。」烏承橋無奈，由著她的手在他臉上作怪，只是撫著她的腰，看著她說道：「仙芙兒是個好面子的，妳今天在大街上那樣奚落她，她必會記在心裡；還有青嬤嬤，妳那樣說，無疑也招惹了她，妳呀，同時得罪兩個，何苦來著？」

「那我總不能眼睜睜看著那小女孩落入青嬤嬤的手裡吧？明擺著就是另一個仙芙兒。」允瓔不滿地收回手，在他心口戳了戳。「換作是你，你會不會冷眼旁觀？要是當初的仙芙兒有人能助她一把，她會走上這條路嗎？說不定，你倆的孩子都大了。」

烏承橋沈默。她說得沒錯，如果仙芙兒沒有被拐走，如果染姨和他娘都沒有死，他和仙芙兒還真的有可能，但，這些可不能跟允瓔說呀。

「就知道……哼。」允瓔很不是滋味地瞪了他一眼，捶了他的胸膛一下就要站起來。

烏承橋忙緊緊箍住，開玩笑，這會兒讓她氣呼呼地走，他晚上還能抱著她睡嗎？

「我跟她早就不可能了，妳莫瞎想。」

「是嗎？可你的神情分明告訴我，你倆有可能。」允瓔微揚著下巴，拿眼角餘光看人。她不想隱瞞自己的不高興，她在意他，他是她的夫婿！

「妳看錯了。」烏承橋失笑。

「真看錯了？」允瓔滿臉不相信。

「真的。」烏承橋倒是坦然，他知道仙芙兒是個什麼樣的人，當關麒告訴他今天發生的事時，他第一個念頭就是仙芙兒一定會報復，也只有這個傻媳婦才會想歪。

「那你看著我的眼睛。」允瓔打理他一番，伸手摟住他的脖子，和他四目相對。「仙芙兒、柳媚兒、我，你喜歡誰？」

喜歡誰？

這可是個重要問題啊。

允瓔問完，心頭竟莫名地忐忑起來。

說真的，今天見到仙芙兒，她才知道當初那些人說的喬大公子無美不歡是什麼意思。

就連她自己在那一瞬間，也不敢篤定烏承橋是不是真的喜歡她，說不定他只是剛剛經歷了打擊，萬念俱灰之時，才答應娶她的……不，他娶的壓根兒就不是她，而是邵英娘。

所以，這一刻，她既期待聽到他的答案，又怕聽到他的答案。

第一百零一章

烏承橋笑看著允瓔，他也在想這個問題。

毫無疑問，他喜歡的是她，是眼前這個直爽、簡單又神奇的女子，如果說，當初因為她那番直接大膽的告白裂了他的心牆，那麼此時此刻，他心中那堵牆也早已被她擊得粉碎。

他想他已經表現得足夠明白，可沒想到，她居然迷糊到這等地步，讓他在她和仙芙兒、柳媚兒之間選擇？

這傻媳婦，難道不知道那兩人根本不配和她相提並論嗎？

「算了，不想說就不說，我做事去了。」允瓔見烏承橋只是看著她笑，心裡的失落漸漸擴大，她突然有些害怕這答案，於是，躲避似的避開日光，站起來轉身就要跑。

烏承橋低笑，從背後重新攬回她，貼在她耳邊說道：「又胡亂吃醋，妳這性子，還是這樣急躁。」

「你不想答，就當我沒問唄，沒什麼的。」允瓔故作輕鬆。

「這麼明顯，還用答嗎？」烏承橋懲罰似的咬了一下她的耳垂。

「哎喲，幹麼咬我？」允瓔縮了脖子，捂住耳朵瞪他。這人，不想說就算了，居然還咬人！

「誰讓妳氣我。」烏承橋挑眉，板著臉回望她。「我若不喜歡妳，怎會與妳成親？」

「那可難說了，相愛未必能相守，這走在一起的也未必就是一定彼此喜歡的。」允璎不滿地嘀咕，不過，因為他這一句話，她的心情也由發堵變得五味雜陳，他喜歡的是邵英娘？還是她？

「傻璎兒，我喜歡的自然是妳，妳又何苦非要拉兩個不相干的人？她們根本不配與妳相提並論。」烏承橋見她不依不饒，只好老實回話，說這話的時候，他竟也耳根發燙，俊臉發紅，可是話出了口，心裡卻是無比輕鬆。

「話可是你說的。」允璎聽到這一句，平白無故地心情飛揚。他剛剛說的是璎兒，而不是英娘，是了，他很久沒喊英娘了，那麼，她是不是可以理解為，他喜歡的就是她？睨了他一眼之後，她故作倨傲地揚著下巴，看著他說道：「這可是最後的機會喔，你確定你沒說錯？」

「確定。」烏承橋溫柔地看著她，點頭。

「確定就不能反悔了。」允璎心裡一甜，眨著眼認真地看著他。「我這人可是很小氣的喔，你喜歡我，選擇一輩子和我在一起，那麼就不許再有第二個女人，不論是誰，要是讓我知道你跟誰糾纏不清，我一定……」

「一定怎樣？」烏承橋好笑地看著她，這整日的都在想些什麼？他怎麼可能和誰糾纏不清？

「一人一船走天涯唄。」允璎冷哼一聲，手指抵著他心口。「所以，不許騙我。」

「妳不會有這機會的。」烏承橋的笑漸漸擴大。「這輩子、下輩子、下下輩子，妳都不會有機會，還是老老實實地待在我身邊，做我的妻子，而且，就算要走天涯，也只能是兩人一船、三人四人一船才行。」

「什麼三人四人？」允瓔一愣，這是什麼說法？

「妳說呢？」烏承橋的手撫上她的小腹。八字中的那一撇，他很快就會讓它添上，這以後，一定會有小烏承橋、小允瓔出現，可不就是三人四個了嗎？

「不知道你說什麼。」允瓔紅了臉，拍開他的手起身，遠遠地躲開。「我去做事了，不跟你瞎扯。」

烏承橋這次倒是沒有攔她，含笑看著她出去，伸手移開面前最上面的白紙，露出一張寫得滿滿的紙張，要是允瓔在這兒，一定能看到上面寫的——聘禮。

其實，烏承橋明裡暗裡的表白，她也聽了不少，卻從沒像這次一樣，心都快跳出嗓子眼了，時酸時甜的心情起伏，讓她落荒而逃。出了門，允瓔又不由笑，她逃什麼？同床共枕這麼久了，只是差那最後一步罷了。

允瓔捂著心口，側頭看了一眼自家房門，嫣然一笑，她有些期待他說的那一幕，一家人，一條船，和和美美遊歷天涯海角。

互相更加明白心意的兩人，這一夜自然是耳鬢廝磨甜甜蜜蜜。

次日一早，成衣鋪的陳掌櫃就帶著他的女兒和鋪子裡最好的幾位師傅上門來了，幫著眾人量身裁衣。

「阿錦，快，給小娘子磕頭。」陳掌櫃安排了師傅去做事，就把女兒拉到允瓔面前。
「阿錦給嬸兒磕頭。」陳掌櫃的女兒很乖巧，立即就跪了下去。
「別，別，我可受不了這個。」允瓔忙跳到一邊，急急拉起她。「妳叫什麼名字？」
「我叫錦羅，陳錦羅。」小女孩站起來，怯怯地看著允瓔。
「陳掌櫃好福氣，這麼乖的女兒。」允瓔也是真喜歡陳錦羅，那天的場面，小女孩不哭不鬧的，讓她很是心憐。
「小娘子要是喜歡，就讓錦羅留在妳身邊吧，這孩子從小乖巧，會做事……」陳掌櫃笑道。
「陳掌櫃，你這是什麼意思？」允瓔驚訝地打斷陳掌櫃的話。
「小娘子，要不是妳，我們家阿錦怕是被青嬤嬤帶走了，那地方……小娘子的大恩大德，我們無以回報。」陳掌櫃感激地拱手。「我們家阿錦也願意跟著小娘子多學些本事，還請小娘子不要嫌棄。」
「陳掌櫃，我是挺喜歡阿錦的，只是，學本事就有些言重了，我除了會搖船，什麼都不會，哪有什麼東西可以教她的？」允瓔失笑，看著陳錦羅說道：「阿錦要是願意過來玩，倒是可以，別的就不要提了。」
「可是……」陳掌櫃還要再勸，便看到允瓔低頭拉起陳錦羅的手，到嘴邊的話也吞了回去。
「錦羅，認字了沒？」允瓔問道。

「認字了，我學了三字經，現在正在看女兒經。」陳錦羅認真地答。

「阿錦真厲害，我都沒學過女兒經呢。」允瓔開玩笑似的說道，看向陳掌櫃，這陳掌櫃倒是開明，並沒有拘泥於女子無才便是德的說法。

「她願意學，我也不想攔著，女子也好，男兒也罷，想立足於世，總得有個傍身的本事，多學些好。」陳掌櫃關愛地看著陳錦羅，微笑著說道。

「陳掌櫃好見地，相信錦羅一定會做得很好的。」允瓔有些意外，沒想到陳掌櫃還有這樣的見識，不由多看了他幾眼。

「慚愧，要不是小娘子昨日一番話，我險些鑄下大錯。」陳掌櫃滿臉羞愧，朝允瓔拱手行禮。「小娘子，請問，你們貨行可缺帳房先生？」

「帳房先生？」允瓔想了想，搖頭。貨行如今的帳目都是烏承橋自己在管，確實沒有專人。「我們剛剛開始，一切還都在琢磨中呢，而且，好帳房可遇不可求呀。」

陳掌櫃接下來的話更出乎允瓔的意料。「若是小娘子不嫌棄，我願意效力。」

「啊？」允瓔傻眼了，這陳掌櫃又是演的哪一齣？又送女兒又自薦的。

「不瞞小娘子，我這成衣鋪子這兩年的生意每況愈下，我早已有心關了鋪子，只是鋪子裡這些師傅們跟了我多年，我才猶豫至今，誰料如今竟出了這檔子事，我這多年的積蓄也空了，下一批進布料的本錢……還不知道在哪兒呢。」陳掌櫃苦笑，道出了實情。「只怕這一次是為小娘子最後一次裁衣了。」

「陳掌櫃，就這樣關了鋪子，不會可惜嗎？」允瓔看看陳錦羅，又看看陳掌櫃，一時不知道說什麼才好，好一會兒，她才嘆氣道：「那你昨天為什麼還要把銀子給她們？」

「唉，好歹夫妻一場，她雖然做了不可饒恕的事，但我也不希望她在青嬤嬤那兒受苦，還上那筆銀子，餘下的不過三百兩，她做些雜貨，出頭的日子也不會太遠。」

「她都那樣了，值得嗎？」沒想到這陳掌櫃還挺有情有義的。

「沒什麼值不值的，我也只是想求個問心無愧。」陳掌櫃笑了笑。

就在這時，允瓔房間的門開了，烏承橋推著輪椅緩緩出來，他臉上自然是修飾過的，停在門口，笑看著允瓔道：「瓔兒，請陳掌櫃屋內敘話。」

烏承橋和陳掌櫃在屋內談了近半個時辰才出來，允瓔帶著陳錦羅在院子裡看著師傅們給眾人量衣。

花了一天的工夫，總算，在家的所有人都量了尺寸，有那聰明的婦人，也拿了自家男人的舊衣服讓師傅們記下尺寸。

深夜歇下，允瓔詢問烏承橋找陳掌櫃的意思。「相公，你真想留下陳掌櫃？」

「有何不可？」烏承橋淺笑。「聽妳所說，還有他那番話，倒也是個有情有義之人，我們總歸不能日日守在這兒，有個可靠的帳房先生也是必要的，至於他成衣鋪，我們收了仍交給他打理即可，並無衝突。」

「這樣妥當嗎？」允瓔猶豫。人家可是有鋪子要經營的，能一心一意為他們做事嗎？

「這件事，我會處理好的，妳莫擔心，陳掌櫃人還不錯。」烏承橋哄道。「快睡吧，不早了。」

「喔。」允瓔見他這樣說，也不再糾結，找了個舒服的位置窩好入眠。

烏承橋看著懷中人兒的睡顏，微微一笑，他找陳掌櫃當然不只是因為帳房先生的事，最重要的還是那個計劃，一個暫時不能讓她知道的計劃。

允瓔根本不知道烏承橋在謀算什麼，每日裡忙忙碌碌。

蒸餾酒的銷路已經完全打開，四家酒樓的掌櫃再一次拜訪，希望過年時，貨行能多供一些酒給他們，柳嬤嬤和青嬤嬤也分別來了，差不多都是那個意思。

允瓔一一接待，答應會酌情考慮，但暗地裡，她開始大量進酒，頻繁地蒸酒。

除此之外，那五顏六色的麵條也成了眾人追捧的商品，這不，柳柔兒幾人天天忙得腳不沾地。

關麒一有空就往她這兒跑，和烏承橋的相處時間也越來越多，時不時的就關在屋子裡說上小半個時辰，也不知道說啥。

允瓔雖好奇，卻也沒去探問過半句，只是常見關麒高高興興地來，歡歡喜喜地離開。

烏承橋在院子裡鍛鍊的時辰，也是越來越長，越來越熟練。

一切，都往好的方面發展著。

很快，就迎來他們在泗縣的頭一個小年，外出的船隻盡數歸來，允瓔的年貨也備得差不多，要送出去的禮也準備妥當。

所有人樂呵呵地動手收拾屋子、院子、貨行，屋裡屋外的翻了個新，孩子們高興地在院子裡結伴歡樂、玩著炮竹，婦人們也開始著手操辦祭灶的祭品，香香甜甜的糖香味慢慢在小院裡飄散瀰漫開。

「小娘子，喬家少夫人來了。」貨行還沒關門放假，戚叔帶著人在那邊做年前最後的整理，快中午時，允瓔在屋裡和烏承橋對禮物單子，他匆匆來告訴允瓔，柳媚兒來了。

「請她前廳稍坐。」允瓔有些驚訝，不過，還是準備去見見。

「好。」戚叔點頭，快步回去。

允瓔放下手中的禮物單子，站起來。

「瓔兒，喬家尋妳，必有所圖。」烏承橋想了想，叮囑道：「她說什麼，妳且聽著，莫要隨意答應。」

「你要不要出去見見？」允瓔眨著眼，調侃道。

「討打了是吧？」烏承橋失笑，連連搖頭。「我可不想整日泡在醋缸子裡。」

「你的意思是，如果沒有醋缸子，你就會去見她嘍？」允瓔故意歪曲他的意思，擠眉弄眼地湊近看他。

「我怕我去見了，我家傻媳婦又得坐立難安，夜不能寐嘍。」烏承橋抬手賞了她一記爆栗，笑道：「快去快回。」

「誰坐立難安？誰夜不能寐啦？」允瓔捂著額頭，瞪了他一眼，笑盈盈地出了房門，慢悠悠地往貨行前廳走。

前廳裡，柳媚兒端莊地坐著，手端著茶優雅地品著，詠清帶著幾個丫鬟一字排開，手裡都捧了錦盒，那陣仗，擺明就是來送禮的呀。

只是，允瓔有些無法理解，喬承軒和他們雖然認識，貨行也有合作關係，可也不至於客氣成這樣吧？

她邊走邊警惕地掃過那些禮，心裡隱隱有了猜測。

「少夫人，不好意思，久等了。」略略一調整，允瓔微笑著上前。

「沒事沒事。」柳媚兒放下茶杯站起來，笑盈盈地回道：「左右我今兒無事，特來看看英娘。」

「請。」允瓔笑笑，在她對面坐下，一邊做了個手勢。

柳媚兒重新坐下，開口便是致歉。「真不好意思，那天請妳去家裡作客，讓妳做事不說，還沒能好好招待妳，這些天又忙著年貨的事，也沒能來看妳，身子可好些了？」

「好著呢。」允瓔一轉念就猜到了她可能問的是那天掉池塘的事。「我們風裡來雨裡去的，早慣了，一點點風寒，算不得什麼，多謝少夫人掛心。」

「這些天，我婆婆還一直念叨，讓我抽空一定要來看妳，都被她說了好幾次，今兒總算得空，這不，她還親自從庫房挑了幾樣不值錢的稀罕物，千叮嚀萬囑咐的，讓我一定要送到妳這兒。」柳媚兒一臉的誠意，說到這兒，手輕輕一抬，身後的詠清就指揮兩個丫鬟送上錦盒。

「二夫人的心意，英娘收下，只是這禮，太貴重了。」允瓔還沒看到裡面是什麼，便一口拒絕。

「英娘不必客氣的，上次的長壽麵和海帶湯，我婆婆很喜歡，要不是妳提前離開，這些她早就拿出來答謝妳了。」柳媚兒笑著伸手一一打開錦盒。第一個盒子裡面，放著一只玉瓶子，她拿出來介紹道：「這是京城有名的桂花潤手油，還是當年大公子在時，從京城求來的呢，一共也就十只，如今剩下的也不過一半，我婆婆說，如今天越發的寒了，英娘每日忙於羹湯，傷手，用這個最合適。」

喬大公子求購來的桂花潤手油？

允瓔本要拒絕，一聽到這句話，拒絕的話頓時噤了回去。

第一百零二章

允瓔接過來端詳一番，笑道：「這麼好的瓶子，裡面的東西必定金貴，給我用豈不是浪費了？」

「話不能這樣說，我們女人的手，最是嬌貴，英娘平日不得不忙，可也不能疏忽了保養。」柳媚兒伸手抽了玉瓶子過去，拔下木塞，一股淡淡的桂花清香便飄出來，她又拉了允瓔的手，傾著玉瓶子小心翼翼地倒出一滴，把木塞塞回去之後，用中指指腹緩緩揉開，邊揉邊解釋。「這一滴便足夠，慢慢揉開之後，又能滋潤手，又香，可好了呢。」

允瓔看著那滴晶瑩剔透的液體在她手背上緩緩滲入，心裡倒是頗為中意。

她這雙手也確實該保養了，與烏承橋的那雙手一比，她這就是粗礪石頭，想想就自慚形穢。

正想著，柳媚兒便打開了第二個盒子，卻是兩塊皮子。

「這皮子，也是大公子去年年前從關外得來的，說起這些，大公子當真眼界不凡，他弄來的東西，沒一樣是凡品。」柳媚兒撫了撫那皮子，眼底流露一絲哀傷，不過卻是一瞬而逝，要不是允瓔一直注意著她，還真瞧不出來。「這一份，是我相公的意思，他走之前就交代過，聽他說妳家相公腿上有傷，這天氣，腿傷最是難熬，有這皮子保暖，會好很多。」

「這怎麼好意思呢？二公子奔波各地，更需要這些才對。」允瓔連連搖頭。「少夫人還是帶回去，給二公子做件禦寒的衣服吧。」

「他有呢。」柳媚兒笑著搖頭，把皮子放回盒子裡，又伸手打開第三個。「妳留著，給妳相公做個護膝，還有一塊，妳自己留著用。」

第三個盒子裡，卻是一套未雕琢過的雞血石。

「這套雞血石，是我特意從庫房挑的，也是大公子的收藏，我想來想去，還是覺得這套適合你們，你們貨行初開，想必自己還沒有私印吧？這個正好。」柳媚兒獻寶似的把盒子推到允瓔面前，接著又開了最後一個錦盒。「這是新得的血燕窩，給妳補補身子。」

「少夫人，這些東西太貴重了，我不能收。」允瓔連連搖頭，送這麼多貴重的禮，必有所圖，她可不敢隨意收下。

「不貴重的。」柳媚兒卻笑道：「這些都是大公子的東西，留在府裡，我婆婆看著還要傷心，還不如送給合適的人，更物盡其用不是？」

「少夫人……」允瓔還待推拒。

「英娘這是不把我當朋友嗎？」可誰知，柳媚兒突然便拿著帕子拭著子虛烏有的眼淚，可憐巴巴地說道：「妳要不收，我回去如何向婆婆交代？英娘若是把我當朋友，就當幫我個忙吧，再說了，我今兒來，也不是單單送這些來的，妳若不收，我哪好意思開口說呢？」

允瓔頓時無語，想了想，問道：「少夫人，有什麼需要我幫忙的，只管說便是，這些東西卻是不需要的。」

「那怎麼行，這是我們的心意，英娘若是拒了，就是不把喬家當朋友，我這求妳幫忙的話又哪裡說得出口呢。」柳媚兒連連搖頭，神情帶著哀求。「英娘，妳也知道的，我剛進門不久，如今相公又去了京都，家裡就我和婆婆，這進門頭一個年，總想操辦得好一些，能得婆婆歡心的嘛，要是我連她交代的這件事也辦不好，我這個年……可怎麼過啊……」

說罷，就低頭拭起了眼淚。

允瓔頓時一個頭兩個大，她最見不得這個，好端端的，說事就說事，演戲給誰看呢？可偏偏，如今又不是得罪喬家的時候，她還真不能一走了之。

允瓔細細一想，無奈地點頭。「少夫人快莫要這樣，我恭敬不如從命，收下便是。」

「謝謝英娘。」柳媚兒的眼淚說收就收，瞬間便笑靨如花。

允瓔微微一笑，心裡卻在感嘆，這功力，天生的演員啊。

柳媚兒放下手帕，沒事人一樣的關上錦盒，抬頭朝詠清使了個眼色，詠清會意，揮手讓餘下四個丫鬟上前。

四個丫鬟手捧錦盒在允瓔面前一字排開，每人手上也是兩個錦盒，瞧著樣子倒都是一模一樣。

「這兩份，是給邵會長和關大人準備的，無奈我家相公不在，我一個內宅婦人也不便上門求見，就只能拜託英娘幫個忙，幫我捎帶一下吧。」柳媚兒看著允瓔，說出真正的來意。

允瓔恍然，原來他們打的是這個主意。

「英娘，求求妳了。」柳柔兒嬌嗔地朝允瓔眨眼。

「別，我也不知道成不成呢，這事答應不下來。」允瓔看得雞皮疙瘩都起來了，她可受不了這個。

「只要幫我送一下，成不成的，都沒關係。」柳媚兒忙接話道。

「我只能試試，可不敢保證一定能成。」允瓔嘆氣，巴不得她早些走。

「沒事沒事。」柳媚兒頓時笑得燦爛。「那我就不耽誤妳正事了，改日得空，再好好喝個茶。」

「好。」允瓔點頭，起身相送。

送走柳媚兒，允瓔回到前廳，看著桌上那滿滿的錦盒，皺了皺眉頭，可想來想去也沒有別的辦法，只好讓戚叔幫忙，把東西拿到她房裡，放在烏承橋面前。

「柳媚兒送來的，這幾個是給邵家的，這幾個是給關家的，還有這幾個是送我們的，據說都是喬大公子的收藏，擱家裡看著傷心，就拿出來送人了。」允瓔等戚叔出去，把打開過的錦盒推到烏承橋面前，看著他笑道：「大公子好興致。」

「妳也來打趣我。」烏承橋苦笑，看著盒子裡的東西，倒是勾起以前的回憶，他拿起桂花潤手油，拔開瓶子聞了聞，朝允瓔伸出手。「來，試試。」

允瓔挑了挑眉，坐到一邊，把雙手都伸出去。

烏承橋卻不像柳媚兒那樣小心翼翼，他倒了好些在自己掌心，握著她的手輕柔地揉起來。

允瓔瞅著他的動作，故意酸溜溜地說道：「手法挺熟練的嘛。」

烏承橋不由失笑，抬手拍了她一下。「妳又酸了？」

「噗——你說，這幾樣東西要怎麼辦？真送過去呀？」允璎自己也忍不住笑，抬下巴指了指那幾個錦盒，問著他的意見。

「送吧，附上喬家的帖子。」烏承橋卻是連眼睛也沒瞄一下，淡淡說道。

「行。」允璎想了想，點頭，不再糾結這些，反正下午也要把年禮送出去。按著烏承橋的說法，給兩份禮都附上喬家的帖子，另外裝了，讓戚叔親自帶著人送往邵家和關家，允璎這邊也認認真真地辦起小年祭禮。

沒多久，戚叔便回來了，回報說邵家和關家都收下了禮物，並沒有說什麼。禮既然已經送出去，允璎也不去想，轉而問起祭拜的事。他們到底還是靠水吃飯，因此，除了祭灶王爺，還得祭水神。

在船上貼吉祥話的紅帖子，在船頭放鞭炮、祭祖先，在岸上祭神，保佑自己平安幸福。允璎興致勃勃地跟著學，跟著準備。

寫帖子的事自然是交給了烏承橋，允璎則帶著孩子們一條船一條船的張貼，玩得不亦樂乎。

黃昏時分，允璎推著烏承橋到了廚房，一起主祭，正拜完灶王爺點上香，突然有人來報——邵太夫人和關老夫人一起到了。

「她們來做什麼？」允璎聽得一愣一愣的，轉頭看了看烏承橋，滿心疑惑。

「想必她們是看妳許久不登門，特地來看妳的吧。」烏承橋略略一沈吟，說道：「我陪妳一起去。」

允瓔驚訝地看著他。「你也去？」

「上次邵會長讓我們一起去邵府，我沒去成，之前也沒出去見他，這次若再不出現，他們怕是不喜，而且來者是客，我不出現說不過去。」烏承橋笑笑，拍了拍胸口，示意他隨身帶著那東西。

「先回屋。」允瓔皺了皺眉，這滿屋子的人呢，還是回屋收拾一下最妥當。

烏承橋沒有意見，由著她推他回去，對著鏡子戴上那張薄薄的面具，又重新梳了髮，讓頭髮擋去兩邊臉頰，才一起出門。

貨行前廳，戚叔已讓人上了茶和糕點，邵太夫人正由關老夫人和邵會長陪著，時不時地往這邊張望著，關麒沒事人似的站在一邊，陪著邵太夫人說話。

「來了。」有丫鬟守在這邊，一看到允瓔和烏承橋忙提醒道。

邵太夫人幾位立即看了過來。

允瓔有些心虛，頓了頓腳步。

烏承橋留意到她的異樣，抬手拍拍她的手肘。

兩人上前，烏承橋先笑著開口。「貴客臨門，有失遠迎，失禮失禮。」

文謅謅的……允瓔垂眸看了看他，朝幾人微微一笑。自那次去過邵府，她還真不怎麼待見這些人，當然，關老夫人和關麒除外，可問題是，他們卻也一起來了。

「你……」邵會長看到烏承橋的第一眼，驚得站了起來，指著他說不出話來。

「邵會長，怎麼了？」允瓔見狀，忙笑著問道。「相公，這位就是泗縣商會的邵會長，這位是邵府的太夫人，這位是關老夫人，關公子的祖母。」

「見過邵太夫人、關老夫人、邵會長，請恕晚輩有傷在身，不便行禮，怠慢了。」烏承橋順著允瓔的話向幾人一一拱手行禮，神情淡定。

「舅爺爺，您是不是覺得表姑父特別像一個人？」關麒在邊上笑嘻嘻地問。「我第一次見著他的時候，也和您一樣，把他認成我大哥了，可他們倆只是像而已，我大哥的眼睛可沒他這樣小，而且聲音也不像，您瞧瞧。」

「確實是老夫眼花了。」邵會長細細打量烏承橋，點點頭，眼中卻依然有著探究。

「英娘，妳不肯回家住也就罷了，怎麼也不去看看奶奶？今兒小年，也不見妳來請安，把奶奶給急的。」關老夫人只是打量烏承橋一眼，就轉向允瓔抱怨起來。

「抱歉，最近太忙，也沒能騰出空去看望老夫人您，還請恕罪。」允瓔笑盈盈地朝關老夫人彎了彎膝蓋，卻把邵家幾人給擺到一邊，半句不提。

「英娘，奶奶親自來看妳，妳還不快快給奶奶行禮。」邵會長見狀，有些不悅。

「見過邵太夫人。」允瓔聞言，勉為其難地向邵太夫人也曲了曲膝，語氣卻沒有和關老夫人說話時的熱絡。

「妳這是在怪奶奶嗎？」邵太夫人一聽，老淚縱橫。「我的兒……一去這麼多年，到末了也沒能見最後一面，他就留下妳一個獨娃……妳快收拾收拾跟我回家去，妳瞧瞧這兒，是人住的地方嗎？」

允瓔一聽，直接撇嘴。「邵太夫人，謝謝您看得起我，這十八年，更不是人住的地方也住過了，更何況這兒有樓有房，有瓦有窗……」

「英娘，莫要無禮。」烏承橋打斷她的話，微笑著對邵太夫人拱手說道：「太夫人莫怪，英娘自小漂泊，自在慣了，說話心直口快，並非有意冒犯您老。」

「我說的也是實話，我們廟小，可容不下大佛，再說了，髒了他們的鞋，我可賠不起。」允瓔在烏承橋身後不滿地嘀咕。

邵會長皺了眉，低聲斥道：「英娘，妳怎麼能在奶奶面前這樣說話？」

「邵會長，我說得不對嗎？既然嫌棄我這兒不是人住的地方，你們別來就是了。」允瓔想起那天在邵家的所見所聞，一股子火氣衝了上來，想也不想便嗆聲道：「我這十八年，比這兒還不是人住的地方也活過來了，沒有邵家人住的屋子、人吃的飯，我也不會餓死凍死，所以不勞幾位操心。」

「英娘。」烏承橋略帶責備地回頭，攔住允瓔。「怎麼說來者都是客，莫要激動。」

允瓔這才不情不願地閉嘴。

「不知幾位這麼晚了過來，有何要事？」烏承橋面帶笑容，語氣溫和，又彬彬有禮地對著他們行禮，一時半會兒邵會長也是無奈，只是沈了臉不說話。

此時也只有關麒開口最為合適，看了看眾人，關麒很知趣地站起來。「表姑父，今天是小年夜，家裡設了家宴，太奶奶親自來，是想接你們倆回府聚聚呢。」

「多謝太夫人，只是晚輩有傷在身，實不方便，況且家中夥計今兒齊聚，我和瓔兒也不便離開，待過了年，我們定去向您老磕頭拜年。」烏承橋溫言溫語哄著邵太夫人。「您老心疼晚輩們的這番心，我們心裡明白，只是瓔兒她……想到岳父、岳母，心裡難免不舒服，便聽不得有人說些不好聽的話，心直口快的，衝撞了太夫人您，還請看在瓔兒如今一介孤女的分上，原諒她吧。」

允瓔皺眉，隱隱有些後悔。她似乎太衝動了，對邵家的不滿，一下子就衝了出來，這會兒反累得他在這兒收拾，為她低聲下氣地賠好話。

「我明白，那日確實是蕊兒說話放肆了，便是我……也是看這兒……說話偏頗了。」邵太夫人嘆了口氣，眼中隱隱有淚意。「我一個老婆子也沒多少日子，這十八年來，我天天都在想，當年要是同意四冬的婚事，他就不會堵氣出去受苦受罪，這幾天我更是日日夜夜地後悔，要不是我，我兒怎麼會……英娘，我知道妳在怪我，是不是覺得奶奶那天說的問的都是妳爹，一字沒提妳娘和妳，妳心裡不舒服了是不是？」

「沒錯。」允瓔很乾脆地承認，反正她惡人也做了，這會兒也沒必要矯情。「說實話，知道自己還有那麼多家人的時候，就跟作夢似的，那天回邵家，我也是高高興興地去，我想知道養出我爹那樣好的人家，會是什麼樣子？可是那天的事，真的讓我很失望，奶奶您由始至終沒有提我娘半個字，便是剛才，您不是還在嫌棄我們這貨行不是人住的地方嗎？可您知不知道？我們一家三口這十八年住的，又是什麼樣的？」

說到這兒，允瓔莫名有些哽咽，她想起了這段日子的生活，如果不是她的任性，今夜的她，一定還會守在家人身邊開開心心地慶祝小年夜……

「以船為家，身似浮萍，四處飄零……如今這兒至少還有瓦片遮天，門窗擋寒。」允瓔深吸了口氣，強行壓下心頭翻湧的思念。「我知道對邵家來說，或許一個廚房，甚至是一個淨房，都比我們這兒氣派……可是奶奶，您聽說過『金窩銀窩不如自己的狗窩』這句話嗎？這兒再破，也是我的家，有我的夫君，有我的鄉親們，邵家再富麗堂皇，也與我無關，所以如果您嫌棄，就請您怎麼來怎麼回，我是不會跟您搬去邵家住的。」

「英娘，奶奶都說是一時口誤了，妳別這樣。」關老夫人在一邊勸道。「奶奶要是嫌棄妳，她怎麼會在今夜親自來尋妳呢？」

「英娘，是奶奶不對，是奶奶說錯話了，妳別和奶奶計較，好不？」邵太夫人顫巍巍地過來，一把拉住允瓔的手，一迭連聲說道：「跟奶奶回家吧，奶奶找最好最好的大夫，給孫女婿看腿，妳這貨行，我讓妳大伯給妳物色最好最好的管事過來看著，妳就留在奶奶身邊，陪陪奶奶，好不好？」

邵太夫人目中隱隱有淚光，她這番明顯哀求的話，反讓允瓔手足無措起來，要知道，人家來硬的還沒什麼，可是突來這哀兵計，該怎麼辦？

第一百零三章

「太夫人，貨行是英娘的心血，您讓她不管，她怕是連覺也睡不好了。」烏承橋聞言，笑道。「而且眼下已是年關，我們身為東家，也不能丟下那麼多夥計不管，這樣對我們的合夥人也不負責不是？這樣吧，今晚是小年，我們先不談這些，幾位若不嫌棄，就留下一起吃個飯吧，年後我定帶英娘上門給長輩們磕頭拜年。」

「太奶奶，表姑做的麵可好吃了，那日喬二夫人生辰，上的長壽麵就是表姑做的。」關麒在一邊幫襯。「我們就在這兒吃些再回去唄。」

「哼，就喬家那個如夫人，她的生辰也配讓我們邵家的女兒給她做麵？」邵太夫人哼了一聲，拉著允瓔的手，有些不滿地看著烏承橋。「你雖說受了傷，但也不能讓自己的媳婦出去給人當廚子呀。」

「是是是，是我的錯。」烏承橋失笑，連連承認，並不為自己辯解半句。

「太奶奶，那不是為了生意嘛。」關麒嘿嘿一笑，過去扶住邵太夫人的另一邊，哄道：「您老還記得那天表姑帶回去的果酒嗎？我都饞了，您老就讓我沾沾光，在這兒多喝幾杯唄。」

「你個猴兒，又饞了是吧？」邵太夫人笑罵一句，看向允瓔，眼中也有些期待。「英娘，妳不想搬回家裡住，奶奶不勉強妳，但可得答應奶奶，除夕晚上，你們倆必須回家過。」

「這……」允瓔實在不想見邵家那些人，可這會兒……她轉頭看了看烏承橋，還沒說什麼，便聽到邵太夫人又不高興地哼了一聲。

「怎麼？妳回娘家還得看他臉色？」說著，邵太夫人不善的目光就瞄向了烏承橋。

「自然不是，英娘回娘家，我自然不會攔著。」烏承橋失笑。「太夫人只管放心，除夕夜，我們一定去陪您吃年夜飯。」

「太奶奶，快別說這麼多了，表姑父答應回來，就一定會來的。」關麒在一邊急惶惶地說道。「我們先去吃飯吧，我餓了，而且，家裡不是還有一大家子等著嗎？」

「你們倆很熟嗎？」邵會長突然看著關麒問道。「你怎麼知道他答應的話必定會做到？」

「因為……」關麒一滯，眼珠子一轉便笑道：「舅爺爺，您可真精，這樣都聽得出來，我確實認識表姑父，因為這貨行也有我一份子呀。」

「你們是怎麼認識的？」邵會長若有所思地打量著烏承橋。

「就是因為一間麵館。」關麒反應極快。「表姑之前在船上開一間麵館，在苕溪灣一帶可是很有名的。」

「行了，說得我都饞了。」關老夫人見事情有了轉機，在一邊打趣著關麒。「你這孩子，怎麼哪兒都有你的事？」

幾人說說笑笑，總算緩和了之前的劍拔弩張。

允瓔扶著邵太夫人緩步進了小院，院子裡，已經擺上桌凳，眾人忙忙碌碌地搬著酒、端著菜，孩子們拿著今天做的糖，滿院子地嬉笑玩鬧。

「戚叔，麻煩您在我屋裡開一桌……」允瓔考量到他們可能不慣這樣的場面，便想把酒菜擺到屋裡去。

「不用不用，就在這兒吧。」邵太夫人卻出乎意料地拒絕，指著滿院子的孩子說道：「我好久沒這樣熱鬧過了，在家裡，他們總是怕吵著我、鬧著我，都不敢這樣，偶爾有孩子來陪我說說話，說的不是巴結的話，就是怯怯地不敢看我，妳不知道，我悶著呢，就在院子裡坐，就在這兒。」

「好好好，就在這兒。」關老夫人笑著扶邵太夫人坐下，也朝允瓔說道：「我也是頭一次吃這樣熱鬧的小年夜飯，這兒好。」

他們堅持，允瓔自然也不勉強。

「小娘子，還是請幾位貴客去堂屋坐吧。」戚叔抬頭看了看天色，建議道。「堂屋裡亮些，也避風。」

於是，邵太夫人幾人又轉到堂屋坐下。

允瓔把邵太夫人和關老夫人的隨身丫鬟也安排了下去，這才去廚房準備他們想吃的麵。考慮到邵太夫人的牙口，她特意把麵拉成龍鬚麵那樣細，先做了邵太夫人幾人的麵，允瓔端出來，餘下的交給柳柔兒幾人。

陳四家的帶著婦人們跟著上菜，沒一會兒，桌上便擺得滿滿的。

「這一盤盤的，雖然沒有家裡那麼精緻，可讓人看著就有食慾。」關老夫人看著桌上的菜，笑道。

「英娘，來，坐奶奶身邊。」邵太夫人見允瓔端完麵條，拉著她坐在自己身邊，滿眼慈愛。

「奶奶，嚐嚐這個。」允瓔幫著挾了幾樣適合邵太夫人吃的飯菜，關麒在一邊給眾人倒酒。

「姪女婿，你的傷是怎麼回事？」而邵會長卻盯上了坐在他身邊的烏承橋，拿起酒杯，輕描淡寫地問。

允瓔在邵會長的另一邊，自然把他的話聽進了耳裡，她不由一驚，側頭打量邵會長一眼，又看向烏承橋。

「半年前摔的。」烏承橋淺笑，他倒是淡定得很。

「半年前？」邵會長狀似漫不經心地說道：「看來半年前還真是多事之秋啊，喬家那大公子無故失蹤，你這腿也是半年前摔的，而之前，英娘也說我那四弟……對了，我還不知道你叫什麼呢？」

「烏承橋。」烏承橋淡淡一笑，鎮定地看著邵會長。

「烏……」邵會長吃了一驚，卻突然消了聲，盯著烏承橋看了好一會兒，點點頭，轉了話鋒。「你到底是個男人，總不好讓英娘天天在外面張羅，改日有空，跟我談談你的想法，貨行既然做起來，總得做好點兒。」

「舅爺爺，這貨行能不能做好一點，您老多出出主意不就好了？」關麒也一直關注著他們這邊的動靜，聽到這話，他立即過來給邵會長補滿酒，擠眉弄眼地作怪著。

「怎麼哪兒都有你這猴兒？」邵會長瞪了他一眼。

「這還不是從舅爺爺您那兒偷偷學了點皮毛嘛。」關麒嘿嘿地笑，給自己倒了滿滿一杯酒。「來，我借花獻佛，先在這兒謝過舅爺爺了。」

「就你猴精。」邵會長無奈地端起酒杯和他碰了一下，飲了一口。

不過，邵、關兩家畢竟還有大家子的人等著他們，他們也不可能一直坐下去，吃到一半，邵太夫人幾人便起身告辭，允瓔和烏承橋送到門口。

「英娘，記得妳說的話，除夕夜，奶奶做好吃的等你們。」邵太夫人上車前，還拉著允瓔的手，千叮嚀萬囑咐，直盯到允瓔點頭保證，才鬆了手。

目送馬車離開，允瓔扭頭去看烏承橋。「怎麼辦？邵會長懷疑你了。」

「放心，他就算知道也不會透露出去。」烏承橋調轉輪椅，看著她安撫道。「他方才說的意思，是想讓我給他個解釋，我想趁此機會跟他言明，妳放心，他一定、也必定會幫我們。」

「你就這麼信他。」允瓔嘀咕道，推著輪椅進門，順手閂上門閂。

「他能當上泗縣商會的會長，豈能沒點本事？」烏承橋緩緩而行，邊走邊輕聲解釋。

「以他的精明，等他知道岳父、岳母過世的真相，妳覺得，他會沈不住氣？」

「也是……」允瓔啞然。「可是，他要是想報仇呢？這樣會不會把喬家弄得……」

「不怕，有我呢。」烏承橋笑著搖頭。「妳不用操心這些，安安心心把年貨準備好，給大夥兒過個好年。」

「好吧，反正我也不懂你們那些。」允瓔撇嘴。

過了二十三，日子一下子快了起來，一眨眼就到了二十八這一天。

一大早，允瓔便去和柳柔兒等人商量今天要發多少麵，說完事情，她從廚房出來，走到堂屋門口的時候，就聽到烏承橋和戚叔在說話。

「那就提前到今晚上吧。」戚叔笑呵呵地建議。

「行，東西都準備好了嗎？」烏承橋心情極好，語氣是滿滿的歡喜。

這是遇上什麼好事了？允瓔驚訝，轉身走了過去。「晚上有什麼好事呀？」

烏承橋和戚叔齊齊回頭，又互相看一眼，笑而不答。

「怎麼了？」允瓔奇怪地看看他們。「難不成你們有什麼好事瞞著我？」

「瓔兒，是這樣的，我們本來不是打算年三十給大家發紅包嗎？」烏承橋淺笑。「可我們已經答應奶奶過去吃年夜飯，所以我打算把發紅包的事，提前到今晚，可好？」

「當然好啦，早些給大家發了紅包，有什麼自己想買的，也能去買。」允瓔失笑。「這是好事，你倆幹麼還弄得神神秘秘的？」

「那我一會兒把單子給妳，妳下午去錢莊兌些碎銀子回來吧，我們得提前準備好才是。」烏承橋和戚叔交換一個眼神。

「好。」允瓔點頭，一口應下。他不說，她還真忘記了，那些銀票還存在她的空間裡呢。

「烏兄弟、邵姑娘、戚叔。」就在這時，柯至雲大步流星地從貨行那邊進入小院，邊走邊大聲招呼。「許久不見，想我了沒？」

「雲大哥！」允瓔驚喜地看著他。「我們還以為你不回來了呢。」

「雲哥。」烏承橋笑著拱手。

「我哪能不回來呢。」柯至雲這些日子東奔西走，整個人顯得清瘦許多，卻也更加精神。「不過，我只是路過來看看大家，說幾件事情，一會兒就得走了。」

「這都快過年了，你還要去哪兒呀？」允瓔驚訝地看著他。

「有點私事要解決一下。」柯至雲咧咧嘴，沒有細說。

允瓔看著他，倒是想起單子霈之前帶來的消息，乖乖地閉上嘴。

「過了今晚再走吧。」烏承橋挽留，看了看允瓔，笑道：「今晚分銀子，你也是東家之一，可不能不在。」

「分銀子的事有你們呢，我還能不相信你們嗎？」柯至雲走過來，和烏承橋擊了一掌。

戚叔向柯至雲客氣地打過招呼，逕自去安排事情。

「明天再走吧。」烏承橋又提了一句。「我還有事和你商量。」

「要緊事？」柯至雲看著他問。

「是。」烏承橋含笑點頭。

「我去給你們泡茶，屋裡坐吧。」允瓔也不介意，轉身往廚房走，還沒走幾步，柳柔兒就衝出來。

「雲哥哥回來了？在哪兒呢？」柳柔兒雖然噸位縮水許多，但那體格依然在，龐大的身影撲過來，差點撞到允瓔。

還好允瓔閃得快，躲到一邊，一屁股坐到凳子上。

「妳幹麼呢？妳的雲哥哥又不會馬上跑了。」允瓔無奈地搖頭。

「邵姊姊，對不起對不起！」柳柔兒急忙笑著賠禮，說話間已經看到柯至雲，扔下允瓔就撲過去。「雲哥哥，你回來了！」

「大呼小叫的，我又不是聾了。」柯至雲無奈地翻個白眼，皺眉看著柳柔兒問：「妳怎麼還在這兒？不回家過年嗎？」

「我在等你呀。」柳柔兒眨巴著眼睛，不顧羞地拉住柯至雲的手臂。「你也太狠心了，一走就這麼久，把我一個人扔在這兒。」

「得得得，妳說話措詞可得仔細著些，這不知道的，還以為我是妳什麼人呢。」柯至雲伸手去扳柳柔兒的手指。只是柳柔兒生怕他跑了，手指抓得緊緊的，他試了兩次也沒成功，只好瞪她。「說話就說話，抓著我幹麼？不知道男女授受不親啊？」

「不放，我一放手，你又要跑了。」柳柔兒委屈地巴著他的手臂，整個人都似要貼上般。

柯至雲嚇得只好往一邊歪，氣急敗壞道：「早知道我就不進來了……」

「你說什麼？」柳柔兒不高興地癟嘴。

「沒說什麼，我是說我回來有事和烏兄弟說。」柯至雲忙改口，拍著柳柔兒的手。「妳快放手，我真有事找烏兄弟談，男人說事，女人不要湊熱鬧，妳瞧瞧人家邵姑娘，多賢慧啊，她都不纏著烏兄弟。」

「雲哥哥的意思是，要我像邵姊姊對烏大哥那樣對你？」柳柔兒聽到這一句，頓時欣喜地看著柯至雲。

「呃，大概、差不多就是這個意思。」柯至雲一時沒反應過來，也被她眼中那賊亮賊亮的目光給驚著，只好敷衍了事。

「那好。」柳柔兒笑得如同綻放的花兒般，鬆了手，嬌羞地看著柯至雲說道：「你先和烏大哥說話，我去泡茶，一會兒你再和我說。」說罷，飛快地跑回廚房去了。

允瓔啞然失笑，朝柯至雲攤了攤雙手。

「我……我跟她說的這什麼話呀……」柯至雲苦笑。

「她的事，終歸要解決的。」烏承橋在一邊輕聲提醒，說罷，倒轉輪椅，請柯至雲進屋去了。

允瓔站起來，緩步往廚房走去。不用她泡茶了，那就進廚房幫幫忙唄，反正今天的柳柔兒是沒心思做事了。

果然，柳柔兒哼著不成調的小曲兒，快樂地在那兒捧著茶壺又洗又刷，前面的案板上還有成堆和到一半的麵粉。

烏承橋和柯至雲聊了什麼，誰也不知道，允瓔只知道吃中飯的時候，柯至雲對著她一個勁兒地笑，笑得那個詭異那個曖昧，讓她雞皮疙瘩都起來了，幸好柳柔兒及時將她解救出來，柯至雲對柳柔兒避之唯恐不及，總算沒有空來笑話她了。

只是，她做了什麼，能讓人笑成這樣？

允瓔很是疑惑。

快到申時，烏承橋才交給允瓔一張單子，讓陳四家的和楊春娘幾人陪她一起前往錢莊兌換散碎銀子和銅錢。

對烏承橋這樣的安排，允瓔倒是沒什麼懷疑，畢竟是一大筆錢，他又不知道她有防身神器，找陳四家的幾人陪她也是為了安全考慮，於是便揣著銀票，和陳四家的幾人高高興興地出門。

辛苦了這麼久，給大家發工錢、發福利也是一種幸福呀！

第一百零四章

允瓔和陳四家的幾人也沒有去別的地方，直接去錢莊換了散碎銀子和銅錢，滿滿的一小箱子，原本可以存在空間裡的，可這會兒允瓔只能抱在手上，被陳四家的幾人護著往回走。

允瓔抱著沈甸甸的箱子，心裡唉聲嘆氣，她的空間啊……就這麼浪費著了。

「瞧瞧那個，真漂亮。」陳四家的看到路邊攤上的小銀飾，笑著走過去，拿起一副小銀耳環朝允瓔晃了晃，比對著自己的耳垂，問道：「怎麼樣？」

「好看。」楊春娘等人紛紛點頭，卻沒有都湊上去，而是守在允瓔身邊。楊春娘抬頭看看天色，又看看允瓔手中的箱子，有些小小的緊張。「我們快回去吧。」

「慌什麼，天還早著呢。」陳四家的笑道，指了指天色。「趕在黃昏回去正好，再一會兒就好了。」

「說得也是，今年難得過個安穩年，是應該給自己買些好東西戴戴。」說話間，戚叔的小兒媳婦也湊上去。

到最後，只剩下楊春娘在允瓔身邊。

「那這樣，我們倆先回去，妳們慢慢看，不著急。」允瓔想了想，笑著提議。

「別呀。」陳四家的聞言，卻過來拉住允瓔，把她拉到攤子前面，拿起一支銀釵往允瓔頭上插去，邊笑道：「瞧瞧，漂亮不？大娘，這個多少錢？」

看攤子的中年婦人邊顧著攤子，邊應道：「不貴，一兩銀。」

「大娘，便宜些唄，這一支也不過幾錢重量。」陳四家的還價道。

「小娘子，這可不是這樣算的，幾錢的東西，做得越精緻越是費心血，一兩銀不貴的。」中年婦人連連搖頭。

「那，我買下這個，妳再送個小耳環當添頭唄？」陳四家的又拿起之前那對銀耳環，向中年婦人示意了一下。

「這可不行，我們也是小本買賣。」中年婦人猶豫著搖頭。

「大娘，我們每個人都買，就讓妳添一對耳環，也算是爽快了吧？」楊春娘見狀，在一邊也拿起一只銀鐲子。「這個多少？」

「這個足有七錢重，二兩銀子，上面有纏枝蓮，吉祥著呢。」中年婦人見狀，忙介紹道。「既然幾位小娘子有誠意，我也不小氣，這耳環便當添頭吧，不過，妳們可不能再還價。」

「妳們都買？」允瓔很是奇怪。

「買，過年嘛，高興。」陳四家的笑嘻嘻地說道。

於是，在陳四家的帶領下，幾人都買了小銀飾，收穫一對銀耳環為添頭，興高采烈地擁著允瓔回轉貨行。

臘月二十八，街上來來往往都是準備年貨的人。

允瓔幾人邊走邊聊，評點著兩邊的鋪子小攤，不知不覺便到了出城的牌坊下，此時，迎面過來一支挑著貨的商隊，為首的是個魁梧的中年漢子，目光炯炯有神，他不經意地側頭打量允瓔等人一眼，便擦肩而過。

這兒已近出城口，這樣的隊伍進進出出很正常，允瓔幾人也沒把事情放在心上，繼續往前走。

陳四家的卻開始頻頻回頭，神情有些異樣。

「陳嫂子，怎麼了？」允瓔關心地問。

「沒，沒什麼。」陳四家的忙搖頭，停下腳步。「就是突然覺得肚子有些不舒服，在找方便的地方呢，要不妳們先回去吧，我去解決一下。」

「肚子不舒服？」允瓔驚訝，忙說道：「那妳快去吧，我們在這兒等妳。」

「不用了，妳還抱著銀子呢，不安全，妳們先回去吧，我解決完了就會回去的。」陳四家的連連擺手，拒絕道。

「行，那妳小心些，天快黑了。」允瓔想了想，也沒勉強。畢竟都是這麼大的人了，這兒離碼頭也近，走著也不過幾百步的路。

「嗳，知道嘞。」陳四家的揮揮手，捂著肚子飛快地跑了。

「陳四家的真是的……」楊春娘幾人看著陳四家的跑去的方向笑道。「估計中午沒少喊涼的，她就好這口，喜歡吃涼的東西，現在好了吧？」

「我們先回吧。」允瓔看看天色。

此時已是黃昏，天邊一抹絢麗的紅霞，變幻成各種形狀。

踩著黃昏的霞光，允瓔和楊春娘幾人安然地回到貨行。

一踏進小院，允瓔不由一愣，下意識的停下了腳步。

院子裡，張燈結綵，火紅的綢布掛在走廊下，她的房門上貼著漂亮的紅囍字。

堂屋門口，烏承橋一身紅衣，坐在輪椅上，透過他的肩，允瓔還看到堂屋裡已經擺上一對紅燭、些許供品，還有照壁上那大大的囍字。

這是……允瓔一頭霧水，她想起烏承橋以前說過的話，卻又有些不確定。

目光所及之處，戚叔、柯至雲、柳柔兒的笑臉……還有原本跟在她身後的楊春娘幾人，現在也都走到堂屋門口的兩邊，笑盈盈地看著她。

烏承橋看著允瓔的反應，不由微微一笑，竟從輪椅上站起來，緩步走到允瓔的面前，伸出手。

他雖然走得很慢，也有些許的不自然，但，他確實是從堂屋門口直直走到了允瓔面前，沒有任何依仗。

「你的腿全好了？」允瓔第一句驚喜的話，就是這個。

「好了。」烏承橋溫柔地看著允瓔，帶著淺淺的笑，就這樣伸手等著。「我之前說過，等我好了，我必還妳一個完整的洞房花燭夜，可還記得？」

「記得呀。」允瓔眨眨眼，他什麼也沒說，就這樣安排了這一切，著實讓她驚喜了一把，歡喜來得太突然，讓她有些不敢相信。

「妳可願意，做我真正的妻子？」烏承橋凝望著她。今夜的他，紅髮帶束起了梳得齊整的墨髮，長身而立，一身紅色新郎服更襯出他的丰神俊朗。

允瓔聽到這一句，莫名的鼻子一酸，脫口問道：「就算我不是邵英娘，你也會娶我嗎？」

「不論妳是邵英娘，還是允瓔，對我來說，妳就是妳，我的傻媳婦。」烏承橋聞言，沒有絲毫的驚訝。他不止一次聽她說這句話了，他雖然無法理解，可他知道，他要的只是她，管她叫什麼名呢？就如他一樣，喬承塢還是烏承橋，對她來說，不也沒有區別嗎？「願意當我真正的妻子嗎？」

「我願意。」允瓔哽咽著。

這一瞬，她突然釋懷，不論是邵英娘還是允瓔，對烏承橋來說，她就是她，這就夠了！

想到這兒，允瓔竟無比輕鬆，她把懷裡的箱子抱到另一隻手，伸出右手放到烏承橋的手上，眼中還帶著淚花，卻已笑著說起了威脅的話。「你不會後悔嗎？做了我的男人，你便不能再多看別人一眼了，就算有一天我變成黃臉婆，你也不可以嫌棄。」

「遵命，娘子。」烏承橋低笑，牽著允瓔來到堂屋前。

「來來來，新娘子快打扮打扮，吉時快到了。」才站定，戚嬸就帶著一幫娘子軍過來，把允瓔團團圍住。

「去吧。」烏承橋接過她手中的箱子，朝她柔柔笑著，點點頭。

「去哪兒？」允瓔還沒從那喜悅中緩過來，一時有些愣神。

「當然是換喜服了。」戚嬸拉著允瓔的手，笑道。「烏小兄弟之前讓陳掌櫃的訂製了喜服，這做新娘子的人，哪能不穿喜服呢？」

原來他早就安排了呀，怪不得那次還喊陳掌櫃的進屋去談，她還以為他們談帳房先生的事呢。

允瓔看了烏承橋一眼，心裡滿滿的甜意。

「快去快去，熱水都燒好了，還有半個時辰就是吉時，你們可得快著些。」柳柔兒在一邊滿臉笑容地催促道。

允瓔被眾人看得滿臉通紅，卻忍不住那打從心底冒出來的甜意，再次看了烏承橋一眼，低頭進了屋。

戚嬸帶著楊春娘一起進來幫忙，其他人都留在外面。

屋子裡也被好好地裝飾了一番，滿目的紅。

每樣家具都貼了紅紅的囍字，梳裝檯上擱著幾個紅紅的托盤，上面放著鳳冠嫁衣，桌上鋪了紅綢，擺上各色瓜果糕點。

榻上也換了紅紅的被褥，醒目的並蒂蓮下，一對鴛鴦正親密無間地嬉戲著。

兩刻鐘後，允瓔坐在梳妝檯前，頭髮已經擦乾，此時，戚嬸正拿梳子幫她梳髮。

「一梳梳到尾，二梳姑娘白髮齊眉，三梳姑娘兒孫滿地，四梳老爺行好運，出路相逢遇貴人，五梳五子登科來接契，五條銀筍百樣齊，六梳親朋來助慶，香閨對鏡染胭紅，七梳七姊下凡配董永，鵲橋高架互輕平，八梳八仙來賀壽，寶鴨穿蓮道外游，九梳九子連環樣樣有，十梳夫妻兩老就到白頭。」戚嬸邊梳邊笑盈盈地說著。

看著鏡中的自己，允瓔腦海裡忽地翻起了被遺忘的記憶，那夜她和烏承橋成親時，邵母為她梳髮，說的就是一模一樣的賀詞。

那時的邵英娘好奇，還問了邵母一句。「娘，妳不識字，怎麼會這麼文謅謅的詞？」

邵母笑道：「當初娘嫁給妳爹時，人家給我梳頭也是這樣說的，女人嫁漢，一輩子就這一次，聽過就上心了。」

允瓔微笑。邵母大字不識一個，就能記下這樣文謅謅的詞，除了能嫁給心愛之人的喜悅之外，更多的應該還是對未來的美好願望，以及對女兒的祝福吧？

「大妹子，這些是我們的心意，給妳添妝。」楊春娘從懷裡一掏，拿出一個布包，打開一看，居然是剛剛她們在小攤前買的那些小銀飾！

「嫂子，這……」允瓔十分感動，原來她們早知道了，怪不得平時一文錢也不捨得花的人今天這麼大方，居然都是給她添妝的！

「我們日子能有個盼頭，都虧了妳和烏兄弟，今天是你們圓房的好日子，哪能沒個添妝的呢？」楊春娘把東西塞到允瓔手裡，笑道：「妹子莫嫌少喔。」

「我怎麼會嫌……謝謝嫂子們。」雖然只是不太精緻的路邊攤，可這份心意卻不是花錢能買到的，她當然不能不接。

「來，開臉了。」戚嬸幫允瓔梳好髮，拿了兩根線過來，略沾了水，咬著線的一端，湊到允瓔面前。

允瓔對這個卻是有些發怵，微微直著身子，笑道：「嬸子，這個還需要嗎？之前拜堂前，我娘就已經幫我開臉過的。」

「婆婆，說得也有道理，大妹子今天補的可是圓房，這個就省了吧？怪疼的。」楊春娘在一邊幫腔。

「噯，要補就補全套。」戚嬸卻不同意。「妳瞧瞧她，平時哪有半點做人媳婦的樣子？頭髮都沒梳起來，今天呀，都補上。」

沒辦法，允瓔只好忍了。

打扮妥當，允瓔穿上嫁衣，戴上鳳冠，蓋上紅蓋頭，在戚嬸和楊春娘的攙扶下出了房門。

外面立即傳來柯至雲的喊聲。「新郎新娘拜天地嘍——」

顯然，他搶了司儀的活兒。

沒走幾步路，手便被溫暖的大掌握住，那是烏承橋的手，相處這麼久，閉上眼睛也能感覺出是他。

允瓔順從他的牽引，數著腳步，想著平時堂屋的佈置，不過這會兒的堂屋裡，已經移開了桌子。

一拜天地，二拜高堂，夫妻對拜……古老的儀式，無論柯至雲用的是什麼樣作怪的語調去引領，都消不去一對新人心頭的莊嚴。

直到被送入新房，允瓔還沈浸在剛剛那只可意會的感覺裡，從這一刻起，她真的是他的妻子了，不像以前那樣，一顆心落不到實處。

「大夥兒都來領紅包吧，別難為新郎官了，在一起大半年，今兒才圓房，哈哈，難為他了不是？」一片熱鬧中，柯至雲的聲音在院子裡響起，惹得眾人一陣哄笑。

允瓔在紅蓋頭下的臉也騰地熱了起來，心頭莫名的悸動。

烏承橋在眾人的哄笑中關上門，走到允瓔面前，拿著早就準備好的稱桿，伸向紅蓋頭的片刻，他竟緊張了起來。

那夜，他和她還未來得及夫妻交拜，便被那些人給打斷，更別提什麼揭紅蓋頭了，所以今夜，才算是他們倆真真正正的拜堂成親。

允瓔看到面前那熟悉的鞋子，心裡吃了蜜般的甜，但心跳也不可控制地狂跳起來。

眼前籠罩的紅影被緩緩挑起，允瓔情不自禁地抬頭，宛若撞入一潭深泓，這一刻，心頭的狂跳反而平靜下來，只剩下安心、踏實。

外面的熱鬧還在延續，屋中的兩人卻似聽不到般，四目相對，靜靜凝望。

好一會兒，一聲殺風景的咕嚕聲響起來，驚醒了允瓔，她不由臉紅。中午吃的並不多，晚上回來又被折騰著這事，竟忘記沒吃飯。

「來。」烏承橋微微一笑，朝她伸手。

允瓔聽話地握住，跟著到了桌邊，看著他放下手中的秤桿和紅蓋頭。

桌上除了那些瓜果糕點，還有六個反扣住的陶碗，再邊上，還放了算盤之類的東西。

允瓔奇怪地看看，沒在意，她動了動脖子，那鳳冠雖不是真金做的，卻還是挺沈的。

「我能不能先把這個拿下來呀？」允瓔小聲問，怕觸了忌諱。

「當然能。」烏承橋淺笑，上前幫她摘下鳳冠，放到梳妝檯上。

「這些都能吃嗎？」允瓔看著桌上的東西，有些拘束。今晚可是他們倆重要的日子，她就怕不小心觸了霉頭。

「先吃這個。」烏承橋看了看她，端了一個碗過來，打開一看，裡面是煮好的餃子，他舀起來，先餵了她一口。

允瓔也是餓極了，張口就吃，一咬之下，卻立即皺眉，抬手接著便吐了出來，喊道：「生的。」

烏承橋聞言，忍俊不禁，放下手裡的碗，換了另一個，卻是碗湯圓。

允瓔這次倒是小心了，瞅了又瞅，才舀了一個，一吃之下，又吐了出來。「又生的！」

「哈哈——」烏承橋這次直接虛握了拳，湊在唇邊笑起來。

「你還笑。」允瓔頓時瞪大了眼，一拳頭就捶過去，嘟嘴說道：「人家都餓……了，你還樂。」她還算理智，硬生生地嚥下那個不祥的字。

烏承橋也不躲，帶著笑又把餘下的都打開，卻是兩碗蓮子羹、兩碗麵條。

「你先吃。」允瓔學乖了，自己不動手，巴結著他先去試。

「好。」烏承橋點頭，拿起一碗蓮子羹吃起來。

「沒問題？」允瓔盯著他看。

「沒問題，妳嚐嚐。」烏承橋把自己碗裡的舀了一勺遞過去。

允瓔正湊過去張口欲接，突然，外面傳來一陣急促的敲門聲，她頓時停住，驚疑地看了看烏承橋。

烏承橋也是愣神，這什麼情況？

那一夜的經歷顯然讓兩人心裡都留下陰影。

烏承橋緩緩放下碗，站起來，低聲說道：「在屋裡等我，我去看看。」

「不，我跟你一起去。」允瓔抓住他的手臂。穿過來這麼久，也沒見誰這麼晚來敲過門，怎麼偏偏在這個時候敲了？

烏承橋低頭看看她，見她臉色微白，想了想，便點點頭，扣住她的手往外走去。

第一百零五章

出了門，院子裡眾人也都在驚疑中，不過，他們倒是有條不紊地收起餘下未發完的散碎銀子，而貨行那邊也亮起了燈，顯然有人去應門了。

允瓔有些忐忑，不自覺地湊近烏承橋身邊。

烏承橋緊了緊手指，安撫地看了她一眼。

外面開門的人很快就回來了，後面跟著的，居然是單子霈和柯家的幾個家丁。

看到他們，柳柔兒下意識地往人後面一躲，縮著身子減少存在感。

「呼——是你們呀，什麼事這樣大驚小怪的，不知道會嚇著人嗎？」柯至雲看到幾人，頓時長長地鬆了口氣。「你們怎麼來了？還敲這麼急。」

「公子，老爺快不行了，請你速速回去。」單子霈朝柯至雲抱拳行禮，淡淡說道，說罷，他轉頭看到新人打扮的烏承橋和允瓔，目光微露驚訝，卻沒說什麼。

「什……什麼？」柯至雲頓時愣住了，他再怎麼和柯家脫離關係，可此時此刻，也忍不住驚惶。

「雲哥，不管怎麼說，都是你親生父親，快些回去吧。」烏承橋說道，給了柯至雲一個臺階下。

「是呀，雲大哥，他再壞，都這個時候了，你還是趕緊回去吧。」允瓔也勸。

柯至雲有些猶豫。

「快回去吧，這兒有我們呢。」戚叔想了想，對柯至雲說道。

「多謝戚叔。」柯至雲這才點頭，跟著單子霈幾人匆匆離開。

「雲哥哥，等等我。」柳柔兒在後面糾結一陣子，快步追上。

「欸……」允瓔想喊住柳柔兒，卻被烏承橋攔下。「隨她去吧。」

總算只是虛驚一場，戚叔帶人重關了貨行的門之後，允瓔和烏承橋也相攜重新回到屋中……

旭日的光透過窗紙，映得屋內點點斑駁。

一夜長燃，梳妝檯上的紅燭已然燃盡。

桌上多了一對還有些許酒漬的連柄葫蘆和一個紅綢錦囊，錦囊口還露出縷縷墨髮。

榻前散落著件件紅衫，紅帳低垂，隱約能見靜靜相擁的新人兒。

「嚶——」允瓔低吟著動了動痠痛的身子，緩緩睜開眼睛，只一動，腰間的手臂便瞬間收緊，將她緊緊箍住，她抬頭，迎上烏承橋灼熱的目光。

「醒了？」烏承橋微微支起身子，在她眉間印下一吻。

昨夜的他，雖然溫柔而克制，卻也將她折騰得不輕，這會兒稍稍一動，便牽扯了那痠痛，允瓔想起昨夜自己的忘情，不由紅了臉，微側身躲進他懷裡，低低應了一聲。「嗯。」

「還疼嗎？」烏承橋摟著她，溫柔地問，手順勢滑了下去。

「好多了。」允瓔語氣軟軟，及時按住他作怪的手。

「妳再歇會兒，我去幫妳打些熱水，泡個澡或許會好些。」烏承橋低笑，說完便拉高被子，將她裹得嚴嚴實實的，自己卻直接光著下了榻。

允瓔雖然臉紅紅的，卻沒有避開目光，微笑地看他就這樣出了紅帳，在屋裡簡略地收拾後，開門出去。

「烏兄弟這麼早？」院子裡傳來阿康的笑聲，接著陳四和田娃兒的笑聲也響起來。

「烏兄弟，今兒又沒什麼事，起這麼早幹麼？」

允瓔聽著外面的熱鬧，不由失笑。這些船家漢子們，更直白的話都能說得出來，這會兒在烏承橋面前，已經算是收斂許多了。

「烏兄弟起了？喏，給大妹子準備了些熱水。」楊春娘的聲音帶著笑意。

「多謝嫂子。」烏承橋倒是大大方方地道謝。

接著，屋門被推開，又關上。

烏承橋提著水進了隔間。

允瓔聽到水聲，撐著坐起來，擁著被子下了榻，只是，她的衣服呢？

「相公。」允瓔左右瞧了瞧，也沒找到，只好輕輕喊了一聲。「我的衣服呢？」

院子裡還有人，也不敢說得大聲。

烏承橋應聲出來，到了她面前，彎腰就要抱她。

允瓔忙攔下。「別，你的腿傷才剛好，不能負重。」

「妳才多重。」烏承橋彎腰與她平視，雙手撫上她的臉，撫去兩邊的髮，昨夜的柔情繾綣，將他的心塞得滿滿的，此時，滿心滿眼都是她。

「還是小心好。」允瓔堅持地搖頭，朝他眨眨眼。「來日方長嘛。」

「好，依妳。」烏承橋刮了一下她的鼻梁，也不堅持，蹲身拿了她的鞋子過來給她套上，連被子帶人擁著進了隔間，看著她縮進浴桶裡，才笑著拿了被子回到榻前，收拾一榻凌亂。

紅紅的被褥上原本扔滿了花生、棗、蓮子、桂圓，此時都被掃到了榻裡面，而被褥的最中間卻揉著一團白巾，白巾上點點紅梅。

烏承橋柔情一笑，伸手拽了過來，鋪在榻上撫平，整整齊齊地摺了起來。

允瓔坐在浴桶裡，適度的熱水倒是緩和不少痠痛，讓她也精神了許多，便加快速度洗漱。

這時，門被敲響，外面響起陳四的聲音。「烏兄弟，邵會長來了。」

「煩勞陳大哥招呼一下，我馬上就出去。」烏承橋應道。

「他來幹什麼？」允瓔在裡面問。

「那天便說要教我做事，只是沒想到他這麼心急，看來他的疑惑不輕呀。」烏承橋從衣櫃裡取了允瓔的衣衫，放到隔間的木架子上，舀了些乾淨的水飛快洗漱，完畢後看著允瓔說道：「衣服放在這兒，我先出去看看。」

「當心些。」允瓔點頭。

「那是妳大伯，又不是別人，不會對我怎麼樣的。」烏承橋過來，在她額上啄了一口，先出去了。

邵會長一大早就過來尋烏承橋，允瓔哪裡還能安穩得住，匆匆起身，穿上衣衫，連桶中的水也來不及清理，就跟著出去。

烏承橋已經陪著邵會長坐在桂花樹下曬太陽喝茶。

「大伯。」允瓔總算喊了一句大伯，朝邵會長微微福身。

邵會長微微頷首。「我有些事需要和承橋談談，這兒也沒個清靜地方，不如，去茶樓吧。」

「去茶樓做什麼？有話在這兒也能說呀。」允瓔直覺反對。

「沒事。」烏承橋朝她笑了笑，又朝邵會長抱拳。「還請大伯稍坐，我去換身衣衫。」

「怎麼？你們這兒有喜事？」邵會長指著滿院子的紅色問道。

「是我和瓔兒的親事。」烏承橋順著他的手勢掃了一眼，坦然說道。「原本是定在除夕，只是因為除夕應了奶奶的約，便提前了兩日。」

「你們之前沒成親？」邵會長有些吃驚，下意識地皺眉，看向烏承橋的目光也有些不善。

「其中內情，稍後必一一向大伯詳述。」烏承橋應著他的目光，淺淺一笑。

「您先喝茶。」允瓔朝邵會長笑了笑，拉著烏承橋就進了屋子。「相公，你幹麼答應他出去談？萬一……」

「放心吧，不會有萬一。」烏承橋安撫地摸摸她的頭。「妳安心在家等我回來，我們想要在泗縣站穩腳步，想要做下一步，還得需要妳大伯的支援；還有，他這麼急著找我，這背後必定也有些事情發生。」

「你的傷才剛好呢，就亂跑。」允瓔不滿地嘀咕一句，但仍無奈地撇嘴。「那你小心些，他是我大伯不假，可也是剛剛才認回來的，誰知道抱的什麼心思，別輕信了他。」

「知道啦，放心吧。」烏承橋捏了捏她的臉，取了常服換上，又把臉上妝扮一番，重新梳了髮，才和邵會長一起走。

允瓔送走他們，回到屋裡開始收拾。她再擔心也沒用，與其坐著提心弔膽，還不如做些事情來得實在。

花了半個時辰，裡裡外外的清了一遍，把桌上那些東西也都收起來，她才大步往廚房走。

昨夜柳柔兒跟著柯至雲走了，這會兒廚房不知道準備得怎麼樣了？

「新娘子來嘍。」楊春娘一看到允瓔，就開玩笑地喊了一句。

眾婦人頓時圍過來，繞著允瓔從頭到腳的打番。

「嫂子們，不認識我了？」允瓔縮著脖子，被她們看得不自在。

「瞧瞧我說的什麼？烏兄弟是讀過書的人，斯文著呢，哪像我們這些船家漢子，一點也不懂那什麼香什麼……」楊春娘說到這兒，摸著耳朵苦思冥想。

「是憐香惜玉。」陳四家的在灶那邊接了一句，只是奇怪的是，今天這麼熱鬧的場面，她居然沒有頭一個湊上來。

允瓔不由多瞧了她一眼，不過還沒等她說什麼，婦人們又咯咯笑了起來，笑聲裡帶著某種意味不明的曖昧。

「嫂子們說的啥？」允瓔的注意力又被她們拉回來，好奇地問。「我看各位大哥也挺好的呀，顧家、疼媳婦、惜孩子的。」

「噗——」幾人噴笑，互相看了一眼，齊齊將目光集中在允瓔的頸間、耳後。

「怎麼了？我說錯話了？」允瓔情不自禁地抬手緊了緊衣襟，納悶地問。

「她們呀，方才說妳今天會不會起不來。」陳四家的添了把柴，走到灶前，掀開鍋蓋瞧了瞧，又蓋上，邊替允瓔解惑。「妳不知道，戚大哥當年和春娘嫂子成親的時候，春娘嫂子第二天……不，第三天都起不來榻，還有劉嫂子、李嫂子，都是差不多情況的，所以才說妳家烏兄弟斯文，因為沒她們家的會折騰呀。」

「妳也好不了哪兒去。」楊春娘還了一句，幾人會意地大笑。

允瓔這才回過味兒來，紅著臉拋開昨夜的一幕幕，低頭挽了袖子走到案板前，就要動手幫忙。這些船家婦人們，什麼話都敢說。

「新娘子，歇著吧，這兒我們來就是了。」楊春娘等人見狀，齊齊把她推出廚房。「回屋歇著去。」

「我……」不用歇呀。允瓔無奈地聽著廚房裡哄笑的幾人，心頭卻是暖暖的。

「小娘子，這是昨夜派發紅包餘下的銀子，還有帳單，妳瞧瞧。」戚叔從貨行前面走進來。昨夜發派紅包，被柯家人給打斷，柯至雲回了家，餘下的他便代為發完了。

「辛苦戚叔。」允瓔接過，投入工作狀態。

她兌碎銀子的時候，也是按著烏承橋給的單子兌的，這會兒餘下的也不多，結好了金額，確認無誤後，她便把餘下的給了戚叔，讓他用作這些天的開支。

「小娘子，我們接的單子裡，有不少初六就要出船的，新的船隻何時能到？」對完了帳，收起了餘下的錢，戚叔又問起新船的事情。

「原本說好是年前交貨的，這會兒也沒見個消息，怕是得拖一段日子。」這話頓時把允瓔給問住了，想了想才又說道：「等過了年，我們去看看。」

烏承橋這一出去，就是一整天。入夜時，眾人吃過晚飯散去，他才滿面笑容地帶著酒氣回來。

「怎麼去那麼久？」允瓔在屋裡等得心急，聽到動靜忙出門迎他。「吃過飯了沒？」

「吃了的。」烏承橋心情極好，牽起允瓔的手進屋，直接坐到輪椅上，捶了捶自己剛剛好的腿。「如我所想，大伯對喬承軒沒什麼好感，這次他急著來找我，也是因為妳幫喬家送的那麼一份禮。」

允瓔掙脫他的手，去倒了一杯茶過來遞給他，自己坐在一旁矮凳上，替他按揉膝蓋，帶著些許抱怨看著他說道：「喝了不少吧？不是去談事情嘛，怎麼還喝上了。」

「大伯帶我去見關大人。」烏承橋接過茶，抿了一口，輕笑道：「喬家的事，我已經都告訴大伯和關大人，他們的意思是，如今沒有證據，暫且不要聲張，喬承軒那邊也暫時先穩著。」

「那份禮有什麼問題嗎？」允瓔好奇地問。

「喬家走了大批的船隊，生意也一落千丈，每月需上繳商會的銀子，也拖了好幾個月，商會中那些人，有意想把喬家擠出去，所以喬承軒急了，想和大伯攀好關係，卻又怕落人把柄，才有了柳媚兒尋妳幫忙的事。」烏承橋解釋道。

「就知道她目的不純。」允瓔聽得直皺眉。這勾心鬥角的事，她聽著都頭疼。

「大伯還提到了我們的事，他很不滿我們昨夜成親卻沒有告訴他們。」烏承橋把茶杯放到一邊，低頭看她，語帶調侃。「他覺得我是在利用妳，知道了妳和邵家、關家的關係，才急著圓房……」

「他們是不是為難你了？」允瓔一聽，瞪大眼睛。「別聽他們胡說八道，我的事，我自己作主。」

「他們也是怕妳吃虧。」烏承橋搖頭，替邵會長說起好話。「他們不明白我們的事，會這樣想，也不能怪他們。」

「不說他們，只要他們不搗亂就好了。」允瓔長長地吐了口氣，站起來。「我去幫你打水，這一身的酒味，喝了多少呀。」

烏承橋只是笑，沒有阻止。

允瓔去廚房打了水，因為人多，又是過年，灶上備的熱水都是足足的。

只是，等她兌好水，幫他準備好衣服，他卻坐在輪椅上，支著頭似是睡著了。

「喝這麼多……」允瓔嘆了口氣，回去浸了布帕回來，想替他擦臉。

「瓔兒。」烏承橋卻沒有睡，一把拉住允瓔，俯在她頸間輕喚道：「妳真好……」

「才知道我好呀？」允瓔失笑，微微掙脫他。「先去洗洗啦，這酒味，不好聞。」

「嗯。」烏承橋低低地應，倒是放開了手，由著她幫他擦臉。

允瓔這時才發現，他臉上戴的那張薄薄的面具不見了，雙頰似染了飛霞，尤其是眼睛周邊，更似塗了胭脂般的紅，昏黃的燈光下，俊朗的臉又添了一分嫵媚……

第一百零六章

「相公，不早了，去歇息吧。」允瓔嘆氣。替他擦過臉，便想著先扶他上榻，再替他擦擦身上，畢竟寒冬臘月的，著了涼可不好。

「我沒事。」烏承橋順著她的力氣站起來，堅持到了隔間。他喝得雖多，但神志還是清楚的，只是今晚跟邵會長、關大人說往事，勾起了他的心事，才會這樣。

待允瓔照顧他洗好澡躺下，已是半個時辰後的事了，閂好門，吹了燈，摸黑爬到榻裡面，還沒躺下，烏承橋便伸手抱住她，一個翻身就反轉了位置。

「瓔兒……」烏承橋抵著她的額，輕輕地喚，黑暗中氣息還帶著些許酒氣，醺著她的心。「不要離開我……」

說罷，就俯下頭噙住她還未來得及出口的話。

允瓔還保持著一絲理智，怕他著涼，抬手拉過被子將他整個蓋好，可片刻之後，她便迷失了，帶著酒氣的溫熱頂開了她的唇，直直而入，輾轉吸吮，分不清酒氣醉了她的心，還是他醉了她的心。

「我只有妳了……」好一會兒，烏承橋才移開唇，一個個細密的吻落在她耳垂上，一路往下。

「我不會離開你，我會一直一直陪著你。」允瓔的心被觸動，她聽出了他話中隱含的脆弱，強大如他，內心深處也未必如他表現的那般。說得直白些，他和她一樣，都是孤兒，而她，現在至少還有邵家、關家，可他呢？卻是被驅離家族的無根浮萍。

允瓔的心重重地揪了一下，伸手抱著他的背，完全接納他的熱情。

火一樣的熱情，燃燒在臘冬的夜裡。

但，這樣的燃燒，卻是需要代價的。

大年三十除夕夜的這頓飯，允瓔答應了邵太夫人，必須去吃，可是她直到下午時，走路都有些不便。

反觀烏承橋，前一夜的醉酒和熱情燃燒，似乎一點也沒影響到他，反而神清氣爽的。這樣明顯的差距，讓允瓔很不滿，狠狠地瞪了他好幾次，也沒能讓她解「恨」。

「戚叔，我們儘量早些回來，你們盡興，庫房裡的酒多拿一些出來，管夠。」烏承橋卻沒在意她的瞪視，正向戚叔交代。「不過也要當心火燭，得留幾個清醒的人守夜，莫出了岔子。」

「你放心，我會安排好的。」戚叔點頭。庫房裡的酒值多少銀子，他再明白不過，哪能拿出來讓他們管夠呢？

「那我們先走了。」烏承橋點頭，帶上最好的蒸餾酒，牽著允瓔的手往外走。

此時的街上，已然有了過年的氣氛，每家每戶都貼上紅對聯，打掃得乾乾淨淨，張燈結綵，便連街道看著也是清清爽爽。

允瓔走得有些慢，每一步的走動，牽動起渾身上下的痠痛，讓她時時刻刻想起他的……

「要不要我揹妳？」烏承橋側頭，看著她的隱忍，心疼地問。
「不用啦，說了你的腿傷不能負重，走慢些吧，也不算遠。」允瓔搖頭。
「沒事。」烏承橋停下來，作勢就要蹲在她身前。
「別。」允瓔忙拉住他，看了看周圍。他今天當然還是有打扮，穿著一襲靛藍色羅袍，加上他自身的容貌，好歹也是個翩翩貴公子，這要是揹著她，太不妥了。
「真的沒事。」烏承橋這會兒也有些後悔自己昨夜的不知足了，瞧瞧她現在這樣，都是被他給折騰的。
「不要啦。」允瓔拉著他的手臂，微仰著頭軟聲說道：「街上這麼多人呢。」
「我揹我媳婦，跟人多不多又有什麼關係？」烏承橋失笑。
「豬八戒可沒你這麼帥。」允瓔突然脫口說了一句。
「什麼？」烏承橋沒聽明白。
「沒什麼啦，我說你今天打扮的，這麼帥的公子哥兒，大街上揹媳婦，多損形象呀。」允瓔轉移話題，笑道：「我們還是慢慢走吧。」
就在兩人為揹不揹的問題爭論時，迎面過來一輛馬車，行到他們身邊時，停了下來，趕車的車夫從車上下來，朝兩人行禮。「請問兩位可是十五小姐和十五姑爺？」
「你是邵府的？」允瓔隱約記得這車夫，之前好像送邵太夫人和邵會長來過幾次。
「正是，小的邵福，奉老爺之命，來接十五小姐和姑爺。」車夫躬身，讓到一邊。
「妳排行十五？」烏承橋低頭問允瓔。

「好像是的，之前去的時候，邵琛就喊我十五堂妹。」允瓔點頭。

「上車吧。」烏承橋點頭。他看到馬車上的邵家印記，對這車夫倒是沒什麼印象，不過這兒是泗縣，以邵家和關家在泗縣的影響，還沒有人敢挑釁他們。

車夫聞言，馬上抽出踏腳凳擺在允瓔前面。

允瓔在烏承橋的攙扶下，踏著凳子上了車，烏承橋緊跟其後。

兩人剛剛坐進車廂，便聽邊上有人喊。「英娘。」是柳媚兒的聲音。

允瓔驚訝地探出頭去，果然是柳媚兒坐著的轎子停在邊上，此時她正掀著轎子窗簾看向她這邊，臉上的神情流露著驚喜和疑惑。

「少夫人，這麼晚怎地還在外面？」允瓔笑著回道，心裡暗暗慶幸，還好沒讓柳媚兒看到烏承橋。

「英娘怎麼也在外面？這是要去哪兒？」柳媚兒問。

「我去陪我奶奶吃飯。」允瓔簡單地解釋。

「我剛從船塢回來，正要回家，看到英娘在這兒，便停下打個招呼。」柳媚兒的目光直往馬車上瞟，解釋了一番自己在外面的原因後，她問道：「英娘身邊的公子，可就是英娘的夫君？」

「對呀，今兒除夕，我奶奶指定讓我和我家相公一起回去吃飯。」允瓔心裡已然警惕。原來柳媚兒已經看到烏承橋了啊，她可不能讓柳媚兒靠得太近。「少夫人，不好意思，只怕我奶奶等得心急了，我們先走一步。」

「欸，英娘。」柳媚兒還在喊。

允瓔卻縮回馬車裡，對車夫說道：「回吧。」

車子從側門進了邵府，直接停到前院的門口。

烏承橋先下了車，把允瓔抱下來，車夫也取了車上的禮物下來，馬上有人迎過去幫忙接下。

允瓔抬頭，見大廳裡坐滿了人。

邵琛見狀，快步從大廳迎出來。

「你們總算來了，奶奶都等得心急了呢。」邵琛溫和地笑著，看到烏承橋時，目光在他身上轉了幾轉，隱隱有些吃驚，不過很快就恢復平靜。「十五妹夫。」

「大哥。」允瓔倒是對這位大堂哥挺有好感，在邊上提醒烏承橋。

「見過大哥。」烏承橋鬆開允瓔，拱手行禮。

「請。」邵琛讓到一邊，在前引路，邊走邊和烏承橋閒聊。「前次聽說妹夫有傷在身，如今可大好了？」

「謝大哥關心，好多了。」烏承橋一直緩步走著，越是接近大廳，他的腳步越沈穩。

允瓔微訝，抬頭看了看大廳，見大廳門口，不知何時，站了兩個年輕人，正目瞪口呆地看著烏承橋。

「奶奶今天高興，說今年是最全的除夕團圓夜，把幾家人都聚全了，徐表弟和傅表弟都來了。」邵琛抬眸看了看門口兩人，輕描淡寫地說了一句。

允瓔忽然就明白了，那兩人必是認識喬大公子的，而今天能不能過關……對烏承橋來說很要緊！

下意識的，她伸手挽住烏承橋的胳膊。

烏承橋側頭朝她安撫地笑了笑，眼中流露自信，讓她心裡稍稍安定了些。

很快，幾人便到了大廳前，那兩個年輕人驚疑地看著烏承橋，其中一個有些激動地指著烏承橋。「你……大哥？」

「表弟，這是十五堂妹的夫婿烏承，何時成了你大哥了？」邵琛一貫的溫和。

允瓔再驚訝地看了看邵琛，她很確信，從剛剛下車到現在，她和烏承橋都沒有提過名字，這會兒他居然介紹的是烏承，與當初他們和喬承軒說的一模一樣，看來這位大堂哥是得了她大伯的授意嘍？

想到這兒，允瓔頓時踏實下來。今天這場面有邵會長坐鎮，又有關麒相助，還有她這身分，應該能幫烏承橋過這一關了吧？

「兩位可是覺得我像你們大哥？」烏承橋微笑，語氣輕鬆，不見絲毫緊張。

「你真不是大哥？」兩人沒理會邵琛，繼續盯著烏承橋問。

「不知兩位的大哥是誰？」烏承橋驚訝地問。

「喬家大公子，喬承塢。」另一人搶著回答。

「原來是他。」烏承橋恍然笑道。「之前喬公子也如此說過，看來喬大公子與我倒是真有緣，改日有機會，還請幾位代為引見一下。」

「烏承？你真不是大哥？」兩人不依不饒，還在上上下下打量著他。

「家寧、家源，你們兩個猴兒擋著門做什麼？還不讓你們的表妹、表妹夫進來！」邵太夫人見兩人磨嘰半天，不高興地敲了敲手中枴杖，今天的她一身盛裝，手裡還多了一根紫檀枴杖，顯得很有氣勢。

兩個年輕人這才退到一邊，湊到一處竊竊私語去了。

「快進去吧。」邵琛停在一邊，微笑著向允瓔和烏承橋點頭示意。

允瓔和烏承橋相攜進了大廳，來到邵太夫人面前，兩人相視而笑，雙雙跪了下去，向邵太夫人磕頭。

允瓔再不情願，可這會兒也看明白了，如果能得到邵、關兩家的助力，對烏承橋來說，百利而無一害。

「烏承（英娘）給奶奶請安。」

「快起來、快起來。」邵太夫人微微俯身。「孫女婿的傷才剛好，這膝蓋可不能再傷著嘍，小麒，快扶你表姑父起來。」

「表姑父，請起。」關麒很乾脆地應了一聲，跑到烏承橋面前扶了一把。

允瓔和烏承橋起身，又向邵會長和關大人幾位一一行禮。

「人都齊了，開席吧。」邵太夫人心情極好，招手讓允瓔過去。

「來人，開席。」邵夫人今天倒是挺給面子，沒給允瓔眼色看。

「英娘，妳就跟奶奶一起。」邵太夫人拉著允瓔就不撒手，另一邊則是關老夫人扶著，走在前面。

偏廳裡已經擺下十幾桌，允瓔被邵太夫人拉著到了前中間，坐在邵太夫人的身邊，同席的還有關老夫人、邵太夫人的三個兒媳婦，還有兩個允瓔不認識的夫人。

允瓔掃了一眼，見屏風這邊全是女眷，而外面又看不到烏承橋的身影，心裡小小的擔心。

「英娘，妳大伯母、二伯母、三伯母，妳都見過了，這是妳五姑母、六姑母，還是初次見吧？」邵太夫人指著兩位婦人給允瓔介紹道。「方才在門口攔著你們的兩猴兒，一個是妳五姑母的兒子徐家寧，另一個是妳六姑母的兒子傅家源，兩人年紀相當，加上小麒，從小就一起搗蛋慣了，妳莫理會他們。」

允瓔又一一向在座幾人行禮，手腕上又多了幾只金鐲和玉鐲。

除夕夜，有邵太夫人罩著，有關老夫人周旋，席間倒也其樂融融。

酒席撤了下去，關家一家人都在這兒，回衙門守歲還是留在這兒守歲，倒也沒什麼區別。

允瓔和烏承橋答應日後常來常往，才算如願地告辭出來。

邵琛和關麒雙雙相送出來。

回到貨行，前廳還點著燈，戚叔和老王頭坐在那兒閒談，看到兩人回來才笑著站起來。

「謝謝戚叔、王叔。」烏承橋致謝，知道戚叔和老王頭是在為他們等門。「大夥兒可吃好了？」

「吃好了，都在屋裡守歲呢。」戚叔笑道，上前關了貨行的大門，和老王頭一起，掌著燈一起回到堂屋。

堂屋裡，年輕漢子們圍坐在方桌邊，桌上擺著煮花生、炒南子、炒葵花子、蒸紅棗之類的瓜果點心，喝著小酒，天南地北的亂聊一通。

老人孩子們則有不少回屋歇下，只有幾個年輕婦人還在照應著眾人。

田娃兒一看到烏承橋，便舉著酒杯笑道：「烏兄弟回來了，來來來，和我們再喝兩杯。」

「來，這邊。」陳四往邊上挪了挪，給烏承橋和戚叔等人讓出幾個位置。

「你們喝吧，我們老頭子就不摻和了。」戚叔和老王頭齊齊擺手，一起回了戚叔那屋，聊他們自己的去了。

「我去廚房。」允瓔見廚房還有人，朝眾人一笑，就往裡面走去。

廚房裡，卻是一樣熱鬧。陳四家的和楊春娘幾人還在灶上忙活，一邊還有十幾個婦人在洗東西、切東西。

大年初一不能動刀、不能掃地、不能隨意倒水，所以大年初一這麼多人的伙食都得提前準備出來。

允瓔留在廚房幫忙，烏承橋加入漢子們的話題，屋裡屋外，笑聲不斷，倒是把氣氛炒得極熱。

「春娘，弄些熱茶水來。」戚叔的大兒子在外面喊了一聲。

「來了。」楊春娘正忙著往灶上放蒸籠，聽到聲音忙應了一聲。

「我去吧。」陳四家的從灶後站起來，這大過年的，她卻似乎與平常有些不一樣。

允瓔剛擺好果盤，便跟在陳四家的後面一起往外面送。

「陳嫂子，妳看著臉色不太好，是不是累著了？」允瓔見陳四家的精神沒平時好，便關心了一句。

「沒事，一會兒歇歇就好了。」陳四家的笑了笑，看起來倒是如往常一樣索利。

允瓔卻還是覺得哪兒不對，以陳四家的那性格，這麼熱鬧的場合居然如此安靜，不太正常呀。

此時陳四家的提著陶壺，笑著喊道：「茶來嘍——」

允瓔頓時釋然，看來是她多想了。

「來，吃些這個。」允瓔來到烏承橋身邊，把手上的果盤遞上去。

「小娘子就是小娘子，瞧瞧這果子擺的，都比別個精緻。」田娃兒一瞧就笑了，指著那果盤調侃道。「只是烏家小娘子，妳這是存心不讓我們吃的吧？擺這麼好看，我們哪還捨得下手呀。」

眾人哄堂大笑，總算沒說出什麼過分的話。

「聽聽，外面放炮竹了，我們也放吧？」遠處隱約有鞭炮聲傳來，阿明立即站起來，擠開擋著他的幾個漢子，跑到院子裡。

「我也來。」眾人紛紛跟過去。

允瓔側耳，果然，遠處已經響起了此起彼伏的鞭炮聲。

「點嘍——」阿康幾人已經搶著點第一串鞭炮，一番角逐，反被陳四搶了先。

「噼哩啪啦——」鞭炮聲響起，眾人也開始起鬨。「陳四哥好運，明年一準抱個胖娃娃。」

「你會不會說話？什麼叫一準抱個胖娃娃？應該說，一年抱倆！」有人較勁。

允瓔笑看著鬧作一團的眾人，心裡十分感動，鞭炮聲有些單調，沒有前世的煙花絢爛，卻也寄託了他們太多太多的期望，明年，一定會是個豐收年。

烏承橋坐在她身邊，抬手撫著她的後腦勺，溫柔地笑著。

他和她的第一個新年，也是他們新的開始……

第一百零七章

「啪！」

突然，一個不一樣的聲音從允瓔身後響起，在這片熱鬧中顯得異樣清脆，眾人一愣，紛紛往堂屋看來。

允瓔回頭，只見陳四家的手上的陶壺摔在地上，已經摔得四分五裂，所幸裡面的熱水已倒得差不多，才沒有傷著人，而陳四家的卻一臉蒼白地倚在牆邊，單手撫著額。

「碎碎平安，碎碎平安。」楊春娘聞聲出來，連連說道。

「媳婦兒！」陳四也同時躍進來，扶住自家媳婦。

「王叔快來。」有機靈的漢子已經去叫老王頭出來給陳四家的察看。

「快坐下。」允瓔和烏承橋雙雙站起，給陳四家的遞過了長凳。

熱鬧的除夕夜，也因為這突來的意外暫時安靜下來。

「恭喜恭喜，這是喜脈。」老王頭幫陳四家的把了脈，笑著朝陳四道喜。

「喜脈？什麼喜脈？」陳四傻傻地問，惹得眾人大笑。

「陳四，你樂傻了，你要當爹了。」田娃兒不客氣地一巴掌拍在陳四肩上。

「恭喜，恭喜。」眾人紛紛道賀，把陳四夫妻倆團團圍住。

「好媳婦兒，這是真的？」陳四樂傻了，抱著自家媳婦兒就原地轉了起來。

「噯噯，快放下，快放下。」老王頭連忙阻止。「她身體有些虛，可受不了你這樣，還是趕緊回去歇著吧。」

「喔喔，好、好。」陳四已經樂得找不著邊，放下陳四家的之後，轉身就拉著老王頭連連發問。「王叔，現在要怎麼辦？她得補些什麼？要注意什麼？」

允瓔忍不住失笑，拉著烏承橋後退。堂屋裡的熱鬧一時半會兒是散不了，他們還是先在自己屋裡靜一靜吧。

回到屋裡，烏承橋點上燈，在桌邊坐下來。

允瓔緩步過去，坐在他身邊，無聲地倚著他的背。

烏承軒握住她的手，反身抱住她，從懷裡拿出一樣東西，遞給她。「這個妳收好。」

「這是什麼？」允瓔驚訝地接過，展開一看，居然是他的戶籍名帖，上面寫著烏承，苕溪人氏，她不由驚喜地問：「哪來的？」

「是今天關麒交給我的，必定是大伯和關大人商量過，給我做的。」烏承橋低聲說道。戶籍名帖都給做了出來，邵會長和關大人的意思很明白了。

「他們能支持，你也能輕鬆些。」允瓔摺好紙，藉著收入懷中的動作把東西裝進空間裡。

烏承橋看著她收入懷裡，笑了笑，抬眸問道：「累嗎？要不妳先睡吧，我去守歲。」

「一起守。」允瓔搖頭。「除夕團圓夜，哪有一個人守歲的道理嘛。」

「妳不睏？」烏承橋笑意漸深。

「睏了你就抱著我唄。」允瓔理所當然地說道。

「好。」烏承橋撫著她的雙頰，點頭。

兩人回到堂屋，陳四夫妻已經回屋去了，只留下田娃兒幾個單身年輕人，看到兩人又出來，很是驚訝。

「烏兄弟，你倆還是回去歇著吧，明兒一大早還有事要忙咧，我們熬一宿不打緊的。」田娃兒說的是年初一祭天地、接財神的事。

「沒錯，明兒你們又要主祭，又要拜年，事情多著呢。」幾人附和。

「行。」烏承橋也不勉強，朝幾人拱手，又拉著允瓔回到屋裡休息。

大年初一，天際剛剛泛起魚肚白，允瓔和烏承橋便早早地起來，在眾人幫忙下，祭天地，接財神，做完這些，又去邵家向太夫人拜年。

兩人都沒有久留，陪邵太夫人略坐了坐，就告辭回來。

除了邵家和關家，他們也沒有別的親戚可走，連續幾天，兩人就窩在小院裡，和眾人一起做好吃的，喝酒聊天，做著他們愛做的事。

很快，便到了正月初五，一大早的，允瓔和烏承橋還沒起來，喬家就送來帖子，請烏承橋和允瓔今日前往喬家參加宴會。

「又要去呀？」允瓔迷迷糊糊聽到烏承橋的話，在被窩裡哀號一聲。「我不想去。」

「那就不去。」烏承橋把帖子往桌上一扔，坐到榻邊把她扒了出來。「瓔兒，我們今天去看岳父、岳母。」

「誰的岳父、岳母？」允瓔一頭霧水。

「當然是我的岳父、岳母。」烏承橋笑道。

「他們……啊！」允瓔回過神來，猛地坐起來，看著他問道：「你的意思是，我們今天回苕溪灣？」

烏承橋沒回答，目光落在她身上，瞬間變得深邃。

「是不是呀？」允瓔奇怪地看著他，順著他的目光，她低頭，不由驚叫一聲，拉過被子把自己整個人都蓋起來。

昨天半夜瘋狂，她的衣服早被他給褪了。

「快起啦。」烏承橋毫不掩飾地笑著，再一次把她扒了出來。「要去祭拜，還得準備些東西，我們一起上街去買吧，下午就走。」

「那，喬家的帖子呢？」允瓔問道。「不去會不會不好？」

「喬家每年初五，都會舉宴招待喬家的三姑六婆們，妳想去？」烏承橋對喬家的事再清楚不過，挑眉問道。

「才不要咧。」允瓔連連搖頭。「太累了。」

「那就回了他們。」烏承橋挑起她的下巴，印下一吻，便站起來，給她取衣裳。「快些起來，我們早些走，省得麻煩。」

「好，馬上。」允瓔點頭，裹著被子坐起來，開始收拾自己。「正好，去給陶伯拜個年，再去看看雲大哥，也不知道他怎麼樣了？」

「都去看看，還有船塢的船，也該交了。」烏承橋應道。

這樣一圈下來，事情還真不少。允瓔急忙穿好衣服，洗漱完，去廚房端了早點吃完，便和烏承橋準備出門。

「烏兄弟，有人找。」田娃兒從外面進來通報。

「誰呀？」允瓔問，該不會是喬家的人吧？

去到外面一看，卻是單子霈。

顯然烏承橋陪她出門的計劃是行不通嘍。

允瓔打量單子霈一眼，向烏承橋說道：「相公，你們聊吧，我找陳嫂子她們上街就行了。」

烏承橋點頭，引著單子霈回到自己的屋裡。

允瓔找到陳四家的，說了上街買東西的事，陳四家的欣然答應。

兩人挽了籃子，緩步到了街上，按允瓔想的，準備香燭紙錢，還有經文什麼的，又去買了糕點。

不過，這女人一逛街，肯定不會這樣輕易就回轉，再加上允瓔之前上街，也都是奔著辦事去的，難得今天有雅興，當然和陳四家的從街尾逛到街頭，一家家的看，一攤攤的瞧，哪個也沒落下，自然也就收穫了許多不是很必要的東西。

「陳嫂子，這個肚兜不錯，買了送給妳家寶寶。」允瓔看到一家攤子上賣的小玩意兒，相中一塊小孩的肚兜，拿起來獻寶似的遞到陳四家的面前。

只是，陳四家的卻有些心不在焉，她正瞧著身後那家酒樓樓上，臉色有些不對勁。

「陳嫂子，妳是不是累了？」允瓔見狀，忙問道。她以為陳四家的是逛街逛累了，忙把肚兜還給攤子，扶著陳四家的說道：「都怨我，一時忘記妳剛剛有喜，不能累的，我們先找個地方歇歇腳，然後就回去。」

「我沒事。」陳四家的搖搖頭，微微一笑。「可還有什麼沒買好的？」

「差不多都齊了。」允瓔看看籃子裡的東西，祭奠用的、陶家拜年用的、柯家探望用的，還有這一路上的東西，都差不多全了。

「那我們回去吧。」陳四家的說話間又瞟了一眼酒樓樓上，拉著允瓔便要走。

「肖秀兒！」

突然，酒樓門口出來一個魁梧的漢子，正是上次與他們擦肩而過的商隊領隊，他站在那兒，一臉不可置信地看著陳四家的。

「陳嫂子，妳認識他？」允瓔驚訝地問。

「不認識，我們快回去吧。」陳四家的眼中流露一絲驚慌，拉著允瓔便要走。

「肖秀兒，真的是妳！」但，她們才走出兩、三步，那男人就飛快竄了過來，攔住她們的去路。

那男人往面前一站，足足比允瓔高出一個半的頭，虎背熊腰，直接就把她們籠罩在他的陰影裡。

陳四家的拉著允瓔的手，明顯一顫，她強作鎮定，靜靜站在允瓔身後不作聲。

「這位大哥，你是說我們嗎？」允瓔猜了個大概，但現在陳四家的不想認，身為東家兼好鄰居的她，自然而然就覺得自己該為她擋一擋，於是她看著眼前的男人，禮貌而又驚訝地問：「我們……認識嗎？」

「我不認識妳，可我認識她，肖秀兒！」那男人直勾勾地看著陳四家的，眼中有著深沈的思念和歡喜。

允瓔狐疑地打量著男人，回頭看了看陳四家的，此時，陳四家的正眼觀鼻、鼻觀心地抿唇站著。略略一思索，允瓔笑道：「這位大哥，想必是認錯人了，這是我家嫂子，可不是什麼肖秀兒。」

「她就是改了姓、換了名，化成了灰，我也認得，她就是肖秀兒。」那男人卻一口咬定，目不轉睛地看著陳四家的。「我找了妳五年，好不容易找到妳了，妳為什麼不想認我？」

聲音裡，竟是隱隱的傷感和委屈。

允瓔看了看陳四家的，只見她臉色微白，倔強地保持沈默。

「這位大哥，你真認錯人了，不好意思，我們還有事，失陪了。」允瓔扶著陳四家的，就想從邊上走。

「肖秀兒，今天既已找到妳，我就絕不會讓妳離開。」男人蒲扇般的大掌直接就伸過來，直直抓向陳四家的。

「喂喂喂——」允瓔忙把陳四家的護在身後，瞪著那男人高聲說道：「你這人怎麼這樣？不知道男女授受不親呀？居然敢當街耍流氓，信不信我報官抓你！」

時值大年初五，這做事的人不多，街上串門子閒逛的人卻是不少，看到這一幕，紛紛圍攏過來，興致勃勃地品頭論足。

那男人此時才算正眼瞧了允瓔一眼，皺了皺眉。「這是我和肖秀兒之間的事，與妳無關。」

「聽不懂人話是不是？」允瓔也不再大哥長大哥短，鄙夷地看著那男人。「你和肖秀兒的事，跟我們當然無關，可是你現在攔的是我們的路，怎麼？想借著找人的藉口，當街欺負人是不是？告訴你，我們好歹也是良家女子，可容不得你這樣放肆！你要是敢胡亂動一下，我就是磕死了也得和你上衙門說道說道，在場的鄉親們全都是證人。」

「妳……」那男人緊鎖著眉，看著允瓔正要說什麼，後面走過一個隨從，在那男人耳邊說了兩句，他頓時打住了話，若有所思地看了看陳四家的和允瓔。

「我們走。」允瓔高傲地揚頭，扶著陳四家的從他面前走過，揚長而去。

直到遠離那條街，確定沒有人跟過來之後，允瓔才緩了腳步，扶著臉色蒼白的陳四家的問道：「陳嫂子，妳沒事吧？是不是肚子不舒服？」

至於別的，允瓔沒有問，每個人都有不想說的秘密。

「我沒事，回去躺躺就好了。」陳四家的勉強扯了個笑容，回頭瞧了一下，欲言又止。

「來，把籃子給我，我們慢慢走。」允瓔抬頭看了看不遠處的碼頭，伸手要提陳四家的手中的籃子。

「不用不用，妳一個人哪提得動？」陳四家的忙搖頭。

「這麼點東西，沒什麼啦。」允瓔笑道，堅持拿過籃子。「今天要不是我魯莽，妳也不會累成這樣，回去以後，陳四哥怕是要恨死我了。」

「他不會的。」陳四家的聽她提到陳四，臉上浮現溫柔的笑，她轉頭瞧了瞧街頭方向，猶豫了片刻，對允瓔開口。「大妹子，今天的事……能不能……別告訴陳四？」

「啊？可是妳這樣子回去，陳四哥肯定能看到的呀。」允瓔裝傻。

「我是說那人的事。」陳四家的咬咬唇，無奈地說道。

「今天妳只是累著了，其他的，什麼事也沒有。」允瓔本來也沒想大嘴巴，聞言不由笑道。

「謝謝。」陳四家的微低了頭。

「感覺好點了吧？我們趕緊回去吧。」允瓔也回頭打量了一番，多少有些擔心那些人再追上來。

「走吧。」陳四家的點頭，伸出來手。「給我吧，妳提兩個哪提得動。」

「妳太小看我了，再來一個我也行。」允瓔一手拎一個，雖然有些沈，但這會兒還是吃得消的。

陳四家的笑了笑，跟在後面。

回到小院，允瓔卻是迫不及待地把籃子擱在地上，急急地搓手，手上還是不可避免地留下勒痕，已經有些麻木。

「瞧妳，逞強了吧？」陳四家的嗔怪地看著她，伸手幫忙。

「妳快去歇著吧，讓王叔給妳把把脈，我這是小事。」允瓔忙催她回去歇著。

陳四聞聲出來，攬住自家媳婦兒，心疼地問：「累壞了吧？快坐下。」

「我沒事。」陳四家的搖頭，不過，還是在陳四的攙扶下，乖乖坐下休息。

「瓔兒。」烏承橋從屋裡出來，後面跟著單子霈。

「相公，東西都準備好了。」允瓔笑著迎上去，指了指地上的東西。「你瞧瞧，還需要什麼？」

「瓔兒，今天怕是去不成了，改天好嗎？」烏承橋歉意地看著她。「我得先去船塢那邊瞧瞧，幾日便回來。」

「嗯？你要一個人去？」允瓔一聽，就抓住了重點，聽他的意思，是沒想帶她去呀。

「我，還有單兄弟。」烏承橋回頭看了看單子霈。

單子霈朝允瓔微微頷首，算是回應。

「就他？」允瓔指著單子霈，一臉嫌棄。「你會行船嗎？會做飯嗎？會洗衣嗎？」

單子霈搖頭。「不會。」

「也就是說，你倆一起去，還得我家相公給你做飯、洗衣、搖船？」允瓔不滿地瞪了單子霈一眼，轉身對烏承橋說道：「不行，你的傷才剛好，不能亂跑。」

「烏兄弟，讓陳四陪你們去吧，他做的飯，也很好的。」此時，陳四家的卻突然提了一個建議。

「成，陳四哥懂船，到時候還能幫我驗船。」烏承橋笑著點頭，手撫著允瓔的頭。「春寒料峭，妳還是好好在家等我，事情順利的話，三、五日即回。」

第一百零八章

允瓔聽明白了，他們這次出去，必有所行動，要不然那船塢離這兒，來回也撐不過一天，哪用三、五日呀？他要辦正事，她也不好使脾氣。

「那你小心些啊。」允瓔撇撇嘴，無可奈何地說道。「我去幫你收拾幾件衣服，晚上宿在船上冷著呢。」

烏承橋含笑點頭。

允瓔回到屋裡，烏承橋跟進來。

單子霈倒是識相，留在外面。

「出什麼事了？這麼急。」允瓔邊打開櫃子，幫他收拾換洗的衣服。之前喬家送的那兩塊皮子已經被她做成護膝，只是這些日子也沒出門，一直沒用上，這會兒卻是要取出來用了。「這個，記得要綁在膝蓋上。」

「好。」烏承橋點頭，簡單說了單子霈的來意。「柯老爺重病在床，雲哥已經回去了，一到家就把柯家上上下下梳理了一遍，該懲治的也都懲治了，單兄弟也和雲哥言明，不想再待在柯家，雲哥就寫封信，讓他以後跟著我們。」

「他放棄了？」允瓔有些意外，蹲在烏承橋面前幫他綁護膝。「他那人，真的可靠不？」

「妳還在懷疑他？」烏承橋失笑，「放心吧，他剛剛已經拿出足夠的誠意，當然，那誠意是私下與我們的交易，和雲哥、唐公子無關，明面上，他是我們船隊的護衛管事，暗中麼，自然是幫我推進收復喬家的事。」

「條件呢？」允瓔聞言，不由挑眉。天底下沒有白吃的午餐，天上根本不會掉餡餅，只會掉陷阱，單子霈為什麼要這樣好？

「以後我們的生意，他要占一成。」烏承橋笑著俯身，敲了一下她的頭。「我家瓔兒越來越像個生意人了。」

允瓔白了他一眼，撇撇嘴。

「單兄弟和雲哥攤牌了，把他和柯家的恩怨全都攤給了雲哥，這些年他們也算是一起長大，如今的結果也算是極好的。雲哥沒有追究單兄弟對柯家做的事，單兄弟呢，最後也放過了柯老爺，畢竟柯老爺時日無多。」烏承橋低聲說道。「這幾次的接觸，單兄弟的為人如何，我已知曉幾分，放心吧，他不是個出賣朋友的人。」

「你自己心裡有數就行了。」允瓔無奈地搖頭，她不想再糾結在單子霈的問題上，反正那些事，他自己會看著辦的。幫著他綁好了護膝，又拿出一千兩銀票和幾百的散碎銀子。「窮家富路，這些你帶在身上以備不時之需，還有啊，自己當心些，別大意了。」

「嗯，都聽妳的。」烏承橋接過，一伸手便摟她入懷，低頭封住她喋喋不休的嘴。

許久，才依依不捨地鬆開，低語道：「在家好好的，等我回來。」

烏承橋這次出門，明顯有些急，甚至連中飯都來不及吃就要出發。

所幸，廚房裡早早地開始準備午飯，此時已經蒸好饅頭，炒好了幾個小菜。

允瓔乾脆連盤子一起裝了食盒，讓他們拿到船上吃，又給他們備了幾瓶酒。

「這是藥酒，晚上給腿揉揉，傷剛好，容易受寒。」允瓔又向老王頭要了小瓶藥酒交給烏承橋，一一叮囑。

「好。」烏承橋倒是耐心，她說什麼，他都應下。

另一邊，陳四則拉著自己媳婦的手，千叮嚀萬囑咐地讓她注意休息，注意不能做重活。

單子霈在船上等得有些不耐，看著允瓔淡淡開口。「只是三、五天，又不是三、五年。」

「單公子。」允瓔立即把茅頭轉向他。「我可先說好，別去某些不好的地方，你可別攛掇我們家相公，要不然，下次把你列入拒絕往來黑名單。」

單子霈頓時無語。

也不想想，他喬大公子想去某些地方，還要別人帶嗎？不帶壞別人就算不錯了。

不過，允瓔也知道事情的緩急輕重，不再沒完沒了。

目送船隻遠離後，允瓔和陳四家的緩步回家。

自從她來到這兒，就一直和烏承橋朝夕相處、形影不離，此時，乍見他獨自離開，允瓔這心裡，說不出是不捨還是什麼，只覺得空落落的，似乎少了些什麼般。

中午吃飯，似乎也嚐不出什麼味道，頭一次，她發現自己對烏承橋的依戀已遠遠超過她所認為的。

陳四家的倒是自在，吃過飯，便回屋休息去。

楊春娘等人搬出了麵攤車子，開始清理整頓，準備明兒初六開業。

允瓔屋裡屋外的轉，想做點什麼，卻又想不起該做點什麼，想了好一會兒，她總算記起喬家的帖子。

俗話說得好，知己知彼才能百戰百勝嘛。

允瓔決定，反正在家左右無事，不如去喬家消遣消遣。

尋出那張帖子，細細看了幾遍，也沒有找到喬家舉宴的主題，允瓔也不去費那個腦子，尋了個錦盒裝了兩瓶酒，又和戚叔打個招呼才出門。

等她悠哉悠哉地來到喬家時，大門口已經停滿了車子，一家家的，俊僕美婢如雲，簇擁著進喬家大門，允瓔獨自落在後面。

上次，她走的是角門，出來時是王管事送她出來，這會兒在門口迎客的僕人並不認識她。

允瓔步行而來，又無僕無婢，一靠近，就被人攔下來。「這位小娘子，請問有什麼事嗎？」

「找你們少夫人。」允瓔隨口應道，目光好奇地打量著後面的客人。

赫然，她看到邵大夫人幾個妯娌帶著各自的女兒下車，她猶豫了一下，正想著要不要上去打招呼，邵玉蕊已經看到了她，遠遠地就冷哼一聲。

這一動靜，也引起其他幾位姊妹的注意，溫婉的堂姊邵玉琪笑著迎過來。「英娘，妳也在？怎麼不進去？」

「只怕是進不去吧。」邵玉蕊一瞧見允瓔，就忍不住刺上幾句。

邵大夫人嚴厲的目光掃過去，邵玉蕊才不甘不願地噤聲。

「見過三位伯母、見過幾位姊姊。」允瓔朝幾人行禮。這些人中，只有邵玉蕊比她小，她這一招呼，明顯把邵玉蕊拋在了外面。

邵大夫人微笑著點頭，淡淡說道：「既然遇上了，就和我們一起進去吧。」

二夫人、三夫人倒是沒說什麼，只是頷首行禮。她們如今都是孀居在邵家，吃的用的都受邵會長照料，自然是以大夫人馬首是瞻。

倒是邵家幾位嫡女紛紛善意地和允瓔打招呼。

「幾位請。」邵大夫人身邊的婢女遞上一張燙金帖子，門房忙笑著讓到一邊，請人進門；至於允瓔，他也聽到了，是邵家的親戚，那自然也不能攔了。

「給。」允瓔點頭，很隨意地遞出帖子，她的帖子，和邵大夫人那張一模一樣。

門房愣了一下，打開一看，立即換了笑臉，躬身迎著允瓔。「原來是烏夫人，請、請，少夫人吩咐過，烏夫人若來了，還請移步雪淩軒敘話。」

「雪淩軒？」允瓔驚訝地問。

「是我們二公子和少夫人起居的院子。」門房殷勤地解釋。

「你們二公子回來了嗎？」允瓔皺了皺眉。

「還不曾回來。」門房說著，招手喊了一位婢女過來，讓她帶允瓔去雪淩軒。

「這個，幫我代送一下。」允瓔把手中的錦盒遞給門房，笑著朝邵大夫人幾位行禮。「伯母、姊姊們，我先失陪了。」

「去吧。」邵大夫人若有所思地打量允瓔，點點頭，帶著其他人往前走去。

允瓔則跟著那名婢女拐了個彎，前往雪凌軒。

順著九轉遊廊，不知穿過了幾道門，終於來到了雪凌軒。

允瓔打量了一下，回憶著之前烏承橋說過的喬府位置，這兒離他以前住的院子很近。

「詠清姊姊，烏夫人來了。」婢女在門外輕叩著門通報道。

允瓔背對門，打量院子裡的花花草草，心裡猜測著柳媚兒找她來這兒的用意。

「英娘來了？」柳媚兒歡喜的聲音便響起來。

「少夫人。」允瓔淺笑著行禮。拋去喬家，柳媚兒還是官家小姐，這禮，還真不能讓人挑出不是來。

「妳看妳，說了彼此名字相稱的。」柳媚兒走出門，上來就拉住允瓔的手，很熟稔地把她往屋裡拉。「妳呀，我不派人請妳，妳就不來我這兒坐坐，今兒總算是逮著了機會，把妳請進門了。」

「媚兒找我何事？」允瓔順著話改了稱呼，落坐後，不著痕跡地抽回手，目光掃過屋中裝飾，心裡暗讚，這柳媚兒雖是柳侍郎的庶女，脾氣也驕縱了些，但這屋裡的佈置卻還是能看出其學識，至少，有著文人墨士喜歡的雅致。

「想妳了唄。」柳媚兒嬌笑著，招呼人上香茗，一邊把桌上的乾果蜜餞往允瓔面前推，把她面前擺得滿滿的，才慵懶地坐在對面，籠著暖手袖筒說道：「當然，我也有一件事求英娘幫忙。」

「何事？說來聽聽。」允瓔淺笑。

「是這樣的。」柳媚兒抿了一口茶，輕咬下唇，才看著允瓔，緩緩開口。「妳也知道，年前我相公進京去了。」

允瓔點點頭。

「他這次進京為的是送皇糧，而我們家……」柳媚兒說到這兒，忽地停下，朝屋裡的婢女們揮揮手。

詠清帶著人全退了出去。

允瓔目光微閃，安靜地等著柳媚兒的下文。

「我相公和英娘相識，還能在英娘的貨行參一份子，對英娘也是讚不絕口，所以我想，英娘也不是外人，這樁事情與妳說說也無妨。」柳媚兒轉過身看著允瓔，一臉溫情地說道：「去年，我家大伯無故失蹤，我相公四下裡尋人，也沒有結果。後來，家裡的生意就出了問題，船隊裡，有幾位老管事煽動船員們大批離開喬家，各地船塢也都出現了大大小小的問題。唉，自成親以來，除了新婚那幾日，我相公陪我三天之外，他幾乎天天不著家，忙得天昏地暗的，我看著就心疼。」

允瓔有些驚訝，這喬承軒和柳媚兒成親這麼久，才同房三天？

「他呀，好不容易才湊全了船隻，趕在年前出門，皇糧的事，只要路上順利，到了京裡，有我父親周旋，倒也沒什麼大礙了。」柳媚兒似乎也沒想等允瓔回話，逕自說下去。「可是，他這一走，幾乎把家裡那些船隻全帶走了。前幾天，家裡來了一位貴客，他來得太突然，我們都沒什麼準備，這不，事情就卡在這兒了。」

「媚兒繞了一大圈子，還沒說要我幫什麼忙呢？」允瓔笑了笑。「妳也知道，我除了做麵條，也就只會行船。」

「就是船的事。」柳媚兒忙說道。「那位貴客是皮貨商，每年都會送一批皮貨過來，然後帶一船隊的貨回去，往年都是三、四月到泗縣，可沒想到，今年剛過了年就到了，等我相公回來，只怕是一個月以後的事，所以……還請英娘援手，幫我過這個難關。」

允瓔盯著柳媚兒瞧了好一會兒，才緩緩開口問道：「妳的意思是，讓我們出船幫妳運？」

「如今，我也只能求妳了。」柳媚兒柔柔弱弱地看著她。「妳不知道，婆婆對我要求極高，自我進門，不論家裡還是外頭生意上的事，她都交給我，我相公不在，婆婆又不管事，我連個商量的人都沒有；再加上以前在娘家，哪裡學過經商的事？所以我是極佩服英娘的，居然能撐起那麼大的貨行。」

允瓔輕啜一口茶。「運的什麼貨？運到哪裡？多少貨？費用如何算？來回需要幾天？」

「英娘果真是行家，妳說的這些呀，我一個都不懂。」柳媚兒拍掌笑道，說罷，又湊過來笑看她問道：「英娘這是答應幫忙了？」

「我們開的就是貨行，萬沒有把生意往外推的道理。」允瓔淺笑著。「再說了，我若不幫忙，妳今天肯放過我？他日喬公子回來，妳這枕邊風兒一吹，他還不得怪我們不仗義，欺負了他家嬌娘子？」

「啐，瞧妳說的，我哪裡是那種人。」柳媚兒聽得歡喜，也不知想到什麼，眉眼間盡現嬌羞。

「不過，妳得把我剛剛問的都問清楚了，我好準備。」允瓔看看她，提醒道。

「沒問題，今兒請妳來，可不就是為了這件大事嘛。」柳媚兒目的達成，顯得極高興。「今天那位貴客也在，一會兒呀，我給你們牽個線，你們自己談去。」

允瓔目光微閃，點頭笑而不語。

「少夫人，夫人派人來問，您這兒可好了？那邊客人都齊了呢。」詠清在外面叩了叩房門，輕聲稟道。

「先回夫人，我們稍後就到。」柳媚兒應著，笑著起身。「英娘，咱們走吧。」

「好。」允瓔放下茶杯站起來，跟著柳媚兒往外走，經過一個架子時，柳媚兒的手肘碰到架子，勾動了上面蓋著的綢布，綢布翩然而落，露出一幅畫。

允瓔下意識地抬眸，只一眼，便怔住了。

那是烏承橋……不，那是喬承塢喬大公子的畫像，畫像中的他席地坐在紅楓樹下，支著單膝，手中拿著酒壺，目光迷離地望著遠處，不遠處的草地上，一匹馬自由自在地低頭吃草。

鮮衣怒馬，又緣何這樣哀傷？

允瓔心裡浮現點點疼惜。那時的他表面風光，可內心一定寂寞孤苦吧？

「英娘認得這畫中人？」柳媚兒在邊上打量著允瓔的表情，冷不防地問了一句。

「這人，有點眼熟呀。」允瓔恢復清明。

「這是我家大伯。」柳媚兒轉身，和允瓔並肩而立，癡癡地看著畫中人，語氣也略顯幽怨。「也是我曾經的未婚夫。」

「媚兒，恕我直言。」允瓔側頭，瞟了柳媚兒一眼。「妳如今已經是喬二公子的妻子，就應該忘記曾經的這些，要不然喬二公子心裡豈能舒服？」

「英娘說得是。」柳媚兒似是很受教地點頭，笑道：「我也是這麼想的，所以自從我答應嫁給相公，我就做好了忘記他的打算。可是，這畫卻不是我掛在這兒的，而是我相公，當時我看到這畫的時候，和妳一樣震驚。」

「沒想到喬公子對兄長的感情這麼深。」允瓔讚道。

「英娘，我最近聽說了一個傳聞，據說，妳家相公和大公子長得很像？」柳媚兒看著允瓔，突然問道。「英娘瞧瞧，這畫中人可就是妳家相公？」

「媚兒說笑了。」允瓔心裡明白了，柳媚兒找她來的第二個目的，只怕就是刺探烏承橋的底細，心裡有了數，她不由輕笑。「我方才也只是覺得眼熟罷了，這與大公子不熟的人，或是與我家相公不熟的人，難免都會錯認，但只有相熟的人才知道，第一眼便不像。」

「真的？」柳媚兒眼中滿是質疑。

第一百零九章

「等哪天妳見了我家相公，妳就知道了。」允瓔點頭，指著畫中的喬大公子說道：「大公子手神俊朗，謫仙一般的人物，我家相公也不過是尋常船家漢子，可不敢與大公子相提並論。而且，他和大公子也只是體形相似罷了，細一瞧，眉眼間卻盡是不同，大公子一雙桃花眼，不笑已含情，我家相公卻是丹鳳眼……這細節神韻，我也說不好，總之，不是同一個人就是了。」

「今兒不知姊夫可來了？」柳媚兒若有所思地看著畫像。「被妳這樣一說，我越發好奇了，這幾次都沒能見到姊夫，今天要是來了，還真得認識認識、比較比較。」

「他今兒來不了呢，收到這帖子的時候，他已經和人出門了。」允瓔眼睛也不眨一下地說道。

「之前不是說姊夫有傷在身，在家靜養的嗎？怎麼就出門了？」柳媚兒問長問短，興致勃勃。

「他呀，就那樣，這傷才剛剛好，就在家待不住。」允瓔嘆氣。「這也是因為貨行的事。去年在妳家船塢下訂的那批船，如今也見消息，他急了，就想著去看看，畢竟明兒開門之後，馬上要忙了。」

「英娘，妳應下幫我的忙，這船可不能派往別處了。」柳媚兒忙強調一句。

「知道啦，會幫妳安排的，不過妳得儘快告訴我詳情，我才能調派船隻，畢竟我們貨行目前的客人，都是之前簽過契約的。」允瓔順著話接下，反正只要不再談大公子就行。

柳媚兒果然沒再提，帶著允瓔出來，往前院走去。

「今天本是親戚們來聚宴的日子，正巧，那位貴客帶了一批極好的皮貨，我婆婆就想著和大夥兒共賞一下，才臨時起意請了大夥兒一起來。」柳媚兒邊走邊解釋道。「一會兒妳若是看中哪塊皮貨，告訴我，我送妳。」

「謝謝。」允瓔也只能這樣說，她要看中了，張口向別人討要嗎？

「這邊請。」說話間，已到了前院。

此時，院子裡擺著幾排長長的桌子，上面擺著無數各種各樣的皮貨，院子裡充斥著某種氣味，讓允瓔不自覺地微皺了眉。

喬二夫人正和邵大夫人幾人一起點評著幾塊皮貨，邊上還有個高大漢子在為她們解說，滿院子的人，也沒區別開男女，都擠在這個院子裡。

柳媚兒直接把允瓔帶到最中間，對喬二夫人說道：「婆婆，英娘來了。」

「二夫人、伯母。」允瓔微一轉眸，對幾人福身。

「免禮、免禮。」喬二夫人笑容滿面地扶起允瓔，對邵大夫人說道：「之前見到英娘，我還不知她就是你們家四老爺的女兒，要是知道，我哪敢讓她下廚呀。」

「二夫人，這位姑娘是？」這時，邊上的男子插了一句，吸引了眾人的注意力。

允瓔抬頭，卻看到之前攔著她和陳四家的男子赫然站在面前，令她不由一愣。

「蕭爺，這位是我相公的朋友，邵英娘，我家相公不在，你此番的貨運事宜便找英娘商量即可。」柳媚兒笑盈盈地介紹。「英娘，這位就是我提的貴客，蕭棣蕭爺，以前大公子在的時候，和他的交情好著呢。」

允瓔看了看柳媚兒，淡淡地朝蕭棣點頭。

柳媚兒的話，看似再自然不過，卻暗藏了玄機。

她在眾目睽睽之下介紹允瓔，卻告訴人家，允瓔是她相公的朋友，而不是她的朋友或邵家的什麼人，此疑點之一。

其二，柳媚兒似乎忘了男女之別，公然就讓蕭棣和允瓔接洽貨運事宜。

其三，她還特意提到喬大公子和蕭棣的交情。

再結合之前那畫像，允瓔幾乎可以肯定，這是赤裸裸的試探。

「原來是邵姑娘，幸會。」蕭棣看著允瓔的目光異樣明亮。

「幸會。」允瓔只好還禮。

「蕭爺，英娘已經答應幫你安排此次的貨運，只是有許多問題，她問我，我卻是不懂，還得你自個兒和英娘細說才好。」柳媚兒的目光在蕭棣和允瓔兩人之間流轉，笑意盎然。

細說？

這個詞從柳媚兒的嘴裡說出來，那味道頓時有些不一樣起來。

邵大夫人幾人都不約而同地皺起眉，只有邵玉蕊，一副局外人看熱鬧的模樣。

周邊的客人們也都紛紛打量起允瓔和蕭棣來，暗地裡，自然也少不了一番打聽議論。

允瓔的笑淡了下來。她本來就對柳媚兒存著戒心，此時一聽，反感更甚，想了想，她有了主意，笑道：「不知蕭爺運的是什麼貨？需要多少船隻？何時啟程？欲往何處？來回需要多少時日？」

「一聽就知道邵姑娘是行家。」蕭棣微訝。「只是今日我應二夫人之邀，來給諸位講解皮貨，這貨運的事，還是改日吧。不知邵姑娘哪日有空，到時細談如何？」

「既如此，還請蕭爺告知下榻何處，明日我讓貨行的管事前去拜訪。」允瓔也不強求，反正這單子她不做，急的只有喬家。

「英娘，何必這樣麻煩呢？」柳媚兒果然插話。「蕭爺，英娘的貨行就在碼頭那邊，叫五湖四海貨行，很好找的。」

「好，明日定當拜訪。」蕭棣抱拳拱手。

允瓔淺笑，點點頭。

「英娘，來，瞧瞧蕭爺帶的這些皮貨，當年大公子在時，可喜歡這些了，他的收藏裡面，便有許多，上次妳也看到了。」柳媚兒拉著允瓔往桌邊走去，顯得很殷勤。

「媚兒，不是我多嘴，大公子不知去向，生死未明，想必二夫人心裡也正急著呢，妳這樣一再提起大公子，二夫人聽到，會怎麼想？會怎麼看妳？」允瓔「語重心長」地勸道：「莫忘記了，妳和大公子還有那麼一段過往呢。」

柳媚兒不由一愣，沒想到允瓔會和她說這些。

「妳呀，當心落人話柄。」允瓔輕拍了拍柳媚兒的手臂，往喬二夫人那邊使了個眼色。

「是我大意了。」柳媚兒沈吟片刻，語氣中多了一分歉意。

如柳媚兒所說，這些皮貨果然都是上好的，摸著又柔又順，只是，允瓔對這些卻是興趣缺缺，皮毛再好，也是從動物屍體上剝下來的，少不了血腥。

「邵姑娘對蕭某這些貨不滿意？」不知何時，蕭棣居然湊過來，站在她身後幾步遠的地方笑呵呵地問。

「蕭爺誤會了，我只是不喜用皮貨，並不是針對某一批貨。」允瓔也知道此時不可能甩開蕭棣，便只好大大方方地應答。

「邵姑娘，蕭某有一事相求，還請姑娘成全。」蕭棣點點頭，很直接地說出目的。「姑娘能否告知秀兒的下落？蕭某將不勝感激。」

「蕭爺，我那日也說了，她不是你要找的肖秀兒。」允瓔無奈地嘆氣。「她是有夫之婦，還請蕭爺自重。」

「什麼？她嫁人了？」蕭棣頓時皺了眉，沈聲問道。

「蕭爺，難道你那天不曾看到她一身婦人打扮嗎？」允瓔好笑地問。「我不知道你要找的肖秀兒是什麼人，但我想，是女人都要嫁人的吧？說不定你要找的肖秀兒也成親了呢？蕭爺何必這樣驚訝。」

「妳說得有道理。」蕭棣點頭，只這麼片刻，他已恢復平靜。「邵姑娘，就算她不是肖秀兒，那姑娘能否代為引見，我唯有確認過，才能知道她是不是我要找的人，對不？」

「這我不能答應你。」允瓔搖頭。「我得尊重她的意思。」

「還請姑娘成全，替蕭某問一問，能否一見？」蕭棣有些落寞，倒也沒逼允瓔一定答應。

「蕭爺，我能問一下，那位肖秀兒是你什麼人嗎？」允瓔好奇地問。

「她是我的妻。」蕭棣微笑，聲音低沈，目光中流露些許溫柔，他抬頭看看天空，自嘲地笑道：「直到她離開我，我才知道，在我心裡，其實早已視她為妻。」

啊?!允瓔眨眨眼，不敢相信自己聽到了什麼。

這個這個……這安排見面的事，她還真不能沾，陳四幫他們良多，她不能背著他做挖牆角的事呀；再說了，陳四家的現在可能也不想告訴陳四，她一摻和，怕是要誤事。

蕭棣側頭，看到允瓔的沈默，會心一笑。「是不是覺得為難？」

「我不是為難，而且我又有什麼可為難的？」允瓔避開他的話。「我只是覺得，不知道該怎麼接你的話？沒聽過哪個人如此糊塗的，自己的妻子還不知道？」

「是呀，便是我也覺得荒謬，可事實就是如此。」蕭棣無奈地嘆口氣。「我尋了她整整五年，卻一直沒有消息，這次來泗縣，卻遇到妳們，不管她是不是肖秀兒，我都會弄明白，所以邵姑娘倒是不用著急貨運之事。」

「成。」允瓔點頭。「只是希望蕭爺給個確切的日期，這樣我們也好安排調度，畢竟是小貨行，船隻不多，事情卻是不少的。」

蕭棣欣然應下。

允瓔轉身，原本還想著要不要尋柳媚兒說先回去的事，可掃了一圈，也沒看到柳媚兒，便是邵玉蕊也不曾看到。那邊喬二夫人倒是周旋在眾賓客之間，招呼周到，但允瓔又不想和喬二夫人過多接觸，想了想，還是耐著性子繼續留在院子裡。

蕭棣自去解答別的賓客提出的皮貨問題。

允瓔尋了個地方坐下，便有丫鬟送上茶水糕點，她也不客氣，獨自品著，一邊看著滿院子的熱鬧。

「英娘。」邵大夫人看到她，轉到了這邊坐下。

「大伯母。」允瓔忙起身。

「坐吧。」邵大夫人伸手攔了一下，示意她坐下，掃了周圍一眼，輕聲問道：「妳和喬家少夫人很熟？」

「並不算熟。」允瓔搖頭。

「此人心機太深，妳莫離她太近。」邵大夫人聞言，點點頭。

「大伯母放心，我提防著呢。」允瓔輕笑，心裡一暖。不論邵大夫人出於什麼目的提醒，終歸是把她當成邵家人才會如此。

「雖是柳侍郎之女，卻也只是個庶出，上不了檯面，瞧瞧今日這宴……」邵大夫人說到這兒，見有人往這邊走來，便轉了話題。「我們這就回去了，妳也莫久待。」

「伯母要回了？」允瓔忙問道。

「嗯，要不是妳大伯堅持讓我們過來，今天還真懶得出門。」邵大夫人淡淡說道。

「那我和伯母一塊兒走。」允瓔也早想離開了，聽到邵大夫人的話，忙站起來。

「也行。」邵大夫人點頭，緩緩起身。

允瓔上前扶著她一起往喬二夫人那邊走，很快，邵家幾人都聚了過來。

邵大夫人帶著她們向喬二夫人告辭。

出了大門，允瓔向眾人告別後，匆匆回到家裡，第一時間就去找了陳四家的。

蕭棣要運貨，必定要來貨行接洽，更何況他擺明要查清陳四家的是不是肖秀兒，所以今天遇到蕭棣的事，不能瞞著陳四家的，是避是讓，都得她自己說了算。

「陳嫂子，睡了嗎？」允瓔來到樓上，輕輕叩著陳四家的房門。

「來了。」陳四家的應聲出來開門，看到允瓔有些驚訝，她可從來沒主動上樓來找過。

「大妹子，快進來坐。」

「有事跟妳說。」允瓔微笑著打量陳四家的，也不知是有心事還是因為有孕的關係，臉色微有些黯，眉頭微鎖，顯得鬱鬱寡歡。

「什麼事呀？」陳四家的讓了允瓔進門，順手掩上門，疑惑地問。

「我今天去喬家遇到蕭棣了。他有批貨要運，生意我已經接下，但他說，沒弄清楚肖秀兒的下落，他不會走，他還說，讓我安排妳與他見一面，想認清楚。」

「妳答應了？」陳四家的低垂了眸，就如那日一樣，用鎮定來掩飾她的慌亂。

允瓔細細打量陳四家的，她的直覺，陳四家的必是肖秀兒無疑，只是人家不願承認，她也不好干涉什麼，她來，只是把情況告訴陳四家的，其他的自然是由她自己作主。

「沒有。」允瓔輕笑。「我來只是告訴妳情況，至於妳是不是肖秀兒，不重要。」

「他……都說了什麼？」陳四家的猶豫著，好一會兒，終於問了一聲。

「他說，肖秀兒是他的妻，只不過，等他意識到這點，她已經離開了。」允瓔只是很客觀地轉告蕭棣的話，至於其他，她沒有評說的權利。

「是嗎……」陳四家的臉上流露一絲嘲笑。「早知今日，何必當初呢？」

允瓔驚訝地看著陳四家的，這意思，是承認自己就是肖秀兒了？

「大妹子，幫我安排見他一面吧。」陳四家的苦笑著抬頭，看著允瓔平靜地說道。「有些事，不是想忘就能忘的，捂著，未必能讓傷疤痊癒。」

「嫂子……」允瓔想勸幾句，張了張口卻不知道該說什麼。

「想聽故事嗎？」陳四家的淺淺笑著，走到窗邊，打開窗戶，任陽光傾洩而入，她就這樣站在陽光中，看著外面的天，沈入遙遠的回憶中，聲音幽幽，就好像在述說別人的故事般。

「從我有記憶起，我就在一艘畫舫上，那舫上有很多跟我差不多大的女娃兒，每天一起學琴棋書畫，學女紅、學伺候人的事，遇到他的那年，我十歲……」

允瓔已經聽明白了，陳四家的說的畫舫是什麼樣的場所，她不由沈默，在古時，這樣的事太多太多。

「那天，我因為著了涼，發著燒，還被迫出去獻舞，結果就昏倒在他面前，醒來的時候，卻是在他的船上，他的人告訴我，是蕭公子見我可憐，花了五百兩銀子買下了我。」陳四家的語氣中微微流露一絲歡欣。「我就這樣到了他身邊，可是，我畢竟是個……瘦馬，縱然是在他身邊，也只能是個幹粗活的丫頭。」

瘦馬！

第一百一十章

允瓔的猜想雖就這樣被證實，但心裡仍是震驚了一下。

「我十五歲那年，他接管商隊，蕭公子也就成了蕭爺，老夫人覺得他出門在外，身邊不能沒有照顧的人，便想挑幾個丫鬟讓他帶在身邊，他誰也沒要，只選了我……」陳四家的說到這兒，停了下來。

「這麼說來，他還是個溫情的人。」允瓔嘆了一聲。

「不……他從來就不是個溫情的人。」陳四家的苦笑著搖頭，繼續說下去。「我那時候也曾歡喜過，覺得能待在他身邊，我就擁有了天，他給我取名肖秀兒，肖……取自他的姓，又不是他的姓，而秀兒……很久之後，我才知道，那曾經是他最深愛的一個姑娘的名字，因為我肖像那個與他無緣的姑娘，就成了她的替身。」

允瓔頓時無語，這故事還真夠狗血的。

「我十八歲那年，他要了我，從那時起，我夜夜陪著他……」陳四家的繼續說道，語氣也變得幽怨飄忽。「妳不知道，那個時候我有多喜歡黑夜，也只有在那個時候，我才能感覺到他在我身邊，雖然他就像一把火，吞噬著我的所有，可是，只有在夜裡，他才完完全全屬於我……到了白天，他又變回那個蕭爺，對別人都可以溫和、笑臉以對，偏偏在我面前，卻只有冷漠。」

原來他們還有這樣一段糾結的過往……允瓔看著沐浴在陽光中的陳四家的，心頭泛起陣陣憐惜。

「就這樣過了三年。」陳四家的變得平靜，淡淡說道：「有一天，他從外面回來，大白天的就拉著我進了屋子，發了瘋地要我，可在事情結束之後，卻厭惡地一腳就把我踹開，還說了一通好傷人的話，自那日後連續兩個月，他天天招不同的女子進來，有時候還當著我的面……」

真混帳……允瓔對蕭棣的好感頓時一落千丈，虧他說得那麼深情呢，原來之前做了這樣可恨的事。這樣的男人，憑什麼要幫他！

「縱然如此，我也不曾想過離開他身邊……」陳四家的自嘲地苦笑，回頭看著允瓔。「妳會不會覺得我很髒？很賤？」

「不會。」允瓔搖頭，起身踱到陳四家的身邊。「妳只是愛錯了人，愛了一個不珍惜妳的人，那不是妳的錯。」

「陳四……也是這麼說的。」陳四家的提到陳四，終於，一行清淚落下來。「後來他知道我有孕，竟然親自動手，一腳踹沒了孩子……那一刻我才真的死心，趁著旁人不注意，偷偷跑了出來，原本是想找個乾淨的地方了結自己……結果卻遇上陳四，他聽了我的故事，當時說的話就和妳說的一樣……我不想回去，就央了他帶我離開那傷心地。」

「後來妳就嫁給了陳四哥？」

允瓔安撫地拍著陳四家的肩膀，不去問那些不堪的過往。

「嫁給他也是這幾年的事，有近兩年我們朝夕相處，他連手指頭也沒動我一下。」陳四家的低頭，輕拭著淚花，語氣不自覺地輕柔了許多。

允瓔拍了拍陳四家的，輕聲說道：「嫂子，不高興的事就讓它過去吧，那個男人那麼混帳，妳也不必顧忌他，妳就當他是個屁，就這樣放了吧，以後和陳四哥高高興興地過日子。」

「我還是想再見他一面，這麼多年，我一直疑惑，他那天為什麼會突然改變？」陳四家的搖頭。或許是說出了壓抑多年的秘密，心裡沒了壓力，神情也鬆快許多。「妳放心，這幾天我都細細想過了，以前對他怎麼樣，都是過去的事，我只知道，我現在想和陳四在一起，為他生十個八個孩子；我也只想和你們在一起，在苕溪灣的這幾年，我過得是真正的舒心，不論我怎麼樣肆無忌憚地撒歡，都沒有人對我說三道四……」

「妳想好了？」允瓔贊同陳四家的話，苕溪灣的鄉親們，確實也給了她很多溫暖。

「想好了。」陳四家的點頭。

「那我去安排。」允瓔點頭。「不過那人這麼混帳，我們也不能太如他的意，見面的事，先拖著。」

「都由妳安排，我沒意見。」陳四家的目光柔柔地看著允瓔。「不過，過幾天陳四就回來了。」

意思是不想讓陳四知道嘍。

允瓔瞭然地點頭，拍了拍陳四家的肩。「他明天來談生意，到時候肯定要找妳，妳別出去見他，我另外約他外面見吧。」

「謝謝。」陳四家的感激地笑了笑。

「沒什麼。」允瓔揮揮手，從陳四家的屋裡出來，下了樓，來到貨行找戚叔。

明天就要開業，戚叔正帶人收拾庫房，把每個房間歸置了一下，前面的貨架也按允瓔之前說的，擺上了貨物。

「戚叔，明兒有個叫蕭棣的可能會過來談貨運的事，您招待一下。」允瓔滿意地看著越來越有模樣的庫房。

「要安排什麼時候？需要多少船？」戚叔立即問。

「這個還不知道呢，明兒您問他吧。」允瓔搖頭。

「要是太緊，怕是安排不過來。烏兒弟還沒回來，這新船接不上，眼下我們的船應付之前的客人都不夠呢。」戚叔有些擔心。「要不，太遠的貨我們就回絕了吧？」

「蕭棣這單生意，還有不少變數，且先接著，到時候我們再想辦法。」允瓔想了想，還是覺得先應付著。

這會兒冷靜下來，允瓔倒是從柳媚兒的話中品出了不少訊息。

喬家這次專門在宴會上推廣蕭棣的皮貨，柳媚兒又特意因為蕭棣的貨運問題專門找了她，顯然不論以前蕭棣與喬家生意如何，至少現在，喬家不想失去或是不能失去蕭棣的生意，這對烏承橋來說，未嘗不是個機會。

而且，柳媚兒特意提了蕭棣與大公子交情匪淺，在柳媚兒看來，可能是想試試她的反應，可同時，也讓允瓔察覺了一絲機會。如果蕭棣與烏承橋關係夠鐵，說不定這就是一大助力呢！

至於陳四家的那邊，既然有了決定，允瓔倒不覺得有什麼難了，陳四家的鐵了心跟著陳四，難不成蕭棣還能搶人不成？

允瓔沒發現自己滿腦子都是烏承橋的事，直到入夜，洗漱歇下之後，她卻破天荒地輾轉難眠。不知道他的事情辦得怎麼樣了？有沒有按時吃飯？有沒有按她說的好好保暖？單子霈和陳四兩個大男人，又能不能顧及到他的傷勢剛好？

看著單調的帳頂，摸著身旁冷冰冰的被褥，允瓔無奈地嘆氣。「唉，習慣真是個可怕的東西……」

他此刻是不是也一樣想著她難以入眠呢？

允瓔這樣想著，許久許久之後，才迷糊入睡。

睡眠不好的結果，就是早上起來頭昏昏，只是，今天要開門營業，烏承橋他們都不在，她總不能不起來。

允瓔收拾完畢，輕拍著頭出來，正想去找老王頭問問有沒有什麼緩解的辦法，不想一出門就有人來喊她。「小娘子，外面有客人上門，說要見妳。」

「這麼早？」允瓔驚訝，頭一個就想到了蕭棣。

「是呢，我們剛開門準備放鞭炮，他就來了。」

「我去看看。」允瓔改變方向，快步往貨行前面走。

到了前面一看，果然就是蕭棣，他獨自站在大門外和戚叔敘話，手裡還提著幾個錦盒。阿康、阿明等人也紛紛拿鞭炮和供品往碼頭邊走。今天初六，可不單單是貨行開門，還有船隻，也都要象徵性地動起來，以求個好兆頭。

「邵姑娘早。」蕭棣看到允瓔，立即迎過來，笑呵呵地招呼。

「蕭爺還真的挺早。」允瓔失笑，四下一看，戚叔等人已經準備好了鞭炮，便讓到一邊邀請蕭棣進來。

「趕早不如趕巧，邵姑娘這兒似乎正開門，我正好見識一下你們的風俗民情。」蕭棣客氣地把錦盒遞過來。

允瓔也不客氣地接下，請蕭棣坐下。「蕭爺，你來得太不湊巧了，我家相公不在，我得出去主祭。」

「邵姑娘成親了？」蕭棣有些驚訝。

「蕭爺，你瞧我這身打扮能是沒成親的人嗎？」允瓔自與烏承橋圓房之後，就沒再像以前那樣隨意梳髮。

「抱歉，是我疏忽了。」蕭棣笑道。「那……該如何稱呼？」

「我相公姓烏。」允瓔沒有多說。

「烏家娘子，失禮了。」蕭棣倒是好說話，從善如流。

允瓔笑了笑。此時戚叔他們都準備妥當，她也不廢話，蕭棣想跟她也不攔著，到了碼頭邊，自有戚叔說吉祥話，她只管拜天祭地上香。

噼哩啪啦的鞭炮聲響起，阿康等人一人一船，吆喝著開了船，原本整齊停靠在岸邊的船瞬間散開，分向河道兩邊，煞是好看。

「你們的船都在這兒？」蕭棣看到那又小又破的船，有些不敢置信。

「蕭爺是不是很失望？」允瓔側頭看著他，挑眉問道。「我也說過，我們貨行初開，沒有多少船隻，而且，就目前這些船，都是安排了任務的。蕭爺何時啟程、需要多少船隻、運的什麼貨，還請早些告訴我們，我們才好準備。」

「失望倒不至於，只是有些意外。」蕭棣實話實說，看著在河面上的那些船，笑道：「既然喬家找了妳，我這生意自然也就託給妳了。」

「哪怕是我們接不下，你也不改主意了？」允瓔問。

「我相信以烏家娘子的聰明，既然應下了，就必定能幫我解決這個問題。」蕭棣轉身面對她，微笑著說道。

「你哪來的自信……」允瓔啞然。見戚叔已經著人收拾供品回去，她也自然地跟上去，走了幾步，想到身邊的蕭棣。他可是為了肖秀兒來的，而陳四家的只怕這會兒還不知道他已經來了，她可不能就這樣把人帶回去呀，總得把消息先透給陳四家的，讓人有個準備才好。

想了想，允瓔轉頭看著蕭棣問道：「蕭爺來這麼早，可吃早飯了？」

「不曾，我聽說烏家娘子的一間麵館味道極好，特意趕早來蹭麵的，還望烏家娘子賞一碗。」蕭棣飛快地回答。

「蕭爺不嫌棄就好。」允瓔笑著點頭，朝前面喊了一句。「戚叔，我陪蕭爺在這邊吃麵，您跟廚房說一聲，不用準備我的早點了。」

戚叔不由奇怪，這吃不吃飯的，她從來沒特意交代過呀，不過，戚叔是何等人，回頭看了看蕭棣，高聲應道：「好嘞。」

「蕭爺，請吧。」允瓔指了指楊春娘剛剛搬出來的麵攤，笑著邀請。

「就在這兒？」蕭棣又是一愣，打量了一下那簡易的麵攤子，不過就是一個車子不像車子、攤子不像攤子的麵攤，再就是四張小桌子，寒酸得不能再寒酸。

「是呀，一間麵館。」允瓔暗笑，指著車上的四個大字說道。「下次蕭爺想吃麵，不用跑這麼遠的，也不用起那麼早，我們一間麵館的攤車，在泗縣城裡還有三處。」

「原來……是這樣。」蕭棣看看她，收起了驚訝，從容地坐下。他打量那一間麵館的字跡一番，問道：「這名字倒是特別，可有什麼寓意？」

「哪有什麼寓意呀？只不過是為了混口飯吃。」允瓔胡扯道。「我們行船人家，也沒喝過多少墨水，想不出好名字，所以呀，有好名的也是一間麵館，沒名字的也是一間麵館，就成現在這樣嘍。」

「不知這字是哪家工匠刻的？還挺不錯。」蕭棣指著那字，問道。

「我相公寫的。」允瓔目光一轉，笑看著他的反應。「不錯吧？反正我看著，怎麼樣都比我好，我的字是用爬的，他的勉強能說是寫的。」

楊春娘兩人一邊忙一邊聽著允瓔滿口胡謅，不由噴笑。

允瓔聽到聲音，回頭瞧了她們一眼，吩咐道：「嫂子，來兩碗我們麵館最拿手的麵。」

「好嘞。」楊春娘脆聲應道，和另一名婦人著手行動，誰也沒插嘴。這也是戚叔教給她們的規矩，東家在談生意的時候，不能多嘴，眼下她們雖然想不透允瓔為什麼一直糊弄著這人，但顯然也不是她們能參與的。

「蕭爺，這會兒能說你的生意了嗎？」允瓔這才一邊坐下，看著蕭棣問道。

「我的生意就是皮貨，從關外收了皮子，販往各地，然後帶些當地的特產回去，一路穿江南運河，轉通濟河直到潼關，當然，回程自然也不可能讓你們跑空趟，所以一來一回，最起碼也得兩、三個月。」蕭棣這次倒是配合。「只是，妳這點兒船怕是不夠。」

「往年喬家都出多少船？」允瓔倒也不含糊。

「漕船，五十艘。」蕭棣側頭看了看碼頭，朝允瓔一笑。

「這麼多貨，為何不乾脆用大船？」允瓔奇怪地問。

「有些地方，大船不如漕船靈活。」蕭棣搖搖頭，解釋道。

「麵來了。」楊春娘端上一碗麵，放在蕭棣面前，並遞上一雙筷子。

「先給你們東家娘子。」蕭棣笑著示意，親手把碗推到允瓔面前。

沒想到他還挺紳士呀……允瓔看看他，不客氣地收下。

不過，第二碗很快就端上來，並沒有讓蕭棣多等。

「蕭爺的貨都準備好了？」允瓔拌著麵條，繼續問道。

「泗縣的貨正收著，其他地方也都派人在準備，一路過去正好。」蕭棣笑笑，低頭大口大口地吃麵。

允瓔卻若有所思地看著蕭棣，她覺得，這一次必是他們的良機，若是能趁此次貨運的機會，弄清各水路通向、各地的貨物，這對貨行將來的發展，絕對是有利無弊！

第一百一十一章

吃完麵，允瓔慢吞吞地領著蕭棣回貨行，正式下單總還得到戚叔那兒登記一下細節。

「烏家娘子，不知蕭某說的另一件事，可有著落？」蕭棣見允瓔一直不提肖秀兒的事，此時也有些按捺不住。

「蕭爺說的哪件事？」允瓔明知故問。

「秀兒她……」蕭棣看著她，就算知道她是在迴避，他也無可奈何，只好明說。

但，允瓔根本不給他機會。「戚叔，幫蕭爺記錄一下單子。」

蕭棣只好按捺下心頭的迫切，乖乖配合允瓔的安排，把他這次貨運的生意一一細述。

「蕭爺，問個問題。」允瓔細細看了一遍單子，忽然問道。

「請講。」蕭棣點頭。

「蕭爺這趟單子，經整個江南運河，轉通濟河直達潼關，幾乎橫穿整個天朝，這路上是不是需要什麼手續？往年，是由你們自己負責還是由喬家負責？」允瓔認真地看著他問。

「喬家負責。」蕭棣頗有深意地一笑，目光微閃過讚賞。

「這麼說，我還得去一趟喬家找媚兒……」允瓔微微皺眉。

「無妨，慢慢來就好，我不急。」蕭棣笑呵呵地說道。

「說得是，我也不急。」允瓔失笑，急的只會是喬家。

「小娘子，這船……」戚叔憂心重重，路遠倒是不怕，可是船不夠呀。

「船的事，我來想辦法。」允瓔明白戚叔的意思，安撫了一句，轉頭看向蕭棣，笑道：「更何況，蕭爺這單子的變數，會如何還不知呢。」

「若蕭某之前說的事，小娘子能幫忙辦到，且不說這單子，便是以後的單子都讓你們貨行接了也不是不行。」蕭棣拋出一個誘餌。

「那不太好，這次說好是幫喬家的忙，總不能幫著幫著就撬了人家的牆角吧？」允瓔避開陳四家的那件事，只說喬家。

「生意麼，各做各的，我與喬家也從未簽契，之前合作也是看在大公子的面上，誰料想大公子竟……」蕭棣說到這兒，忽地轉了話鋒。「據說，小娘子的夫君與大公子長得很像，不知道蕭某能否一見？」

「不好意思，我家相公出門去了，不然也不用我出面與蕭爺談這筆單子不是？」允瓔心裡起了警惕。「蕭爺，我相公傷勢初癒，出門也不過是一、兩次，不知蕭爺是從哪兒聽說的？」

「喬家。」蕭棣看看戚叔，手指敲了敲桌子。「小娘子，蕭某還有一事，不知能否借一步說話？」

「這不太好吧。」允瓔眨眼，直接拒了。

「小娘子，我出去安排一下任務，妳先照看一下。」戚叔收拾櫃檯，拿著兩張紙避了出去。

「現在可以說了吧？」允瓔以為他要說陳四家的那件事，嘆了口氣。「你還不死心。」

「秀兒的事，我不急。」不料，蕭棣卻搖頭，坐正了身子看著允瓔說道：「我這次南行，本來是不經過泗縣的，但，我收到信，聽說大公子出事，才特意來此，大公子與我是過命的交情，他的事，就是蕭某的事，所以……」

「蕭爺仗義。」允瓔笑著豎起大拇指，隨即疑惑地問：「不過，蕭爺與我說這些又是何意？」

「小娘子與喬家少夫人相熟，想來也知道大公子的事，不知小娘子……」蕭棣盯著她的目光一動也不動。

「我們貨行開在泗縣，也不過短短數月，來這兒以後，倒也聽說了不少大公子的事，但，無非是大公子如何慷慨、如何識美，至於其他的，我覺得蕭爺還是去問喬家少夫人比較妥當。」允瓔笑道，「好心」地提著建議。「想來，少夫人更清楚這些事。」

「妳也知……」蕭棣正要說話，門外晃進一個人影，他下意識地停下來，一回頭卻發現是他的隨從，不由皺眉。「阿吉，何事？」

「爺，徐公子和付公子在茶樓等您，說是有急事相商。」來人恭敬回道。

「知道了，你且先回，告訴他們我馬上到。」蕭棣淡淡地點頭，打發走了隨從，起身朝允瓔拱手。「蕭某的事，還請小娘子多多費心。」

「蕭爺慢走。」允瓔也跟著起身，卻是避而不答。

蕭棣看著她，有些無可奈何，再次朝她拱手，快步走了。

允瓔站在門口，望著他離開的方向許久，才皺眉回到桌邊坐下，想著蕭棣的事。

「小娘子。」戚叔已經安排任務回來，看到允瓔一個人坐在這兒發呆，便走過來，關心地問：「我們的新船什麼時候能到？」

「戚叔，安排一個人，送封信給柯公子。」允瓔回神，心裡初步有了個想法。

「去柯家？」戚叔一愣。「我們這些人裡怕是都不合適去柯家吧？」

允瓔一聽，想想也對。大夥兒與柯家的衝突可不是一次、兩次，如今單子霈也不在柯家了，說不定還沒見到柯至雲，就被那些狗仗人勢的下人給收拾；再說，她想寫的這封信裡，有些事還是不能讓別人知道的。

「柯公子一時半會兒的怕是回不來。」戚叔坐下來，說起他的意見。「小娘子是想和他商量蕭爺這筆生意吧？」

「是呢，相公他們也不知什麼時候回來，找他們還不如找雲大哥快些；再者，柯家那麼多現成的船，說不定能應急。」允瓔說起她的打算。

「小娘子，這趟生意太遠，我們又是初次去，這一來一回怕是沒個三、五月可回不來呀，接這一趟，其他幾家只怕都要耽誤了。」戚叔也有他的想法，他覺得，走得遠，還不如短途接得勤，最起碼，水路熟、人面熟，隱患就少了。

「戚叔，你不覺得這是一次機會嗎？」允瓔想了想，倒是不瞞著戚叔，畢竟，讓戚叔做貨行的管事，這些調度的事根本就不能瞞他。「這一趟活兒下來，我們至少能對整個運河的情況摸個大概，還有運河兩岸的風土人情、特產物資，也能瞭解個一二，這對我們貨行以後的發展極其有利，只是……」

只是這中間還夾雜了陳四家的和蕭棣的事，讓她遲遲不能下決心。

她總不能踩著陳四夫妻的痛楚去擴大生意吧？

「沒想到小娘子有這樣的志向。」戚叔看著允瓔，忽然了悟，拍拍自己的額頭，失笑道：「既然小娘子心裡有譜，那我就不多說了。」

「戚叔，您也是為貨行考慮，我明白的。」允瓔忙說道。「船的事可以向雲大哥聯繫，但這路上的人，還得戚叔費心，這一路上的事可不少呢。」

戚叔點頭。「我明白。」

「我先去想想怎麼給雲大哥寫信，實在不行，也只能自己跑一趟。」允瓔起身，帶著蕭棣送的錦盒回了房間。開了錦盒，清一色的上好皮子，允瓔隨意看了看，便隨手關上，關到最後一個盒子時，她突然看到皮子下面露出一個小盒子，她忙將小盒子拿出來，裡面卻是一支青玉短笛。

允瓔拿起短笛端詳，那短笛的捏孔處比別處都要光潔發亮，顯然是有人常用的，只是，蕭棣為什麼要用這個來送人呢？

我這次南行，本來是不經過泗縣的，但，我收到信，聽說大公子出事，才特意來此，大公子與我有過命的交情，他的事，就是蕭某的事，所以……蕭棣的話在允瓔耳邊響起，猶如一記警鐘，重重砸在她的心頭。

但此時烏承橋不在，這青玉短笛的來歷也無從可知，允瓔想了半天，還是決定先留下，等他回來，一切自然可知。

但，等了兩天，烏承橋三人也沒有回轉。蕭棣倒是悠閒，每天過來晃上一晃，不找允瓔、不找陳四家的，只是和戚叔閒聊，談談貨行的營生，不過他對允瓔的酒倒是頗有興趣，言談間透露想買一批回去的意思。

戚叔當晚就轉告了允瓔。

「這樣……」允瓔低眸沈思。現在貨行裡有的存貨也只能供應四個酒樓和兩大紅樓，再就是喬家、邵家、關家的一些散量需求，其他的還真沒有多餘備存，蕭棣想要，倒是可以，讓他把銷路帶出去，他們貨行的名頭也就能出去了。但是，這樣一來，就得和陶伯商量，擴大一下產量。

只是，陶伯那邊只有陳四夫妻去過，這會兒陳四跟著烏承橋沒回來，陳四家的又有孕在身，思來想去，也只有她自己去了。

「戚叔，幫我準備幾條船吧，挑幾個人和我一起回趟苕溪。」允瓔下了決定。她也知道她一個人去，戚叔必不同意，倒不如這次去多捎些酒回來；另外，那兒的藤五加和紅菇也得去看看了。

「烏小兄弟他們還沒回來呢，要不，等他們回來再說？」戚叔有些不放心。

「他們還有事要做，一時半會兒的怕是回不來。」允瓔搖頭。「蕭爺這邊，說不定哪天就走，我們怎麼著也得先試一試，實在沒那個能力了，再回了喬家不遲。」

「那行，我挑幾對夫婦陪妳一起去。」戚叔考慮周全。允瓔到底是婦人家，總不能讓幾個大男人陪著上路。

允瓔點頭。戚叔自去準備。

允瓔也開始準備。屋裡沒人，為防別人誤闖看到喬大夫人的東西，她想了想，把所有有關的全都移進空間裡，連日用所需也放進空間，一切準備妥當，才熄燈歇下，想著烏承橋和蕭棣的這單生意漸漸睡去。

第二天一早起來，戚叔已經給她準備五條船，她那漕船被烏承橋他們撐走，餘下的也都是小船，撐船的人除了田娃兒還有兩對憨厚夫妻，另外，戚叔還讓自己的大兒子一起上路，並讓楊春娘歇了幾天陪著允瓔一起。

允瓔和楊春娘同撐一條船，其他幾人都撐了自家的船跟在後面。

一路倒是順風順水，很快就到了石陵渡。

「柯家在哪兒，你們知道嗎？」允瓔決定先去柯家，找柯至雲商量一下再行動。

「只知道個大概。」田娃兒撓著腦袋。「要不，我先去打聽打聽？」

「那就辛苦田大哥。」允瓔連連點頭，這樣再好不過了。

田娃兒立即上岸，找商鋪打聽去了。

柯家在這一帶的名聲極大，倒是極好打聽，沒一會兒，田娃兒就回來了。

「問到了，他們就在附近的莊園裡，往苕溪方向走，半個時辰就到了。」田娃兒跳上船，在前面領路。

「往日聽到柯家就避，沒想到今天我們倒是找上門去了。」楊春娘一邊搖船一邊笑道。

「三十年河東，三十年河西。」戚叔的大兒子戚豐池在後面接著他媳婦兒的話。「柯家總算祖上有德，出了柯公子這樣的子孫，才不至於把柯家給敗光了。」

「誰說不是呢，這柯家多虧出了柯公子，要不然惡事做盡，他日必遭天譴。」戚豐池身後的船家也頗有同感。

說說笑笑間，一行人來到柯家莊外的埠頭，遠遠就看到那兒停滿了漕船，埠頭上那大大的柯字倒是讓允瓔幾人省了不少事。

「這柯家，怎麼弄得跟占地為王的綠林好漢似的。」允瓔看著埠頭上那高高的字，不由噴笑。

不過，笑歸笑，遠遠看去，茫茫田野間，一條筆直的大路直通裡面的村莊，一座座白瓦青磚的高牆大院錯落有致地落在那邊，周圍還修了不少民房，倒頗有大村莊的氣派。

允瓔幾人的船剛剛靠近埠頭，立即有人從一條船上竄出來，指著他們大聲喝問道：「什麼人！」

允瓔幾人抬頭看去，只見一個家丁雙手扠腰站在那兒，一臉警惕。

「欸，你吼什麼？快去告訴你們家公子，五湖四海貨行來訪。」田娃兒嗓門比那家丁還大。

「五湖四海貨行？」那家丁皺眉撓了撓腮，忽地恍然大悟，指著允瓔幾人問：「就是我們公子在泗縣那個貨行裡的人？」

「沒錯。」田娃兒點頭。這柯家裡，除了柯至雲，他還真不把其他人看在眼裡。

「你們怎麼來了？」家丁驚訝地問。

「怎麼？我們就來不得？」田娃兒粗聲粗氣地問。

「來得來得，你們來得真好。」家丁一改剛剛的不善，連連點頭，一邊快步跳到埠頭。

「我們公子正煩心著呢，你們一來，剛好可以勸勸他。」

「出什麼事了？」允瓔皺眉。

「唉，我們老爺快不行了，這人還有口氣呢，這不，偏支旁支的，三姑、四姨的都來了，說是怕我們老爺有個好歹，到時候來不及報喪，其實呀，就是怕來晚了分不到湯喝。」家丁嘆氣，老實說道。「公子心煩，把那些人全趕走了，又讓我們在這兒輪流盯著，要是那些人敢再來，就讓我們及時通知他，他好準備菜刀剁人。」

「準備菜刀剁人？」允瓔錯愕地看著他們。

「是呀，我們公子是這樣說的。」家丁點頭，日光落在允瓔身上，微一凝眸，指著她瞬大了眼睛。「我認得妳，妳……就是那個船被燒了，導致我們公子離開的那個小娘子！」

「既然認得，那我們能不能進去？」允瓔只覺得滿頭黑線。

「請請請。」家丁打量允瓔一番，讓開了路。「我得守在這兒，就不領你們進去了，你們順著路到莊中最大的院子前，公子就住在那兒。」

「幫我們看一下船。」允瓔笑了笑，指了指他們的船，先跳上埠頭。

田娃兒等人拴好船，跟在後面。

「柯家真的是氣數盡了，柯老爺還沒死，就鬧出這樣的事，也真難為了柯公子。」楊春娘嘆道。

「也是柯老爺的報應，按我說，沒了柯家的臭名，柯公子說不定還能活得更自在些。」戚豐池卻另有想法。

「是呀，拋開這些枷鎖，雲大哥必能走得更好。」允瓔也是唏噓不已。

柯至雲得到消息，匆匆迎了出來。

「雲大哥……」允瓔一抬頭就被柯至雲那一臉的憔悴驚到，那雙黑眼圈，都能趕得上貓熊了。「你怎麼成這樣了？被人打了？」

「真是妳呀，我還以為聽錯了。」柯至雲看到允瓔，疲憊的臉上頓時泛起笑容，張著手就迎上來。「看到你們，我就是死了也能活過來了。」

允瓔退後一步。她當然知道柯至雲不會真的沒分寸地抱上來。「這才過了年，怎麼說這樣的喪氣話？」

「你們不知道，我這個年都是怎麼熬過來的。」柯至雲張著手到了允瓔面前，見她不躲不避，很自然就朝一旁的田娃兒和戚豐池去了，有些誇張地說道。「看到你們實在是太好了，真的，真的！」

「真的……我還煮的嘞。」允瓔沒好氣地吐槽，看了看跟在後面一點也沒有迴避之意的錢發，朝柯至雲問道：「到底怎麼回事？來你們家，大門還沒進就跳出個哨兵，你家難不成真是什麼綠林好漢莊？」

「當然不是。」柯至雲咧著嘴，這一笑，兩個黑眼圈就特別明顯，惹得允瓔多瞧了兩眼。

「柯公子，你不會好幾晚沒睡了吧？」楊春娘也是個爽直的性子，指著柯至雲就很直白地問：「老爺子怎麼樣了？」

「別提了……」柯至雲正要說，忽地轉身看了看後面的錢發，皺眉冷聲說道：「還杵著幹麼？趕緊去準備午飯，沒看到有貴客啊？」

「是，公子。」錢發倒是不生氣，奴性十足地躬身，退了出去。

「怎麼回事？」允瓔幾人面面相覷，這一幕，明顯有問題呀。

第一百一十二章

「唉。」柯至雲一聲長嘆，將他們迎進大廳，自己走到一張椅子上，很沒形象地癱坐，然後有氣無力地拍著一邊的椅子。「你們坐，都坐。」

允瓔幾人紛紛落坐，等著柯至雲的解釋。

「唉，老頭子確實快不行了，可偏偏這會兒還不能真死了。」柯至雲一開口，就讓允瓔幾人錯愕不已。

「等等等等等——」允瓔豎起手掌，一迭連聲說道。「你剛剛那話是什麼意思？什麼叫快不行了，這會兒還不能真死了？」

「老頭子還沒死，這後面就跟了一大群人，個個都說是柯家人，個個都說柯家的財產他們有份，而我和柯家脫離關係，所以沒資格在這兒，更沒資格拿柯家半文錢。」柯至雲的語氣裡透著深深的厭惡和疲憊，他仰坐在椅子上，隨意地伸著雙腿，抬起雙手捂著自己的臉，狠狠地搓了搓。「年初三那天，我本來就想回去了，誰知道去看老頭子的時候，他竟然……被人投毒，你們說，那些人還是人不？」

「啊？」允瓔驚呼，居然還有這樣的事。

「我也知道，老頭子該死，可是，他都這樣了，想活也沒幾天可活了，他們居然就……就這樣迫不及待，這兩天更是把莊裡鬧得雞飛狗跳，我真煩了。」柯至雲說著，無力地垂著雙臂。

「所以，你就一直守在老爺子身邊，不眠不休，就成現在這副鬼樣子了？」允瓔呼出一口氣。

「嗯。」柯至雲有氣無力地應。「昨兒，我實在受不了，就脫口把整個柯家都給了他們，把他們都趕出去，讓他們自己狗咬狗的分去。」

「什麼？你把整個柯家都給人了？」田娃兒驚呼，有些氣憤。這幾個月的相處裡，他們對柯至雲已有朋友之誼，這會兒聽柯至雲讓出整個柯家，他立即站在柯至雲這邊打抱不平。

「你和老爺子再怎麼不和，那也是柯家公子，他們憑什麼？」

「跟他們掰不清的，更何況柯家的東西，我還真不想要。」柯至雲苦笑，坐了起來，轉移話題。「你們怎麼來了？貨行還好嗎？對了，烏兄弟怎麼讓妳一個人出來了？他放心啊？」

「他和……陳四哥去看新船了，還沒回來，貨行別的都還好，就是接了一單生意，我一時也沒人可商量，就來尋你了。戚叔不放心，加上我們果酒也不多，便讓幾位大哥大嫂陪我一起。」允瓔很快說完，不給柯至雲轉移話題的機會。「雲大哥，本來呢，身為外人，也不好對你的家事多說什麼，你不想要柯家的東西，我們能理解，但做法，我覺得不妥。」

「妳有主意？」柯至雲縮起雙腿，盤坐在椅子上，轉向允瓔認真地問。「說來聽聽。」

「你也知道的，柯家的不少……河塘河灣什麼的，都是怎麼來的。」允瓔儘量避開不好聽的用詞，說得婉轉。「你們家的那些親戚，我也沒見過，不好評說，我只說我自己的看法。」

「沒事，妳只管說。」柯至雲無所謂地揮揮手，他要是不知道這些，怎麼會心灰意冷地離開柯家？

「能下毒謀害垂危老人，能在人未嚥氣前謀人家財，想來，這些人的人品也不怎麼樣了。」允瓔本來也沒打算說一半留一半。「你覺得，你把柯家的家業分給他們之後，他們會怎麼做？很有可能就會出現第二個柯老爺，而受苦的，只會是那些無家可歸的船家們，就比如我們。」允瓔指了指自己與田娃兒他們。

柯至雲點頭，看了看田娃兒幾人。

「你可以讓出柯家的祖業，那是柯家的，他們柯家人有份，但其他的……」允瓔說到這兒，朝柯至雲揚了揚下巴。「你應該懂的。」

柯至雲眼睛一眨不眨地看著她，好一會兒才轉頭去看田娃兒幾人，漸漸露出笑容。「明白……」

「還有喔，分家麼，除了財產分給他們，債當然也要分嘍，總不能他們都得了好處，讓你這個已經不是柯家人的去負責還債吧？」允瓔賊賊地笑著。「還有老爺子的……後事，財產都被他們分了，這後事自然理所應當讓他們出錢操辦吧？當然，你好歹是老爺子的兒子，再怎麼斷，隔不斷血脈相承，這披麻戴孝的事還得你自己來。」

「我明白了。」柯至雲不由笑了，指著允瓔說道：「剛剛聽他們說五湖四海貨行的人來了，我就知道我的救星來了。」

「至於辦後事要不要風光？這欠的債……這些事，你肯定比我精，我也就提個建議。」允瓔說到這兒。「雲大哥，你家的船賣不賣？」

「嗯？」柯至雲正順著她之前的話在想事情，豈料，她突然冒出這一句，頓時愣住了。

「柳媚兒之前喊我去喬家，讓我幫她一個忙，接了個單子，需要五十艘漕船運貨去潼關，我這次來，是特意和你商量這件事的……」允瓔還沒說完，便聽到院門口腳步聲匆匆而來，她及時停下來，轉頭看去。

只見錢發急匆匆地低頭跑進來，臉色有些驚惶。「公子，老爺去了。」

「你說什麼？」柯至雲瞇起眼盯著錢發，雙腳也漸漸放下來。

「老爺去了。」錢發顯得極悲傷，垂首站在一邊。

「走。」柯至雲頓時沈了臉。他才出來，老頭子就去了，這中間……他沒來得及招呼允瓔幾人就跑了出去。

允瓔朝田娃兒等人使了個眼色，疾步跟上。

走到門口時，錢發伸手將她攔住。「幾位客人還是在此稍候吧。」

「錢發！」柯至雲卻去而復返，站在門口陰沈地看著他。「老頭子死了，我還沒死呢！」

錢發目光微閃，緩緩放下手。

允瓔睨了錢發一眼，狠狠地一腳踩過去。

而跟在允瓔身後的田娃兒更是很不客氣地直接撞過。

錢發被撞得側退了幾步，怒日看著允瓔等人。

「錢發，記得，下次千萬千萬別擋住別人的路。」允瓔回頭瞧了一眼，淺笑著說了一句，快步跟上柯至雲。

允瓔幾人跟著柯至雲直奔柯老爺住的主院，那兒已經哭聲一片，院子裡家丁、丫鬟們跪了一地，個個嚎得驚天動地。

柯至雲嘴上百般不承認柯老爺，可是這會兒卻是父子天性，拋下允瓔幾人，他已經衝進房間。

允瓔從人群間走過，跟著進了屋，屋裡也是一屋子的人跪著，個個俯身痛哭，反倒身為兒子的柯至雲冷靜地站在榻邊，查看著柯老爺身上的痕跡。

「公子，不用看了，是我動的手。」這時，裡面響起一個平靜無波的嬌柔女聲。

允瓔和田娃兒幾人不由面面相覷。

「為什麼這麼做？」柯至雲緩緩拉上被子，淡淡地問。

「因為我恨。」那女子應道。「如果不是他，我們本來可以很幸福，說不定孩子都大了。」

「這不是妳能殺他的理由。」柯至雲居然一點也不顧忌滿屋子的人。

允瓔卻是皺了皺眉，回頭看了看滿地的人，揮揮手，低聲說道：「還不出去準備你們老爺的壽衣？」

「出去出去。」田娃兒也幫著趕。把人都趕出去後，他們幾個也退出來，守在外面院子裡。

那些家丁、丫鬟們被趕出來之後，抬頭看到他們幾個陌生面孔，才愣了一下。「你們是誰？」

「你們公子的朋友。」允瓔淡淡掃了他們一眼。「現在不是問我們是誰的時候，你們老爺剛走，難道你們不用去準備後事嗎？」

「快去準備。」這時錢發也追尋而至，他陰鬱地看了看允瓔等人，揮揮手。

滿院的人都紛紛退出去，各自去忙碌。

錢發看到這一幕，又看看允瓔，頗有些得意，抬腿就往這邊過來，想要進屋去。

「錢管事，雲大哥並沒有召你，你還是在這兒好好等著吧。」允瓔伸手攔住房門。

她依稀知道柯至雲有個喜歡的人被他父親給搶走當了姨太太，此時，她也大概猜到裡面那個女人的身分，所以，她不認為此時他們的對話適合讓別人聽到。

「小娘子，這兒是柯家，妳是客人。」錢發斜扯著嘴角，皮笑肉不笑地看著允瓔。

「沒錯，我們是客人，你現在是主人，那麼，你不知道什麼叫待客嗎？」允瓔立即反擊。「更何況，裡面的是我們的朋友，他的事，就是我們的事。」

「小娘子，妳管得未免太寬了吧？」錢發皺眉，目光看了看允瓔身後的房門。

「我素來不愛管閒事，但今天，我管定了。」允瓔撇嘴。

這個錢發的囂張似乎有些不太尋常呀。

「小娘子，柯家的事妳管不了，我勸妳，要不想惹麻煩，還是趁早走吧。」錢發陰陽怪氣地說了一句，作勢就要上前來推開她。

「你想幹什麼？」田娃兒和戚豐池一左一右站到允瓔面前。

「自然是準備後事。」錢發冷笑，也不知道是從哪裡來的底氣。

就在這時，允瓔身後的門開了，柯至雲冷著臉出現在門口，看著錢發說道：「在這兒吵什麼？還不去準備後事？」

錢發悻悻地離開，允瓔退到一邊，擔心地看著柯至雲。

「我沒事。」柯至雲留意到他們，搖搖頭。

錢發雖然可惡，但辦事效率還是不錯，又或許是因為柯老爺子的後事早就開始準備，沒多久，他們都回來了，給柯老爺淨身換衣，佈置靈堂。

允瓔幾人被柯至雲安排到他的小院裡，他也不去靈前守著，只在自己的院子裡悶頭坐著。

「柯公子，有什麼需要我們幫忙嗎？」戚豐池主動問道。

「有件事，還真得你們幫我一把。」柯至雲低聲開口。

「你只管說。」戚豐池忙說道。

「幫我去泗縣報官。」柯至雲正色說道。

「你確定？」允瓔嘆氣。

「確定。」柯至雲一點也不意外允瓔這麼問，剛剛允瓔在屋裡助他，那人都聽到了。

「行。」允瓔轉頭去看田娃兒幾人。「田大哥，之前你和陳四哥去過陶伯那兒吧？反正大家都留在這兒也幫不了什麼大忙，你們先去陶伯那兒運酒，乘機去報信，記得要快。」

這樣，也能引開錢發等人的注意。

「沒錯，我要告的人就是錢發。」柯至雲讚賞地看著允瓔。他就知道她能懂他的話。

「這樣，我們幾個女的留下來陪大妹子，你們去。當家的，你撐船快，趕著回泗縣。」楊春娘在邊上建議道。

「嫂子留下陪我就行，你們都去，萬一錢發使壞主意，你們人多也好糊弄他們。」允瓔就怕錢發又使陰招派人跟著他們，這樣的事，他也不是沒幹過。

「放心，我們明白。」田娃兒點頭。這種事，他們懂。

「先吃了飯再走吧。」柯至雲感激地朝幾人拱手。

允瓔幾人誰也沒有問錢發做了什麼，也沒問剛剛那個女子是誰，他們只是安靜地陪著。

柯至雲讓人做了飯菜送到院子裡，吃過了飯，才親自送他們出去。

柯家莊的埠頭這會兒倒還安靜。

「幾位，實在不好意思，家中有喪，未能好好招待。」柯至雲拍著戚豐池的手臂，感激之情不言而喻。

「柯公子節哀，我們還有事，先告辭了。」田娃兒幾人揮揮手，紛紛解了船離岸。

「田大哥，回去與戚叔說，我們在這兒幫雲大哥幾天，貨行裡的事就麻煩他老人家多顧著些了。」允瓔揮手叮囑道。

「放心吧，我們會處理好的。」

送走了田娃兒幾人，柯至雲才沈默地領著允瓔和楊春娘回轉，走到半路，他對允瓔說道：「邵姑娘，妳們兩個女子住我院裡多有不便，不如，我送妳們去我文姨娘那兒暫住吧？」

「好。」允瓔沒意見，她覺得柯至雲這麼安排，一定有原因。

「文姨娘這些天一直守在老頭子榻邊，也累了，還請楊大嫂一會兒幫忙做碗陽春麵給她。」柯至雲又道。

一直守在老頭子榻邊……應該就是剛剛和柯至雲說話的那位吧？

允瓔若有所思地點頭。

「放心，我們最近做的酸菜麵可開胃了，一會兒我就給她做。」楊春娘乾脆地應道。

「柯公子要不要來一碗？」

「不用了，老頭子走了，也沒我什麼事，我想先去睡一覺。」柯至雲搖頭，打了個哈欠。

他的困乏倒不是假的，瞧他那黑眼圈，還有眼裡那血絲，可不是裝出來的。

很快，柯至雲便把她們帶到內院一個叫馨園的小院子裡。

柯至雲站在門口沒進去，朝屋裡喊了一聲。「翠玲。」

「公子。」屋裡聞聲跑出來一個丫鬟，一看到他，驚喜地喊了一聲，朝屋裡看了看。

「這兩位都是我的朋友，我那兒不方便，還請文姨娘幫忙照顧幾天。」柯至雲指了指允瓔和楊春娘兩人，淡淡說道。

「這……」翠玲打量著允瓔，猶豫了一下。

「請進來吧。」翠玲的身後出現一位素衣打扮的婦人，聽聲音，就是之前聽到的女聲。

柯至雲看了看允瓔，目光中隱隱的託付之意。

「回去好好歇著吧，這兒有我們。」允瓔安撫地笑了笑，催柯至雲回去休息。

柯至雲點頭。他必須要去休息了，因為，不消多時，那些人一來，他就睡不成了。

等他離開，允瓔和楊春娘轉身迎向那位文姨娘，只見她看著柯至雲背影的目光，泛著淚意。

「見過文姨娘。」允瓔客氣地福身。

「兩位請。」文姨娘倒是一副溫婉模樣，只是那臉色有些憔悴，神情間抹不去的憂傷。

「打擾了。」允瓔點頭，和楊春娘互相看了一眼，走進去。

「翠玲，把隔壁兩間屋子收拾出來，招待兩位貴客。」文姨娘打發翠玲出去收拾，逕自來到桌邊，請允瓔兩人坐下，打量著她問道：「我若猜得沒錯，妳就是邵姑娘吧？」

「文姨娘，我以前見過妳嗎？」允瓔問得婉轉。

「不曾見過。」文姨娘搖頭。「我是猜的，之前那次，我聽說公子為了一位邵姑娘的船和家裡斷了關係，今天見到兩位，我便猜應該是妳。」

這樣都行……允瓔無語。

第一百一十三章

「妳誤會了，我和我相公都是雲大哥的朋友，那次的事，只不過是雲大哥覺得愧疚，和柯老爺的決裂也是事出有因。」允瓔解釋著。

「是呀，他們父子之間，有太多太多……說不清楚的孽帳。」文姨娘嘆氣，神情鬱鬱。

柯家父子之間，可不就是孽帳……允瓔深深看了文姨娘一眼，把心裡的好奇壓下去。揭人傷疤的事，還是別幹了。

翠玲的動作很快，不到半個時辰，兩間乾乾淨淨的客房便收拾出來，文姨娘親自送了允瓔和楊春娘到隔壁房間，安頓好後才回了自己房間。

就這樣，允瓔和楊春娘提著心在柯家住了兩天，她們以為，柯家那些親戚們必定會很快上門，錢發一定會很快動手，沒想到，這兩天卻是風平浪靜。

柯至雲沒有出現，文姨娘也是足不出戶，守靈都沒有去，整日裡待在房間裡對著佛像唸經。

就這樣過了兩天，柯家終於熱鬧起來。

「姨娘，公子派人來請妳過去呢。」翠玲匆匆跑進院子，喊著進了文姨娘的屋子。

「叫我做什麼？」文姨娘的聲音淡淡地傳出來。

允瓔和楊春娘聞聲從房間出來，站在院子裡觀望。

「柯家的親戚都全了，公子請各位姨娘們都出去，說是分錢。」翠玲急急說道。「文姨娘，快去吧。」

「分錢……呵呵——」文姨娘嘲笑的聲音響起，過了一會兒，她嘆了口氣。「走吧。」

允瓔和楊春娘自然是陪在文姨娘身邊。幾人一路緩行，在二門處與柯老爺其他幾位姨娘相遇，其他幾個姨娘倒是個個戴了孝，神情哀傷。

文姨娘看到她們，停下腳步退到一邊，等著前面幾位出去後，才跟在最後。

等她們來到前院靈堂，還沒進門，就聽到裡面嘈雜的人聲。

「文姨娘，我們就不進去了。」允瓔和楊春娘停在門口。到底是柯家的家事，要不是擔心柯至雲，她也不會跟著過來。

文姨娘點點頭，帶著翠玲進去。

允瓔和楊春娘留在外面，看著滿院的人，雙雙嘆氣。誰家遇到這樣的事，心裡也會不舒服，不知道柯至雲怎麼樣了？

允瓔探著頭，踮著腳往裡看，只見柯至雲一襲白衫站在靈堂中央，邊上已經坐了七、八位老頭子，想來應該是柯家長輩們。

此時，幾位姨娘們已經進去，不過，她們也沒有資格站在那些老頭子邊上，都聚在臺階下。往日掐酸拈醋的姨娘們，這時倒是有同仇敵愾的氣勢，均皺眉看著那些吵著要分柯家家財的人們。

柯至雲抬頭看到文姨娘，卻沒見到允瓔和楊春娘，不由皺眉，走過去，問了文姨娘兩句，目光轉向院外。

允瓔瞧見柯至雲還挺精神，也不再探望，退離門邊。

可沒想到，沒一會兒柯至雲卻走出來。「邵姑娘、楊嫂子。」

「休息好了？」允瓔笑著打量他。「看起來精神多了。」

「睡了兩天。」柯至雲側身。「裡面坐吧。」

「還是別，你家的家事，你只管自己去忙。」允瓔搖頭。

「除了柯家人，我還請了保長和幾位鄉紳作證，妳是關大人的表妹，這身分不出來作證可惜了。」柯至雲也是隨興的性子，想到就做。「請。」

「怎麼還扯出關大人來了……」允瓔無奈。她可不想扯著關大人的大旗做任何事。

「這有什麼，反正關大人也快……」柯至雲說到這兒停下來，側頭瞧了瞧滿院子關注這邊的人，低聲說道：「他們這麼多人，我就一個，妳們好歹也給我撐撐腰唄，讓妳見識見識，什麼是真正的敗家子。」

「好吧。」允瓔聽出他聲音中的絲絲自嘲，點點頭。

「請。」柯至雲拱手，恭恭敬敬地迎了允瓔進去，楊春娘自然是跟在身後。

到了裡面，柯至雲朝左邊幾位老人行禮，介紹道：「保長，這位是縣太爺的表妹邵姑娘，也是我生意上的合夥人，我想請她一起與保長、幾位鄉紳給我們柯家見證。」

「原來是縣太爺家的貴戚，失敬、失敬。」幾個老人紛紛起身，態度之鄭重，倒是讓允瓔受寵若驚。

「這位是保長。」柯至雲一一為允瓔介紹，連右邊的老人也沒漏下。

允瓔一一行禮，明瞭這些老人的身分，左邊的是證人，右邊的都是柯家長輩，輩分最高的老祖宗，柯至雲的爺爺都得稱太爺。

「那邊坐。」柯至雲指著最上面的位置。

「別，我還是坐外面。」允瓔把頭搖得如同撥浪鼓。

「行吧。」柯至雲點頭，親自把上面的太師椅給搬過來，放到鄉紳們的最外面。

允瓔在眾人的注視中坐下，難得地不自在起來，可想想柯至雲的話，她只得硬著頭皮淡定下來。他在柯家已經沒有援手，身為朋友，在邊上給他打打氣也是必須的。

「好啦，不要再磨磨蹭蹭的。」柯家那位重重地頓了頓手中的枴杖，冷哼著催道。

「老祖宗，莫急，我既然答應了，必定會兌現。」柯至雲長身而立，緩緩轉身對著柯家族人淡淡一笑。「不過，老祖宗，在分家之前，我還有一件事要處理，您，應該不會阻攔吧？」

「何事？」老祖宗沈聲問。

「老頭子已經不在了，柯家也即將分崩離析，那麼這些姨娘們，還有這些家丁、丫鬟們也就沒有留下的必要了，老祖宗您說是不是？」柯至雲指著那群姨娘們。

「家丁、丫鬟們自然沒有留下的必要了，只是這些姨娘們，既然進了柯家的門，就是柯家的人，她們不能離開。」老祖宗不意外是個老頑固。

「老祖宗，這些是我家老頭子的姨娘們，難不成你們也想分？」柯至雲聞言，突然笑了。

「放肆！這麼大逆不道的話，你居然也說得出口！」老祖宗頓時激動起來，頓著枴杖疾聲呼道。

「老祖宗，我問的可有錯？柯家都沒了，留著她們，誰養活？」柯至雲似笑非笑地環視眾人。「既然是分家，難道只是拿銀子嗎？」

「你到底想說什麼？」老祖宗身邊一叔公輩的老人皺著眉問。

「叔公莫急。」柯至雲轉向保長。「請問保長，這分家，除了銀子，是不是還得算一算其他東西？」

「沒錯。」保長點頭。「除了家財，家中若有債務、老人的贍養問題，都當一一細說。」

「你想如何安置她們？」那位叔公隱了怒氣。當著這麼多人，他們就是想分幾位姨娘，那也說不出口呀。

「老頭子人都死了，留著她們幹什麼？」柯至雲轉身，來到眾姨娘身邊，溫和地問：「各位姨娘們若是願意離開柯家，至雲當奉上白銀三百兩，從此，妳們便是自由身。」

「我們……」眾姨娘們面面相覷。

「柯舒。」柯至雲也不多說，高聲喚了一句。

大廳裡面，立即有人帶著幾個抬箱子的家丁出來，把箱子打開，裡面卻是小箱子，帶頭的那個小廝拿起其中一個，送到柯至雲手上。

柯至雲接過，打開小箱子，捧到眾姨娘面前。「裡面已有休書一封，雖是我代寫，但蓋的是老頭子的印鑑，從此以後妳們都自由了，回鄉也好，另嫁也好，都與柯家無關。」

「我們……」眾姨娘還是猶豫著。

文姨娘站出來，她看了看柯至雲，卻沒有接他手上的小箱子，而是拿起最上面的那封休書，打開瞧了瞧，放回去，逕自走向那大箱子，一箱箱的翻找，尋到她那份後，她拿著休書，捏起一錠銀子，直接走到翠玲面前，把銀子給了翠玲，逕自離開，一句廢話也沒有。

有了文姨娘的帶頭，其他幾人更是不猶豫，點頭表示答應離開。

柯至雲示意柯舒將這些小箱子一一發下去，這些姨娘們拿到自己的那一份，帶著丫鬟散去。

院子裡的人看到那一箱箱的銀子就這樣少了，一個個都在皺眉，那目光……

允瓔不由嘆氣。

「餘下的，按著這張單子發。」柯至雲從懷裡取出一張紙交給柯舒。

柯舒接了單子，又和人抬了餘下的銀子下去派發了。

「現在，你可以說正事了吧？」老祖宗自視德高望重，今天這樣的場面，就應該由他來鎮場子，所以還不待柯舒下去，他便催促起來。

「老祖宗莫急，我這不正辦著正事嘛。」柯至雲卻笑嘻嘻的，似乎忘記眼前坐著的這位是柯家老祖宗，一轉身，從懷裡掏出一張小帖子，雙手奉到保長面前。「喏，這是我兩天整理出來的帳清單，上面列數了柯家所有家產、田地、商鋪，保長，請過目。」

保長打開看了看，拿出他懷裡的一份單子對照一下，點點頭。

他身為保長，轄下鄉民們有多少土地、多少產業都是有登記的，接到柯至雲的邀請後，他就把柯家的家產歸整好，抄錄出來，而柯至雲這份，當然是柯家記錄在案的清單，雖然有些差別，但也沒什麼打緊。

「各位都看看。」保長看完，把兩份都遞給身邊的鄉紳們，同為作證人，今天當然都得出來擔一份責任。

鄉紳們湊到一起，比對著看了好一會兒，確認兩份單子大同小異，紛紛點頭，最後交給允瓔。

允瓔愣了一下，怎麼還讓她看？

柯至雲站在那兒，笑著朝她抬手。

好吧，她也是作證人，還真是榮幸……蹚了這麼深的水。允瓔雙手接過，無奈地端詳起來。

院子裡的眾人一瞧，隱隱有些躁動。

「邵姑娘。」保長此時笑著轉頭看向允瓔。「我們幾個老頭子眼睛也有些看不清了，這單子，就煩勞妳唸一唸吧。」

「我？」允瓔張口結舌了，指著自己的鼻子愣愣地問。

「是呀，邵姑娘必定識字吧？」保長笑咪咪地看著她。

「識……」允瓔點頭，無奈地看著柯至雲。

沒想到，柯至雲卻還是笑嘻嘻地站在那兒，一點幫忙的意思都沒有。

眾目睽睽之下，允瓔也不可能瞪他太久，想了想只好硬著頭皮起身，拿著那單子開始唸。「柯家莊子，共三處，分別在苕溪柯家莊，王莊……」

一長篇唸下來，允瓔還真不得不讚嘆柯家有錢，唸了小半個時辰，總算把單子上列的都唸了一遍。

其中，莊子三處，宅院五處，田地一千三百餘頃，商鋪三十八家，魚塘十一處，當然，這其中並不包括那些沒有記錄在冊的。

唸到那上面的魚塘，允瓔特別關注了一下，還好，沒有苕溪灣。

柯家眾人都聽得分外認真，只有老祖宗一直閉著眼睛晃著腦袋，這會兒聽到允瓔停下來，才睜開眼睛看向這邊。「沒了？」

「這上面的，都唸完了。」允瓔老老實實回答。她確實給柯至雲出了主意，但，其他的她就不知道了，說罷，她起身把單子送還給柯至雲。

「怎麼就這麼少？」老祖宗皺著眉，一臉不相信。

「老祖宗，當初我太爺爺那代，從柯家分到的也不過是一座宅子，五間鋪子，二百頃的田地，還都不是良田，您聽聽我這單子上列的，可都是我太爺爺分家以後幾代人攢下來的，如今，分文不取全給你們，您，還不滿足嗎？」柯至雲說到最後，語氣也變得冷冽起來。

老祖宗這才閉上嘴，悶聲不語。

「至雲，你確定上面已經列全了嗎？」那邊上的叔公開腔問道。

「叔公，您覺得還少了什麼？」柯至雲冷笑。
「柯家……明明不止這些的。」叔公脹紅了臉，卻還是說了出來。
「您說的，是我家老頭子這些年作惡掠來的那些嗎？」柯至雲直接補上他後面的話，帶著些許嘲諷地問。「那些不乾淨的財，敢問叔公，你們也敢來分嗎？」
「這……」叔公的臉頓時憋得通紅。
「那些，你當如何處理？」保長覺得，他不得不說一句了。
「回保長，我已經吩咐人撤回所有與柯家無關的東西，那些原來是誰的，還是誰的。」柯至雲轉身回了一句。「所以，這些要分的、能分的家產全在這上面了。」
「不對，那上面沒有柯家的漕船。」人群裡，不知道是誰喊了一聲。
「沒錯，還有石陵渡的酒樓，也沒有記在裡面。」
「那些漕船，還有那酒樓，是我娘的嫁妝，怎麼？連我娘的嫁妝，你們都想分了嗎？」柯至雲猛地轉身，目光惡狠狠地掃向聲音的來源。「我柯至雲可以不要柯家一文一草，但我娘的東西，誰敢妄想，休怪我不講情面！」
被人逼到這等地步……允瓔心裡一揪，她想起了烏承橋。當初，他又是以什麼樣的心情離開喬家的？被族人驅離、被朋友無視、被人追殺……他該有多絕望、多難過？
允瓔嘆氣，看在有心人眼裡，卻又是另一番解釋。
院子裡那些柯家人開始頻頻打量允瓔。
這時，柯至雲舉起雙手拍了拍，他的意思已經表述完畢，也不想再敷衍下去。

隨著他掌聲響起，後面又出來一行人，帶頭的似乎是個帳房先生，後面是四個家丁抬了兩個大箱子。

看到大箱子出現，那些人的眼睛亮了起來，後面看不清楚的直接踮起腳尖，開始往前面擠。

柯至雲無視這些躁動，直接拿腳踢開箱蓋。「這兩箱，是那三十八家商鋪的帳本，你們自個兒好好看吧。」

說罷，直接一屁股坐到上首的椅子上，蹺著二郎腿旁觀起來。

「把單子給我瞧瞧。」老祖宗見狀，也坐不住了，顫巍巍地站起來，朝柯至雲伸手。

柯至雲也不藏著，兩份都給了他們。

老祖宗接了清單，在那些人的攙扶下坐了回去，幾人湊在一起商量。

接下來，當然就是那些人商量著怎麼分，但這麼多人，誰都想多咬幾口肉下來，一時半會兒怎麼說得下來？

吵了一個多時辰之後，老祖宗收起清單，把保長的那份還回去。「有勞保長，這些如何個分法，我們還得回去商量，等商量好了，還請各位再幫我們見證。」

「好說。」保長接了東西，站起來，朝柯至雲拱手。「柯公子，我們先告辭了。」

柯至雲這才起身相送。

允瓔也無聊了這麼久，起身就想和楊春娘離開。

「邵姑娘請留步。」豈料，那老祖宗居然喊住了她。

「老人家有何吩咐？」允瓔還算理智，沒噴他一臉唾沫。

「我聽說，柯至雲和邵姑娘合夥開了家貨行，可是實情？」老祖宗盯著允瓔問道。

「老人家消息靈通。」允瓔淺笑，轉了回來，看了看一個個專注旁聽的柯家人。「確有此事。」

「那為何，這上面單子未列上呢？」老祖宗問道。

這一句話，險些讓允瓔罵出聲來，這麼無恥都有？

第一百一十四章

允瓔只想了想，忍下了想問候他們母親的念頭，微笑著說道：「老人家，說到這兒，我還真得就這件事好好說說。當初雲大哥離開柯老爺時，身無分文，還是我家相公仗義收留他，二來也是看雲大哥為人，才一起開貨行，但這開貨行的本金，雲大哥卻是分文未出，出錢的是洛城的唐公子、喬家二公子，還有關大人的獨子關公子，他們一人出了千兩，而我和我相公則是以船、以人力相投，您說，這次柯家已經不在了，我這筆錢該向誰收呀？不對，這你們分家，好歹也得先把債還清了再分吧？」

「這……」老祖宗頓時噎住了，他也就是想從這小娘子身上探探消息，沒想到，她居然這樣伶牙俐齒。

「老人家，與其操心那些事，您還不如先查一查這些家產的實情，因為……」允瓔說到這兒，眼波流轉，笑得高深莫測。

「因為什麼？」老祖宗皺眉追問。他怎麼覺得她話中有話呢？

「老祖宗，我也覺得應該先查一查，你說，雲小子又不是傻了，他為什麼這麼痛快地把這些東西交出來？別不是有貓膩吧？」邊上有人嘀咕道。

「能有什麼貓膩？就算這些商鋪都沒生意，至少還有那麼多的田地吧？」也有人反駁道。

「具體如何，老人家還是先查了再說吧。」允瓔掃了外面一眼。她有些奇怪，錢發身為管事的，這樣的大場面跑哪兒去了？

「錢發人呢？讓他來。」老祖宗點點頭，也不避諱地說道。

原來錢發早就投靠了他們，怪不得不把柯至雲放在眼裡。

「不用找了，他想逃跑，被我抓起來了。」柯至雲從外面回來，正好聽到老祖宗找錢發，在後面應了一句，一步三晃地走近。「我就實話實說吧，那三十八家商鋪，已經有一半被錢發轉入他的名下，石陵渡一處三進三出的宅子，也被他賣了出去，只不過沒來得及轉戶名罷了。」

說罷，柯至雲直接走到大廳那兩個裝帳冊的箱子前，俯身掏了掏，翻出一個紅檀盒子，返身來到老祖宗身邊，塞了過去。

「喏，這裡面是轉戶名要用的全部印章，交給你了，反正等這上面的東西過完戶，這印章也沒用了，留著給您老吧，完了把上面的字磨磨，還能接著刻。」

柯至雲就這樣輕率地把印鑑拋出去，看到老祖宗幾人如獲至寶地接住，他的臉上不由流露出絲絲譏諷。

這些，就是他的親戚！

還不如半路偶遇的烏承橋和允瓔等人來得仗義。

「邵姑娘，不好意思，讓妳看笑話了。」柯至雲話中卻沒有半點不好意思。「我如今也拿回我娘留下的遺物，我便以那四十條漕船代替之前欠的本金，可好？」

「好。」允瓔哪裡有不應的道理，然後掃了一眼滿院子無可奈何的柯家人。

「請。」柯至雲也不再理會他們，逕自走到允瓔身邊，帶她和楊春娘離開。

一路上看到眾家丁、丫鬟抱著包裹來來往往，還有不少生怕這些丫鬟、家丁們帶走屬於他們的東西而趕來的柯家人。

柯至雲淡淡地看著他們，面無表情地往自己的院子走去。

允瓔還有幾個疑問想問他，所以，也跟著一起回去。

「柯公子，這麼大的家業，不論是怎麼來的，都應該是你的才對，你怎麼說不要就不要了呢？」楊春娘全程看到尾，此時更是唏噓不已。「白白便宜了他們。」

「那些，除了宅子、田地、現錢還值幾個錢，其他的……都是燙手山芋。」柯至雲笑道。「我才不做那傻鳥，有人這麼高興替我收拾爛攤子，我感恩戴德還來不及呢，還留著做什麼？」

「你這敗家子做的，比當年的喬大公子有過之而無不及。」允瓔開玩笑地說道。

「那是，也不瞧瞧我是誰。」說話間，他們已經進了院子，柯至雲直接引著兩人進了花廳，指了指桌子。「坐。」

允瓔和楊春娘也不客氣，逕自坐下，動手給自己倒茶。

只是，這一天下來，都在忙別的事，哪有人有空管這茶水。

允瓔提起茶壺倒了倒，空的，又放下來。

柯至雲見到，不好意思地笑了笑。「淨顧著忙去了，也沒……」

「公子。」柯舒此時快步進了院子，看到柯至雲，忙湊過來。「事情都辦妥了。」

「辦妥了就好。」柯至雲聞言點點頭，忽地轉過身去，打量了柯舒一眼，驚訝地問：

「你怎麼還在這兒？」

「公子，我從小就在這兒，你讓我去哪兒呀？」柯舒一改之前索利的樣子，委屈地低頭。「我哪兒都不去，以後公子去哪兒，我就去哪兒，我也不要工錢，只要公子給口飯吃就行。」

「給口飯吃？你家公子我連粥都撈不上吃了，你跟著我幹麼呀？」柯至雲皺眉咧著嘴，起身來到柯舒面前，很自然地抬手往他頭上敲去，快敲上時，他也不知道想起了什麼，停手慢慢垂下，拍拍柯舒的肩，嘆了口氣。「你呀，拿著錢，找個安穩的地方，娶個媳婦兒，好好地過小日子去吧，別跟著我到處跑了。」

「不，公子，我哪兒都不去，公子喝粥，我也喝粥，反正，你別想把我趕走。」柯舒紅著眼眶，倔強地說完，扭身坐在門檻上，抱著手臂在那兒堵氣。

柯至雲看著他這樣子，不由失笑，緩步過去，蹲在柯舒身後，拍拍他的肩。

「公子別勸我了，反正，我堅決不走。」柯舒頭也沒回，扭頭對著門框說道。

「哎，屋裡茶都沒了，還不去燒水？」柯至雲扭頭看了看允瓔，無奈地搖搖頭，不客氣地一巴掌拍在柯舒後腦勺上。「混小子，膽兒肥了你，小爺我哄你兩句，你倒是矯情起來了，趕緊的，一盞茶之內要是還沒熱茶喝，你就給我滾蛋。」

「呃……去去去！馬上去！」柯舒本來還只是捂著腦袋，側頭看著柯至雲，聽到他的話，頓時樂得跳起來，飛快地跑了。

「你下一步有什麼打算？」允瓔笑著看他們打鬧。她看得出來，兩人明面上高興，可那掩飾下的絲絲傷感還是不可避免地流露出來，她也不想糾結太多，便轉移話題。

「妳不是說要接那蕭棣的生意嗎？」柯至雲緩緩起身，踱了回來。「我覺得不錯，而且，以後我也再無牽掛，正好跟著去熟悉熟悉路線。」

柯至雲本來就做著這方面的事，要是他真能去，倒也去了允瓔一樁心事。

「這邊呢？」但是，允瓔還是擔心柯家的事一時半會兒無法了結。

「這邊麼……」柯至雲掃了楊春娘一眼，微微猶豫。

楊春娘也不弱，一下子就明白了，笑道：「昨兒換的衣服還沒洗呢，我也聽不懂你們說什麼，我就先回院子洗衣服去了。」

「當心些。」允瓔點點頭。

「噯。」楊春娘點頭，快步出去。

「楊大嫂又不是別人。」允瓔白了柯至雲一眼。

柯至雲不由苦笑。他真沒這個意思呀，他只是不知道從哪頭開始說才好。「我沒那意思……」

「行了，大嫂都出去了，你想說什麼？」允瓔笑著催道。

「這邊的事，由他們柯家人自己折騰去。」柯至雲這才說起自己這幾天的所作所為。

「按著妳的建議，我這些天細盤了柯家家業，發現還真有不少問題，且不說以前如何，單說老頭子生病的這段時日，那三十八家商鋪已有一半進了錢發的口袋，只差最後蓋上印鑑就定論了，只是那石陵渡的宅子已經變成銀子，怕是也摳不出來了。」

「他……」允瓔吃驚。「他哪來這手段？」

「還不是那些老頭子們捧的，以為找來了好幫手，殊不知引進黃鼠狼。」柯至雲嗤鼻。「現在好了，印鑑在老祖宗手裡，他們那些人，知道錢發從他們嘴裡搶了肥肉，他們能饒了他？至於他們怎麼個對付法，跟我就沒什麼關係了。」

「那你報官，不只是因為錢發？你……」允瓔想到一件事，震驚地看著他。「你不會要把文……給……」

「我就知道妳聽到了。」柯至雲咧著嘴，解釋道：「老頭子本來就病入膏肓了，就算她不動手，也就這兩天的事，而且她這樣做……也怨不了她。」

「那天聽到她那話的人可不少，你就能保證其中沒有錢發的人？」允瓔提醒道。

「那又怎麼樣？」柯至雲不以為意。「錢發他自己犯的事就夠他受了，而且，我又不告老頭子怎麼死的，原告都沒有，誰會吃飽了撐著出來作證？」

「那文姨娘以後呢？」允瓔似笑非笑地看著他。

「她想去泗縣的覺蓮庵，我勸過了，她卻死活堅持，所以……」柯至雲總算斂了那刺眼的笑意，嘆了口氣。「她變成現在這樣，都是我的錯，當初我要是能和老頭子據理力爭，也不會害了她一輩子。」

「這也不能怪你。」允瓔安撫了一句。

「我跟她說，讓她跟我走，下半輩子她若是尋不著合意的，我就養著她，若是尋著了，我就是她娘家人，風風光光地為她送嫁。」柯至雲低聲說道。「她拒了。」

「從此青燈古佛嗎？」允瓔皺了皺眉。

「現在船都差不多了，等官府的人一來，這邊的事交代一下，我們就回去，只是這麼多的船，我們怎麼帶回去？」柯至雲也不想提那些事，直接轉了話題。「我糊塗了，一個家丁也沒留下。」

「那個倒不怕，船有人，還怕弄不回去嗎？」允瓔心情倒是不錯。雖然這次來蹚了柯家的渾水，看著也有些糟心，但好歹結果還是不錯的。

「妳說行就行。」柯至雲笑了笑，突然認真地說了一句。「謝謝。」

「好好的謝我做什麼？」允瓔奇怪地看看他。

「謝謝妳拋下烏兄弟跑這兒來陪我唄，不知道烏兄弟心裡會怎麼想……哎喲！」柯至雲純粹是那種逮了機會就胡說八道的人，就連這會兒都喪父了，居然還這樣不正經。

允瓔毫不客氣地拍了過去，瞪了他一眼。「說正經事。」

「好好好，說正經事。」柯至雲裝模作樣地撫撫手臂。「真不愧是唐果那野丫頭的師傅，一樣的潑。」

「你說啥？」允瓔眯起眼。

「沒什麼沒什麼。」柯至雲連連擺手，微微後傾了身子，瞅著她笑。「妳說的話，我信，從一間麵館，到五湖四海貨行，再到這次的事，多虧妳提點了我，要不然，還真便宜了柯家那些狼。唉，我這才知道啊，老頭子那麼有錢……」

「你不是說三十八家商鋪都沒什麼的嗎……」允瓔調侃道。

「小爺是誰呀，有問題整成沒問題有些難，沒問題變成有問題還不簡單？」柯至雲拋了個媚眼，痞痞地笑。

連續幾天，整個柯家除了柯至雲，其他人都忙著搶房搶地，把柯家莊鬧得可謂是雞犬不寧，雞飛狗跳。

柯至雲也沒有那個心思給柯老爺風光大葬，他只是選擇了日子，買了一口棺木，簡簡單單把柯老爺送進柯家祖墳地，葬在他親娘的身邊。

入殯這天，除了柯至雲，也只有允瓔、楊春娘、柯舒以及幾位無家可歸又忠心於柯至雲的家丁。

「老頭子，你這後半輩子壞事做盡，欺善、霸地、刨人家孤墳的事你都做過，以後有沒有人來找你晦氣，我就不知道了。」柯至雲把最後一張紙錢扔進火堆，看著那墓碑上新刻的黑字，長嘆道。

允瓔翻了個白眼。這柯至雲這會兒還不正經，哪有人在自家老爹的墳前說這些的？不過，他說得倒也有道理……

「嬌妾美婢無數，到了末了，你還不是得乖乖待在我娘身邊？何必呢……」柯至雲嘆了口氣，伸手拍了拍石碑的頂，轉身朝允瓔幾人說道：「我們走吧。」

柯至雲的神情雖然淡然，但，這畢竟是他的父親，父親走了，從此，他就真的是無父無母的孤兒了；現在，他的家也被奪了，以前，他確實不喜歡這個家，可是，這兒好歹也有他小時候的美好回憶不是？

「以後，我跟你們一樣，都是那無根的浮萍，離樹的葉了。」壓抑下心頭的哀傷，柯至雲又掛上那浮誇的笑。

「五湖四海不是你的根？」允瓔沒好氣地應，可也能理解他的心情。她才剛來到這個世界，就連父母也沒了，而烏承橋不也是如此？唯一不同的是，烏承橋是被喬家驅逐的，而柯至雲，則是放棄了自己的一切。

相對來說，柯至雲比她和烏承橋更加豁達、看得開。

允瓔沒有揭穿他的偽裝，只是配合地胡侃著。

幾人從祖墳地回到柯家，現在，事情處理得差不多了，只待官府的人一到，處理了錢發，他們就可以回去了。

「他們什麼時候才能來呀？」允瓔有些遺憾關大人的辦事效率。

「公子，他們好像到了。」剛剛進柯家，柯舒指著柯家莊的埠頭，驚疑地喊了一聲。

允瓔幾人回頭，果然埠頭那兒停靠下四條船，中間兩條船上站著的可不就是那些衙役嗎？

「走，我們去迎。」柯至雲頓時眼睛一亮，調轉腳步改往埠頭迎去。

允瓔幾人緊緊跟上，目光投去，心裡不出猛地一跳，立即超過柯至雲，快步迎了上去。

「相公，你回來了？」

「我剛回來就遇到豐哥，擔心你們便跟來看看。」烏承橋等人已經上岸，看到允瓔跑過來，他也快步上前，很自然地扶住允瓔的肩，上下打量，不由微微皺眉。「怎麼瘦了這麼多？」

「沒瘦呀。」允瓔納悶地抬手摸了摸自己的臉。她每天照鏡子，也沒覺得哪裡瘦，反倒是他，看著才瘦了不少。「還說我，你自己呢？」

和烏承橋同來的，除了帶路的戚豐池，還有關麒，關大人倒是沒有親自出面，而是派了一位捕頭，帶著八名衙役跟著過來。

允瓔目光一轉，她看到了被衙役們擋住的蕭棣，不由一愣。

關麒跟著，她還能理解，一來，他是關大人的兒子，知道是柯至雲的事，加上烏承橋也來了，他來湊熱鬧很正常，可蕭棣，又是想鬧哪齣？

「烏兄弟、關公子、幾位官爺，辛苦。」柯至雲並不認識蕭棣，所以，也沒有特意招呼。

第一百一十五章

「是你家報案？」那捕頭一路過來，早就知道柯至雲和關麒的關係，所以，態度還算挺和善的。

「正是。」柯至雲點頭，一邊把捕頭衙役們往裡引，一邊介紹情況，然而，他並沒有告文姨娘謀命，他告的是錢發。

「蕭爺？你怎麼也來湊這熱鬧？」允瓔落在後面，很疑惑地看著蕭棣。她更想問的是，怎麼會和烏承橋遇到一塊兒？

「路上與烏兄弟偶遇。」蕭棣朝她咧咧嘴，看著烏承橋。

「此事稍後與妳細說，我們先進去吧。」烏承橋攬著允瓔跟上柯至雲的腳步，細問起允瓔這幾天的情況。「他們可有為難妳？」

「我又不是柯家人，也不是來跟他們搶財產的，他們為難我幹麼呀？」允瓔好笑地搖頭。「那個錢發，也忙著謀財呢，更沒有空來顧我，而且雲大哥照顧我，把我安排在文姨娘院子裡，好著呢。你呢，一切可順利？」

「順利。」烏承橋含笑點頭，側頭深深地打量著她。分開的這些天裡，他才知道，原來牽掛一個人是這樣難熬。

此時，他們已經進了柯家的院子，突然出現的捕頭和衙役們，頓時招來眾人的注目，甚至有幾個柯家人緊張地退了回去，躲在遠處，驚疑地看著他們。

允瓔和烏承橋也停止了竊竊私語。此時，可不是他們互訴別離的時候呀。

「人犯現在何處？」捕頭很爽快。他們就是來提人證、物證的，至於審案，那是他們大人的事。

「被我關押在柴房裡。」柯至雲已經把事情來龍去脈都告訴了捕頭，說罷，他朝柯舒揮揮手。「去，帶錢發，還有那箱東西也帶到這兒。」

「是，公子。」柯舒帶著幾個家丁迅速離開。

柯至雲請了捕頭幾人在廳裡就座。

「雲哥，介紹一下，這位是蕭棣蕭大哥。」烏承橋把蕭棣介紹給柯至雲。「蕭大哥，這位就是我們貨行的東家之一，柯至雲。」

「幸會。」兩人互相見禮。

允瓔在一邊看著。她有些疑惑烏承橋的態度和語氣，似乎有著她沒見過的親近感。

柯至雲還要招呼捕頭，所以也沒有多說什麼。

沒多久，錢發一身狼狽地被押上來，柯舒的手裡也抱了個小箱子。

柯至雲準備得顯然很充分，他接過箱子打開，給捕頭解釋道：「這裡面都是錢發謀財的證據，有各個商鋪的帳本、偽造契約，另外，他還私下賣了幾名婢女進了勾欄，還請大人作主，懲治惡人。」

捕頭細看過，馬上讓人在箱子上貼了封條，又問起別的細節。

柯至雲一一回答。

「柯公子，此事若要細查，還需要更多人證和物證，你所說的商鋪的掌櫃、帳房還有那幾個婢女的下落，你可都知道？」問了近半個時辰，捕頭終於問得差不多了。

「知道。」柯至雲點頭。

「那好，暫且將錢發收押，明日一早，我們就啟程回泗縣，請關大人開審。」捕頭點點頭。

柯至雲當然不可能不同意。

當下，柯至雲親自帶著眾人進了前院一小院，把捕頭和衙役們先安頓下來，而錢發自然也交給衙役們看管。讓柯舒帶著人在這邊照應後，柯至雲才帶了烏承橋幾人去他的院子，反正他院子裡的房間還空得很。

允瓔倒是沒什麼意見。安排到新房間之後，她就和楊春娘去了文姨娘那兒取回自己的東西，順便也把明天要離開的消息告訴文姨娘。

文姨娘執意出家，這些天任憑她們倆怎麼勸也沒能勸下來，只好由她，不過她要去的地方也是泗縣，自然也得準備一下。

深夜，柯至雲院子的東廂房裡。

離別近半月的允瓔和烏承橋，終於告別了眾人，洗漱完畢雙雙擁在被窩裡。

帳輕垂，隔去了外面本就昏暗的光線，耳際只聽見彼此的心跳和呼息，鼻間，也只聞得到彼此的氣息。感覺著他的溫暖，允瓔懸著的心終於踏實了。

側趴在他身邊，枕著他的肩，聽著他的心跳，允瓔情不自禁地勾起唇角微笑。有他在身邊的感覺真好。

這些日子以來，她才真正體會到什麼叫依賴，什麼叫習慣，什麼又叫相思。

「我好想你。」允瓔動了動，臉龐摩著他的肩，瞇著眼睛夢幻般的囈語。

「我也想妳。」她以為他不會回答，沒想到，他卻低低地開口，細密輕柔的吻落在她眉間，一隻手順著她的肩膀而下，抓住她的手貼向他的胸口。「想得這兒都疼了。」

「騙人。」允瓔微睜開眸抬頭，嘟嘴說道：「你要是真想我，還去那麼久不回來？不知道人家會擔心？」

「對不起，只是遇到了一些事情，才耽誤了。」烏承橋啄了一下紅唇，歉意地說道。

「遇到麻煩了？」允瓔立即緊張地問。儘管這一刻，他已經在她身邊，她還是忍不住擔心。

「嗯，喬承軒給船塢下了命令，讓他們務必把這批送皇糧的船打造得周全，為了計劃順利，費了些周章。」烏承橋點頭。「不過，現在好了。」

「你是去破壞那些船的？」允瓔之前雖然也隱約猜到一些，但真知道這個，還是有些吃驚。

「談不上破壞，只是找人做了些手腳；另外，船塢原本的幾筆生意也泡湯了，這也是多虧了蕭大哥，要不是路上意外遇到他，得他相助，我們此番行動還得多費些心思。」烏承橋倒也不瞞她。「再過些日子，那幾個船塢也就差不多了，喬承軒怕是來不及趕回來處理了。」

允瓔趴在他胸口看著他，目光幽幽。她知道她家男人心思不簡單，沒想到，他居然還有那等腹黑的潛質。

「怎麼了？」烏承橋見她不說話，低笑著問。

「我在想，我家相公這麼厲害，說不定哪天把我賣了，我還在給你數錢。」允瓔打趣道。

「賣了我自己，也不可能賣了妳。」烏承橋盯著允瓔的唇，目光越發深邃。

他的反應，哪裡瞞得過允瓔。她眨眨眼，忽然撐起身子，往前挪了挪，湊到他耳邊低語。「真的想我？」

「嗯，很想很想……」這些話，第一句開了口，這會兒說起來也沒那麼困難了，烏承橋氣息微亂，溫柔地看著她。

「那就……」允瓔俏皮地笑，唇已經貼住了他的，幾不可察地吐出一句話。「用行動證明唄……」

這還是她頭一次這樣主動，其中原因，除了分離的這半個月讓她更明白自己的心意外，還得益於這幾天和文姨娘的相處，有關文姨娘和柯至雲的那段曾經，她已經知曉，也被深深觸動了。

明明相愛的人，卻變成現在這樣，何嘗不是與他們以前的顧忌和面子有關呢？

失去才知珍惜，卻再也回不到過去，那才是最殘酷的，她才不要像他們，她要像陳四家的一樣，雖然自我，卻活得精彩。

允瓔的主動，如天雷勾動地火般，徹底激起了烏承橋那苦苦壓抑住的火苗，他低低地吼了一聲，瞬間奪回主動權。

夜已深，火卻正旺……

次日一早，允瓔和烏承橋雙雙出現在院子裡，便引來蕭棣頗有深意的笑。「兩位這麼早。」

「蕭爺，還是您早。」允瓔一聽就知道他意有所指，直接頂了回去，說罷，側身看著烏承橋。「我去收拾收拾，估計馬上就要走了。」

「好。」烏承橋含笑點頭，目光一直追隨著她的身影。

允瓔其實也沒有什麼可收拾的，只因為蕭棣的那一眼，讓她想起了昨夜，才想著回來重新整理一下床鋪，要不然落下什麼不該留的東西，豈不是要被人笑話死？

所幸，他處理得還不錯，光是這樣看，也看不出什麼來。

允瓔鬆了口氣，檢查了一下，確實沒有落下的，才轉身往外走。剛到門邊，就聽到蕭棣對烏承橋說道：「你娶了一位好妻子。」

咦？允瓔停下，她有些驚訝蕭棣對她的評價居然這麼高？要知道，她由始至終還沒幫他辦成一件事呢。

「要不是瓔兒，我怕是早廢了，哪還有機會能與蕭大哥重逢。」這兒不是泗縣，柯至雲又早早帶著人出去照應那些捕頭、衙役們，而戚豐池和楊春娘也出去準備那些船隻了，所以，烏承橋也不怕人聽到他和蕭棣的話。

「吉人自有天相。」蕭棣笑道。「初見到她時，我還真有些驚訝，要知道在以前，她的容貌只怕要被你唾棄了，沒想到你居然……哈哈。」

「蕭大哥快莫提那些年少輕狂的話了。」烏承橋苦笑。

「你能想通就好。」蕭棣似乎被點中笑穴般，笑個沒完。

允瓔聽著卻不舒服了。什麼意思呀，嫌她長得不好看？

「雖無仙芙兒的貌，也無柳媚兒的……」蕭棣還在繼續，允瓔卻聽不下去，拉開門走了出去。

「原來蕭爺這麼欣賞柳媚兒和仙芙兒呀，只可惜，柳媚兒現在可是喬二公子的夫人，那個仙芙兒麼，你倒是還有機會的。」允瓔似笑非笑地緩步走了過去，邊走邊建議。「等我們回到泗縣，讓我家相公帶你去給你牽個線如何？」

說到最後，目光已經瞟向了烏承橋。

烏承橋不由苦笑，瞥了蕭棣一眼，走到允瓔身邊哄道：「瓔兒莫當真，蕭大哥只是玩笑話。」

「誰當真啦。」允瓔拍了拍他的胸口。「你們聊，我去找雲大哥，至少，雲大哥不會嫌棄我是無鹽女。」

說罷，還真就快步離開了院子。

「嗳嗳，我是開玩笑的，怎麼真生氣了？」蕭棣錯愕地在後面喊了一句，跟在烏承橋身後追上來。

允瓔當然不是真的生氣，只不過聽到那話就不舒服，才想著教訓教訓烏承橋，哼哼，讓你無美不歡，讓你歧視無鹽女……更何況，她哪裡是無鹽了？

「瓔兒。」烏承橋無奈地朝蕭棣笑了笑，快步追上允瓔，伸手扣住她的手，十指相扣，低聲哄道：「蕭大哥也是無意……」

「知道。」允瓔倒是沒反抗。她和他小別才聚呢，不過那個蕭棣麼……聽過陳四家的故事，她的天平早就傾了，這會兒聽到蕭棣說的話，不無為陳四家的出出氣的意思。

「那妳還走這麼快。」烏承橋可不敢放鬆，在一邊小意地陪著，絲毫不介意身後蕭棣驚訝的目光。

「雲大哥爭取到了那四十條船，昨天都忘記問他要怎麼處理了，今天就走，我們也沒那麼多人手，我總得去問問怎麼辦吧？」允瓔確實是這樣想的，生氣？那只是故意的嘛。「一會兒還得去買些好吃的回去，柳柔兒回家了，我們想吃新鮮糕點都沒得吃，唉，陳嫂子最喜歡桂花糕，現在都沒人做嘍。」

烏承橋挑眉，陳嫂子最喜歡桂花糕？

蕭棣在後面，卻是突然領會了允瓔的這一句。她這分明就是警告他呀，之前還求人辦事呢，現在就把她給得罪了。

「這附近又無集市又無商鋪的，去哪兒買？」蕭棣想了想，笑道：「還是交給我吧，我先走一步，稍後在石陵渡等你們吧，弟妹想吃什麼？我幫妳買。」

「蕭大哥，不用，一會兒我們經過的時候停一下就好了。」烏承橋忙阻攔。

「我不吃糕點，我想吃烤鴨。」允瓔不客氣地指使。

「成，我這就去找。」蕭棣沒轍，拍拍烏承橋的肩，快步先走了。

「妳呀。」烏承橋看蕭棣離開，嘆著氣，捏了捏允瓔的鼻子。「不要對蕭大哥無禮。」

「怎麼？是不是他說的話，都說到你心坎裡去了？」允瓔假裝凶狠地要咬他，手指頂著他的胸口，惡狠狠地警告。「陳嫂子的事，你不許插手，不許幫他。」

「好好好，都聽妳的。」烏承橋顯然已經知道蕭棣和肖秀兒的事，聞言，只好無奈地答應。沒辦法，媳婦兒最大，至於蕭棣，他能做的，也只有默默祝福嘍。

到了前院，柯至雲正和捕頭說著話，衙役們已經在準備押錢發上船了，只是這會兒，還有柯家的幾個親戚在場，圍著捕頭說著什麼。

「雲大哥。」允瓔和烏承橋進去，把柯至雲喊到一邊，低聲問起船的事情。「那些船，怎麼辦？」

柯至雲笑道：「我已經安排好了，只是我得和捕頭一起走，這兒的事還得麻煩你們，我留了柯舒他們幫你們。」

「行。」烏承橋很乾脆地點頭。

「放心。」允瓔卻比烏承橋更明白柯至雲的話，他的意思中，還包括了文姨娘。

戚豐池和楊春娘撐著船送柯至雲和捕頭衙役們先走一步，允瓔等人則等到那些船家過來，才去請了文姨娘出來，一起回泗縣。

文姨娘身邊的翠玲倒是忠心，居然願意跟著文姨娘一起去庵裡。

允瓔不由唏嘘，卻也沒說什麼，該勸的已經勸過，聽不進去的，則是沒辦法了。

為了照顧文姨娘，允瓔只好和她們一船。

在石陵渡，允瓔才發現一早就不見蹤影的關麒居然也跟著蕭棣跑來這兒，兩人大包小包地拿著，還真有一番購物狂的潛質。

順風順水地過了幾天，一行人終於安然回到泗縣碼頭。

烏承橋關心柯至雲的事，便託了關麒，讓他回去照應，自己帶著蕭棣先回了貨行。

允瓔則留在碼頭安排文姨娘的事。

「文姨娘，妳真的要去那兒嗎？」允瓔只覺得遺憾，便試著再勸道：「妳還年輕，身邊還有翠玲呢，何必去受那份苦呀？」

「我已經決定了，妳不用再勸我。」文姨娘輕笑，握住允瓔的手。「這幾天多虧有你們陪我，若是有機會，妳若路過那兒，記得進來看看我。」

「我會的。」允瓔除了嘆氣還是嘆氣。她看得出來，文姨娘真的是下了決心，只是為什麼會選泗縣，卻是不知道了。「我去幫妳們叫輛馬車。」

第一百一十六章

送走了文姨娘和翠玲，允瓔回到貨行裡，一進貨行，就看到陳掌櫃那張笑臉，她不由愣了一下。

「小娘子回來了？」陳掌櫃客氣地行禮。

「回來了。」允瓔反應過來。沒想到這陳掌櫃還真的來了，不過算了，人家願意，烏承橋也有意接收，她也沒什麼可反對的。她點點頭，才走兩步便覺得不對勁，那蕭棣呢？不會進小院了吧？

「陳掌櫃……」允瓔一想，忙問陳掌櫃的。

「小娘子，戚叔才是掌櫃，我是帳房先生。」陳掌櫃糾正道。

「那我喊你陳哥吧。」允瓔打量他的年紀，約略也是叔字輩的，乾脆地說道。「剛剛看到我相公帶一名男子進去了嗎？」

「確實進去了。」陳哥點頭。

「不會吧……」允瓔懊惱地拍拍頭，來不及向陳哥道謝，轉身就跑進小院。

卻見桂花樹下，烏承橋和蕭棣相對而坐，桌上已經擺上瓜果和茶，烏承橋的面前還擺著紙筆，兩人正商量著什麼。

允瓔瞅了瞅這邊，抬頭看看她樓上的房間，皺了皺眉，趁著人不注意，她快步跑進堂屋，想去樓上看看陳四家的。

「邵姊姊。」還沒踏上第一級臺階，後面廚房裡就出來一個人，居然是柳柔兒。

「妳怎麼回來了？」允瓔愣愣地看著柳柔兒，腦袋有些當機了。

「我聽說了雲哥哥的事，所以……我就來了。」柳柔兒一臉嬌羞，目光卻是越過允瓔，看向後面的院子，沒見著柯至雲，不由有些失望。「雲哥哥呢？他沒跟你們一起回來嗎？」

「他去衙門了。」允瓔回了一句，往樓上走。「妳先忙，我有事找陳嫂子。」

「陳嫂子不在，陳四哥陪她去街上了。」柳柔兒說道。

「出去了呀……」允瓔忙停下腳步，緩緩轉身下來。

「邵姊姊，柯……」柳柔兒正要再問柯家的事，允瓔早已出了堂屋，她只好住嘴，委屈地嘟了嘟，乖乖回廚房去。

允瓔走到自家門口，抬頭看著認真討論事情中的烏承橋和蕭棣，隱隱擔心。

「瓔兒，來。」就在這時，烏承橋突然側頭看她，朝她招手。

可千萬別回來……允瓔看了看小院的門，嘆了口氣。

「累嗎？」允瓔一過去，烏承橋先問了一句廢話。

「不累。」允瓔連忙搖頭。生怕她說累，烏承橋會把她轟回屋裡睡覺，那樣，萬一陳四夫妻倆回來，看到蕭棣在這兒……

「我正和蕭大哥說這趟貨運的事呢。」烏承橋微笑著，示意她過去，把面前寫得滿滿當當的紙移到她面前。「這次去，路途遙遠，還有許多東西要準備，除了這上面的，還有一樣最重要的，還得妳跑一趟喬府。」

「啥東西？」允瓔看著面前的紙，好奇地問。

「通關冊。」烏承橋和蕭棣對望一眼，說出了名字。

「通關冊？」允瓔有些不解。

「就是這一路要用的東西。喬家的商隊已自成一系，每經一個地方，都會用通關冊去當地的衙門敲一個章，拿著這個，這路上遇到官方的人，才會暢通無阻。」烏承橋知道允瓔不懂，忙解釋道。「另外，還有一個權杖，那是面對一路上喬記倉用的，妳記得向柳媚兒拿全了。」

「她會給我嗎？」允瓔覺得有些懸。

「她會給的。」蕭棣笑道。「上次妳也說了，這是她請求妳幫的忙，到時候我再施施壓，這事也差不多成了。」

「行。」允瓔點頭。說得也是，既然是替喬家做事，喬家總得表示表示嘛。

二話不說，允瓔回了房，把包裹放好，換身衣服就出發了。

柳媚兒倒是爽快，一聽說允瓔的來意，立即回屋取了一個紅帖子。「就是這個，上面寫著呢，妳到時候把什麼貨物、幾條船、到哪裡，都填上之後，我已經蓋上喬家的印鑑了，妳填好後，直接拿到關大人那兒，就能拿到關大人的批令了。」

允瓔接過，展開一看，這紅帖子還真有些像唐僧那通關文牒……

「每到一處，蓋個印鑑。」柳媚兒其實也是一知半解，這些，還是因為喬承軒這次出去，沒人保管印鑑，他才託給她的，當時解釋了一堆，她也沒記下多少，這會兒也說不全，想了想，只好說道：「到時候妳可以問蕭爺，他應該最懂這些。」

「好。」允瓔收起紅帖子，朝柳媚兒笑了笑。「那我回去了，爭取這幾日便啟程。」

「辛苦你們了。」柳媚兒笑著將她領到二門前。

回到小院，蕭棣居然還在，桌上的紙也擺了一堆，顯然兩人談了不少，也定下不少主意。

「我回來了。」允瓔快步過去，坐到烏承橋身邊，把那紅帖子遞過去。「喏，就是這個。」

「柳媚兒這麼爽快就給妳了？」蕭棣有些驚訝，算算時辰，她才出去多久？除去來回的工夫，她怕是連茶都沒喝吧？

「是呀，去得早不如去得巧。」允瓔笑了笑。「相公，恭喜你了。」

「我又有何喜？」烏承橋停筆，驚訝地側頭看她。「莫非，我家瓔兒有喜了？」

「瞎說什麼。」允瓔反被調戲，不由臉上一紅，伸手就掐上他的腰際。「告訴你一個喜訊，有位年輕貌美的女子還惦記著你呢。」

烏承橋聞言，不敢再開玩笑了。這會兒是有蕭棣在場，她才這樣打趣他，要是只有他們兩個，他估計他怎麼說她都會吃醋了。

「妳在哪兒聽來的謠言？」烏承橋認真地問。

「這哪裡是謠言。」允瓔似笑非笑地睨了一眼紅帖子，轉向蕭棣問道：「雪淩軒裡還掛著你的畫像，人家可是光明正大打聽你的。蕭爺，你的消息也是那邊透露給你的吧？」

「沒錯。」蕭棣點頭，這件事，他已經和烏承橋細細談過了。

允瓔乾脆挽住烏承橋的手臂，眨眼問道：「你呢，有什麼想法不？如果要見的話，我可以給你們安排呀。」

「不見。」烏承橋想也不想地拒絕。「我可沒那閒工夫。」

「之前，還可以說你受了傷，現在你傷都好了，這可是很多人都知道的。」允瓔笑盈盈地說道，一點也沒顧忌蕭棣在場。

「這確實是個問題。」蕭棣沈思著。

「一旦消息傳開，仙芙兒估計也要行動了。」允瓔說的可是實話。

只是烏承橋卻誤會了，有些無奈地抽手，挽住允瓔的肩。「瓔兒，妳又胡思亂想了。」

「我可不是胡思亂想。」允瓔白了他一眼。「青嬤嬤為什麼會出租小院？為什麼會設局昧下我們的貨？我覺得，定是清渠樓的現狀很不樂觀，她才會這樣著急上火地四處想辦法；再加上仙芙樓最近一天比一天熱鬧，要是青嬤嬤知道你就是喬大公子，而這貨行又與你有關，你覺得仙芙兒會不會出馬呢？美人計啊——」

「弟妹說得沒錯。以前，我還覺得仙芙兒是個不錯的姑娘，沒想到她最終會那樣對你，如此蛇蠍心腸，還有什麼事是他們幹不出來的？」蕭棣聽完倒沒有笑話允瓔的意見，反而勸道：「跟我一起去闖闖吧，你想收復喬家，並不一定要留在泗縣，帶著商隊遊歷大運河上，你反而更有機會。」

允瓔不由一喜。沒想到蕭棣竟先她一步提出邀請，她立即轉向烏承橋，等著他的答案。

「去潼關……確實是能離開這些紛擾，可是……」烏承橋看了允瓔一眼，他答應過要給她一個安穩的家，這會兒又說離開，她該有多失望？「有些事避無可避，不如直接面對，泗縣有邵會長和關大人的照應，不會有什麼事的。」

「也是，英雄難過美人關唄。」允瓔頓時嘆氣，酸溜溜地接話。他肯定是想見見仙芙兒了。

「啟程之日尚早，你好好權衡一下吧，我覺得，離開比留在泗縣更有作為。」蕭棣笑道，站了起來。「時辰不早，我也該回去了。」

烏承橋立即起身，送蕭棣出去。

允瓔仍坐在桂花樹下，幫烏承橋整理資料，收拾桌上的東西。

這上面寫的，全是貨行以後的發展方向，以及他們之前提過的各種特產買賣，顯然，都是蕭棣對烏承橋的指點。

這個，可都是寶貴的經驗。

允瓔如獲至寶，把東西收回了房。

烏承橋送走蕭棣，回到院子裡見東西被收拾完畢，便回到屋裡。

允瓔正背對著門，站在桌邊收拾他的筆墨紙硯。

烏承橋走過去，從背後抱住她。「瓔兒。」

「嗯。」允瓔低低應了一句。

「相信我。」烏承橋埋首在她頸邊，低語。

「我何時不信你了？」允瓔好笑地側頭，見他眸中那絲無奈，不由失笑，微微側身，抬手捧住他的臉，左右打量。「你說，我什麼時候不相信你了？」

「妳說的……」烏承橋居然為她剛剛說的話介懷。「我可不是英雄，再說了，就算英雄難過美人關，也是妳這一關。」

「你什麼時候學得這樣油嘴滑舌了？」允瓔瞪他。

「我說的是真話。」烏承橋打量著她。他哪裡不知她的性子，可不能讓她吃醋，要不然，能酸死他。

「相公，你為什麼不想去潼關呀？」允瓔想起正經事，沒再繼續胡鬧下去。

「嗯？妳想去？」烏承橋有些驚訝，攬著她坐到一邊的輪椅上，直接摟她上膝。

「想。」允瓔毫不猶豫地點頭，摟著他的頸，認真說道：「只是沒想到蕭爺比我早提出來了，現在柳媚兒盯上你，清渠樓怕也是遲早的事，我們還不如避開，一路去潼關，這樣不僅能瞭解一路上的情形，還能早些開展我們之前的計劃。你不是想拿下江南運河嗎？這次就是個機會，喬承軒不在，我們還有喬家給的紅帖了，更重要的是，你就算不去潼關，還可以半路下船，化明為暗，說不定運氣一好，還能找著你們家以前的老船隊……唔——」

好一會兒，允瓔的唇才被烏承橋鬆開，不由瞪眼道：「聽我說完好不好？」

「好，都聽妳的，去潼關。」烏承橋本來只是擔心她路上辛苦，此時聽到這番計劃，哪還說得出一個不字？

得了烏承橋的準話，允瓔便興沖沖地開始準備。

這一路上，五十幾個人的吃用、花費都得一一核算進去，除此，還得準備各種材料，以免船行半路出現故障，總之，零零碎碎的事情一大堆，足夠允瓔頭疼了。

烏承橋見狀，也不攔著，只是和蕭棣整日裡商量事情，想趁此機會大幹一場。

這是個絕佳的機會，他的小媳婦都看出來了，他們又如何不知呢？只是怎麼利用，卻還有得商榷。

「蕭爺，你想好了沒？什麼時候走？」允瓔盤算兩天之後，先向蕭棣下手了。他不確定行程，她急也沒用嘛，沒有行程的帖子就算送到關大人那兒，都是徒然。

「妳的物資都備好了？」蕭棣看了烏承橋一眼，頗有興趣地問。

「初步的自然是備好了，至於後面，肯定是路上再補充呀，我要是把這三、五個月的東西都備全了，這船上還有給你擱貨的地方嗎？」允瓔笑盈盈地回道。這一次，她總算能把空間充分利用了，這會兒她便已經放了不少糧食進去，當然，酒也是其中之一。

「行，五天之後，啟程。」蕭棣居然很爽快地答應了。

「呃，真的？」允瓔反倒大大地驚訝，打量蕭棣一眼，不相信地問：「沒別的條件？」

「有。」蕭棣帶著笑意抬頭，瞟了樓上某個房間一眼。「讓他們一起上路。」

「不可能。」允瓔想也不想地拒絕。

「為何？」蕭棣挑眉。

「她……不宜再行船。」允瓔說道。「所以你死心吧，他們兩個，我不會安排的。」

「棣哥，她有喜了，此時出門確實不宜。」烏承橋當然知道他們在說誰，看了看允瓔，在邊上幫腔，要不然等他們這樣瞎扯下去，天黑也說不清楚。

「有……」蕭棣看著那窗，話語梗在喉間，神情漸漸平靜，可目光中的悲傷卻無論如何都掩蓋不住。

允瓔站的位置，剛好能把他的表情看得清楚，此時，她竟也有些不忍。

「棣哥。」烏承橋嘆口氣，站了起來。他也為難，蕭棣和肖秀兒的事，蕭棣已經全部告訴他，他同情蕭棣這五年的尋找，佩服他的執著，但是他家媳婦兒下了命令呀，他也愛莫能助了。

「我沒事。」蕭棣收回目光，嘆了口氣。「我先回去，五天後我們啟程。」

「喔。」允瓔點頭，鬆了一口氣。

也不知道是不是心理作用，她總覺得蕭棣離開的背影，帶著濃濃的落寞，令她有些不忍直視，回頭看了看烏承橋。

「瓔兒，我們應該幫幫棣哥。」烏承橋嘆氣，想先勸說允瓔同意，要不然他冒然出手，別說會影響到陳四夫妻倆，便連他自己，怕是也要後院起火了。

「不幫。」允瓔的語氣有些弱，不像以前那樣堅決。

「為何不幫？」烏承橋見有轉機，柔聲問道。

「因為他犯的錯，無可救贖。」允瓔白了他一眼。男人總是幫男人，哪裡懂得肖秀兒那會兒的痛。「我回屋了，還有些事情得好好想想。」

物資容易，這撐船的人選卻是要好好想想。

「璦兒，棣哥有棣哥的難處。」沒一會兒，烏承橋帶著那些筆墨紙硯跟進來，掩上門繼續勸道。

「什麼難處？沒有了肖秀兒，他更可以無拘無束、妻妾如雲，盡享齊人之福，多好。」允璦撇嘴。

「他之前那事做得確實有些過了，只是，他不是改了嗎？」烏承橋一聽她的語氣不對，忙緩了語氣，把東西放下後，過來扶著允璦的肩，柔聲哄道：「我們就幫他一回吧，看在棣哥與我的交情上。」

「你之前不是感嘆世態涼薄嗎？現在怎麼這樣相信他們？你就不怕蕭棣是喬承軒那邊過來試探你的？」允璦皺眉。她對烏承橋最近的表現很是奇怪，這樣就相信蕭棣？

「他不會的。」烏承橋淺笑著搖頭，解釋道：「棣哥重情重義，當年，我也不過是舉手之勞幫了他兩次，沒想到，他卻記在了心裡，此次還特意趕來泗縣尋找我的下落。」

「那都是他說的，他說什麼你就信什麼？」她家男人在經歷這樣大的劫難之後，怎麼還這樣容易輕信人呢？

「自然不是。」烏承橋搖頭。「第一次見到棣哥，是我十六歲那年，他帶著大批皮草來到泗縣，但一進泗縣，便被人舉報，那時的縣太爺還不是關大人，而是一位姓胡的糊塗官，他一見東西，便起了貪心，誹謗棣哥是敵國細作，把他們全部扣在了牢裡，那批貨也被他昧下。」

「然後呢？」允瓔起了興趣，他十六歲的時候，那不是五年前嗎？肖秀兒認識陳四的那一年。

——未完，待續，請看文創風487《船娘好威》5（完結篇）

2016年12月出版

佳人非淑女

文創風 475～476

從母系社會穿越到了男權世界？
雖說古代生活對女性充滿惡意，
但她相信若拳頭夠大，身為女人也無妨……

文思通透人心，筆觸風趣達理／昭素節

穿到古代，不過是眨下眼的工夫，
要適應生活，卻得花上十分力氣。
青桐雖不幸的穿成了個棄嬰，但幸運的有養父母疼愛，
她一邊學習古代生活，想著要一輩子照顧爹娘，
可是人算不如天算，京城來的親爹娘竟找上了門?!
本來她不願相認，不承想一家三口卻被族人趕了出來，
這下子她只得領著養父母，進京討生活了。
然而京城的家竟是十面埋伏，面對麻煩相繼而來，她是孤掌難鳴，
未料那個愛找碴的紈袴小胖哥竟會出手相助，
禮尚往來，她決意幫他減肥，卻不知這緣結了，便再難解開。
她和他一同上學、一起練武，甚至一塊兒上邊關打仗，
他對她日久生情，她卻生性遲鈍、不開情竅，
幸而他努力不懈，終究使她明白了他的心意，
此情本該水到渠成，誰知最後關頭，他爹居然不答應婚事?!
這下兩人該如何是好？

2016年12月出版

騙嫁壞書生

文創風 472～474

初初相看兩厭，再見別有心思，
三見情意已生……

似調情似鬥嘴・勾心撩情最高段／緋衣

都說寡婦門前是非多，果真是有些道理，尤其他家隔壁這位！
他穿來這窮困的宋家不過才六日，可卻因為她四個晚上都沒睡好——
不是漢子想翻她家的牆、老婆帶人來「捉姦」，鬧得一整夜雞犬不寧，
就是她家小奶娃夜啼不止，再不就是她隱忍痛苦、壓著嗓子哭個沒完……
瞧小寡婦這樣的長相可不能叫仙女，該叫妖女才是。
隨便一個眼神都能惹得男人情動什麼的……
果真，連原本對她沒好感的他，多瞧上幾眼、說上幾回話，
竟也心猿意馬起來，對她朝思暮想的……整個人快沸騰！
就在他隱忍情意快抓狂時，她居然約他暗夜相會，開口希望他能娶她……
她願意幫他家還債，只要他能跟她協議假婚，幫她度過「難關」，
沒想到家裡窮竟有這好處，她花五十兩「買」他，完全正中他的紅心了！

相見不晚 緣來就是你

2016
年終幸福特別企劃

一年很快又過去啦～～在2016年的寵物情人裡，
也有傳來喜訊唷！一起來看看這些溫馨的小故事吧！

第258期耐思 約翰　台中／Lenon

我總覺得生命似乎無法盡善盡美，所以領養了一隻有特色的貓，並用我喜歡的搖滾明星給牠取名，於是我們就變成了約翰和藍儂。

約翰不只是個搖滾明星，還是一隻相當有文藝氣息的貓。牠不抓沙發，也不咬電線，牠還有特別愛的一本書，就是謝爾．希爾弗斯坦的《失落的一角》，每次經過都要啃個兩下，現在書皮的確是「失落的一角」了。

有時候我覺得牠並不是貓，而是一位詩人。每天早上天亮前牠會醒來，喝一點水，然後爬上書櫃，掀開窗簾的一角，看著窗外平平淡淡的光，直到日出結束，才開始自己一天的活動（不過在假日時會陪我睡回籠覺）。

由於約翰的可愛與乖巧，連原本因呼吸道過敏而不想養貓的媽媽，都願意將約翰的姊姊小乖領養回家，是約翰將我們彼此的緣分連結在一起，感謝約翰出現在我的生命裡！

第258期艾思 小乖　台中／Amy

我女兒從家裡搬出去住不久，我便去探訪她，就發現她養了隻玳瑁色的小花貓。之後我又去了幾次，常常跟小貓玩耍，也會買些好吃的東西給牠吃，沒想到自己在不知不覺間也變成大家口中的貓奴了！

後來從女兒那裡得知，約翰的姊姊一直被退回中途，她希望我可以領養；經過幾天的考慮，我帶回了牠，並取名為小乖。小乖在我的朋友圈裡引起一陣熱烈關注，甚至有朋友也願意領養，於是我帶著朋友到台中動物之家。朋友領養貓咪時顯得十分興奮，而我自己看到獨自依偎在角落的瘦弱白貓後感到於心不忍，因此又將巧巧領回家。

現在在我開的小店裡，我將巧巧任職為貓店長，而小乖是貓副店！一年後的今天，小乖和巧巧都成了店裡的開心果呢！看到這些毛孩子在有愛的家庭裡健康並快樂的生活著，一切真是太棒了！

第261期妞妞　屏東／中途邱小姐代筆

去年，妞妞突然出現在我家前的大馬路上四處穿梭尋找食物。有天，當我下班過馬路時，心裡默念著：「不要跟著我！不要看我！我不能養你，拜託。」沒想到才這麼想完，牠竟然就從馬路另一端向我衝了過來。

於是，我就餵牠吃罐頭和飼料，也發現牠會在固定時間、固定地方等著（似乎牠就是在那個地方被人棄養的）。因為沒有看到牠和其他狗狗一起結伴討食物吃，就只是孤單的在馬路上來來回回，瘦巴巴的身影看得好心疼，也好擔心牠會被車撞到，我試著上網貼文好幾天，可是都沒有人來詢問。

後來，我和朋友帶妞妞去做結紮，也將認養訊息貼了出去。過了一段時間，很多有愛心的人都表示願意認養；經過考量，讓一位住在四林的女生認養了妞妞，我們感到非常的開心，因為妞妞終於有個新主人疼愛牠啦！目前妞妞被接去飼主親戚舅舅的農場餐廳幫他們顧綿羊去囉～～

等你為他亮1盞幸福的燈……

259期 派克&QQ

在尋找可愛的小虎斑喵喵當家人嗎？溫柔體貼男的派克，還有溫和又有點小貪吃的個性男QQ是最佳選擇！牠們都正等待著你喔～～（聯絡人：李小姐→cats4035@yahoo.com.tw）

264期 Jimmy

善良又帥氣的Jimmy有著開朗的個性，牠喜歡向人撒嬌，對小朋友也非常友善，除了喜歡跟其他狗狗一起玩耍，甚至還能跟貓咪和平相處喔！快寫信來並給牠一個溫暖的家～～

（聯絡人：Carol 咪寶麻→carolliao3@hotmail.com）

266期 Buddy

憨厚的Buddy擁有完全不會生氣的好脾氣，而且聰明的牠聽得懂基本的坐下、握手及拋接球指令，如果你願意當給予Buddy溫暖幸福的主人，趕緊來把牠帶回家吧！

（聯絡人：Carol 咪寶麻→carolliao3@hotmail.com
或許小姐→vickey620@hotmail.com）

267期 Countess（咘咘）

看起來大隻的Countess其實是膽小又害羞的小女生，雖然有點慢熟，但牠十分乖巧又親近人，也很愛撒嬌的！Countess一直在期待遇見給牠關愛的好主人喔！

（聯絡人：Carol 咪寶麻→carolliao3@hotmail.com）

268期 黃兒

黃兒除了喜愛親近人，和其他狗狗也相處得融洽，更重要的是牠十分地忠心。如果你正期盼著有個「專一」的好夥伴，那麼快寄信來找黃兒吧！

（聯絡人：Lulu Lan→summerkiss7@yahoo.com.tw
或Carol 咪寶麻→carolliao3@hotmail.com）

文創風 486

船娘好威 4

國家圖書館出版品預行編目資料

船娘好威 / 翦曉著. --
初版. -- 臺北市 : 狗屋, 2017.01
冊 ; 公分. --（文創風）
ISBN 978-986-328-683-7（第4冊：平裝）. --

857.7 105021302

著作者	翦曉
編輯	余一霞
校對	黃薇霓　簡郁珊
發行所	狗屋出版社有限公司
地址	台北市104中山區龍江路71巷15號1樓
電話	02-2776-5889～0
發行字號	局版台業字845號
法律顧問	蕭雄淋律師
總經銷	知遠文化事業有限公司
電話	02-2664-8800
初版	2017年1月
國際書碼	ISBN-13　978-986-328-683-7

本著作物由作者授權出版

定價250元
狗屋劃撥帳號：19001626
網址：love.doghouse.com.tw　E-mail：love@doghouse.com.tw